AF372054

El Acantilado, 502
PAPEL NEGRO

TEJU COLE

PAPEL NEGRO

ESCRIBIR EN TIEMPOS DE OSCURIDAD

TRADUCCIÓN DEL INGLÉS
DE MIGUEL TEMPRANO GARCÍA

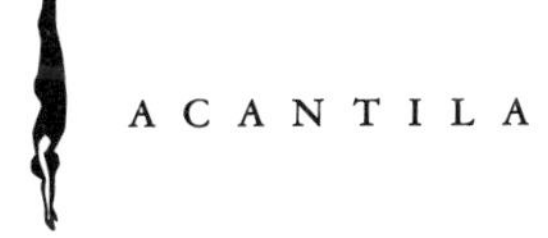

BARCELONA 2025   ACANTILADO

TÍTULO ORIGINAL *Black Paper*

Publicado por
ACANTILADO
Quaderns Crema, S. A.

Muntaner, 462 - 08006 Barcelona
Tel. 934 144 906
correo@acantilado.es
www.acantilado.es

En la cubierta, *Vistas del Shelton, Oeste* (1935),
de Alfred Stieglitz

ISBN: 978-84-19958-57-0
DEPÓSITO LEGAL: B. 6664-2025

AIGUADEVIDRE *Gráfica*
QUADERNS CREMA *Composición*
ROMANYÀ-VALLS *Impresión y encuadernación*

PRIMERA EDICIÓN *mayo de 2025*

CONTENIDO

CUARTA PARTE
RECOBRAR EL SENTIDO

QUINTA PARTE
EN TIEMPOS DE OSCURIDAD

Para Sasha.

PREFACIO

Papel negro aborda las fracturas de nuestra historia reciente a través de una constelación de asuntos interrelacionados. La mayoría de los ensayos del libro se escribieron en un período de tres años, desde finales de 2016. Tratan de un amplio rango de cuestiones: el color negro en las artes visuales, el papel de las sombras en la fotografía, el consuelo que ofrecen la música y la arquitectura, elegías tanto públicas como privadas, y los complejos vínculos entre la agitación política, la literatura y el activismo.

El centro del libro lo ocupan las Conferencias Familiares Randy L. y Melvin R. Berlin, que tuve el honor de impartir en la universidad de Chicago, en la primavera de 2019. Dichas conferencias, bajo el título *Recobrar el sentido*, se publican aquí por primera vez, de manera levemente modificada. Defienden la necesidad urgente de emplear los sentidos para responder a nuestras vivencias, reconocer la epifanía y redefinir nuestros compromisos éticos.

Papel negro es el relato de cómo he buscado la ayuda de fotógrafos, poetas, pintores, compositores, traductores, viajeros, dolientes y mecenas para captar la sabiduría latente en la oscuridad.

PRIMERA PARTE

BASADO EN CARAVAGGIO

I

Michelangelo Merisi da Caravaggio, nacido a finales de 1571 en Milán, es el artista incontrolable por excelencia, el genio que no se rige por las reglas normales. Caravaggio, el nombre del pueblo del norte de Italia de donde procedía su familia, parece la combinación de dos palabras: *chiaroscuro* y *braggadocio*: una luz cruda mezclada con una profunda oscuridad, por un lado, y una arrogancia desmedida por el otro. Criado en la ciudad de Milán y en el pueblo de Caravaggio, en una familia que, según dicen, pertenecía a lo más alto de la pequeña nobleza, Caravaggio tenía seis años cuando perdió a su padre y a su abuelo, el mismo día, por la peste. Alrededor de los trece años empezó a trabajar como aprendiz con Simone Peterzano, un pintor de la zona, de quien debió de aprender lo más básico: a preparar las telas, a mezclar las pinturas, la perspectiva, las proporciones. Al parecer, desarrolló cierta facilidad para las naturalezas muertas, y es probable que fuese mientras estudiaba con Peterzano cuando se impregnó del ambiente reflexivo de Leonardo da Vinci y los grandes pintores del norte de Italia del siglo XVI, como Giorgione y Tiziano.

Es muy probable que Caravaggio fuera por primera vez a Roma en 1592. La razón pudo ser su implicación en un incidente en Milán en el que resultó herido un guardia (los detalles, como tantas otras cosas de su vida, son nebulosos). No sería, ni mucho menos, la última vez que tendría que abandonar la ciudad. En Roma, no tardó en conseguir

13

fama y notoriedad, y, a mediados de la década de 1590, sus pinturas se habían asentado en los temas y estilos que a menudo nos parecen típicos de Caravaggio: laudistas, jugadores de cartas y una panoplia de jóvenes andróginos y pensativos. Había eminentes coleccionistas que se disputaban su obra, entre ellos, el cardenal Scipione Borghese y el cardenal Francesco Maria del Monte. El éxito se le subió a la cabeza, o tal vez activó algo que siempre había estado allí. Su forma de hablar se volvió más grosera; empezó a beber más; a menudo se veía implicado en peleas y lo detuvieron en múltiples ocasiones.

En 1604, Caravaggio tenía treinta y dos años, y a sus espaldas una serie de obras maestras imborrables, que había pintado para sus mecenas y para varias iglesias de Roma: *La cena en Emaús*; *La vocación de san Mateo*, en la capilla Contarelli; *La conversión de san Pablo*, en la capilla Cerasi; *El sacrificio de Isaac*; *La incredulidad de santo Tomás*. Para ese año, había completado también *El entierro de Cristo*, una obra de un profundo pesar y un logro sorprendente, incluso para el ya alto nivel de Caravaggio. Pero su conducta personal siguió siendo temeraria. «A veces buscaba la oportunidad de romperse el cuello o de poner en peligro la vida de otros», escribe Giovanni Baglione, contemporáneo del artista y uno de sus primeros biógrafos. Giovanni Pietro Bellori, un escritor posterior del siglo XVII, nos dice: «Salía a las calles de la ciudad con la espada al cinto, como un espadachín profesional, y daba la impresión de dedicarse a cualquier cosa menos a la pintura». Un día que fue a comer a una taberna, pidió ocho alcachofas y, cuando llegaron, preguntó cuáles las habían cocinado con mantequilla y cuáles con aceite. El camarero le sugirió que las oliera para averiguarlo él mismo. Caravaggio, siempre suspicaz ante un posible insulto, se puso en pie de un salto y le tiró el plato de barro al camarero a la cara. Luego, echó mano a la espada y el camarero huyó.

De niño, en Lagos, pasé horas observando su obra en los libros. El efecto que me causan sus pinturas, el modo en que me conmueven al tiempo que me inquietan, no puede deberse sólo a una larga familiaridad. Otros de mis favoritos de esa época, como Jacques-Louis David, rara vez me emocionan ahora, mientras que el poder hipnótico de Caravaggio parece haber aumentado. Y no puede ser sólo por su perfección técnica. Los cuadros a menudo tienen fallos, problemas de composición y escorzo. Yo supongo que tiene algo que ver con que, en sus pinturas, pone más de sí mismo, de sus propios sentimientos, que nadie antes de él.

Puede que el tema de un cuadro de Caravaggio esté tomado de la Biblia o de algún mito, pero es imposible olvidar, ni siquiera por un momento, que se trata de una obra hecha por una persona concreta, una persona con una serie de emociones y simpatías particulares. El creador está presente en los cuadros de Caravaggio. Nos parece oír cómo nos interpela. Puede que a sus contemporáneos les interesara la lección bíblica de las dudas de Tomás, pero a nosotros nos atrae su incertidumbre, que interpretamos, en cierto modo, como la del propio autor.

Pero en Caravaggio no hay sólo subjetividad: está también el modo en que su particular forma de subjetividad tiende a subrayar los aspectos amargos y desagradables de la vida. El grueso de su obra está empapado de amenaza, seducción y ambigüedad. ¿Por qué pintó tantos martirios y decapitaciones? El horror es una parte de la vida que esperamos no presenciar demasiado a menudo, pero existe, y a veces no tenemos más remedio que verlo. Como Sófocles, Samuel Beckett o Toni Morrison—y, al mismo tiempo, de un modo distinto—, Caravaggio es un artista que nos acompaña a los sitios dolorosos de la realidad. Y cuando estamos allí con él, tenemos la sensación de que no es un simple guía. Comprendemos que, en realidad, se siente como en casa en medio de ese dolor, de que habita en él. Ahí es donde reside la inquietud.

A finales de mayo de 1606, dos años después del incidente de las alcachofas, Caravaggio perdió una apuesta en un partido de tenis contra un hombre llamado Ranuccio Tomassoni. Se produjo una pelea, en la que participaron varios más. Caravaggio resultó herido en la cabeza, pero atravesó con la espada a Tomassoni y lo mató. Después de pasar dos días escondido en Roma, escapó de la ciudad, primero a las fincas de la familia Colonna en las afueras y luego, a finales de año, a Nápoles. Se había convertido en un fugitivo.

La fase de madurez en la trayectoria de Caravaggio puede dividirse en dos: el período romano, y todo lo que ocurrió después de que asesinara a Tomassoni. El milagro es que lograse tanto en ese segundo acto, mientras huía. Su obra cambió—la pincelada se volvió más suelta y los asuntos, más morbosos—pero siguió pintando y siendo apreciado por los mecenas. Trabajó en Nápoles, en Malta y en tres ciudades diferentes de Sicilia, y otra vez en Nápoles, antes de partir a Roma en 1610, confiando en recibir el perdón del papa. Murió en ese viaje de regreso.

En el verano de 2016, yo tenía pensado viajar a Roma y a Milán por trabajo. La campaña presidencial en Estados Unidos avanzaba y la prensa la seguía hasta los últimos detalles, mientras la clase política sufría un ataque de nervios colectivo. Con su estrafalaria candidatura, Donald Trump se había establecido, contra todo pronóstico, como contendiente. Los movimientos de derechas iban ganando terreno en el mundo. Miles de personas morían en el Mediterráneo, huyendo de la guerra y de las penurias económicas. La brutalidad del Estado Islámico había convertido los vídeos de decapitaciones en parte de una cultura visual compartida. Lo que más recuerdo de ese verano es la sensación de que el fin del mundo no sólo se acercaba, había llegado ya. (Había llegado, pero luego cambió, y cuatro años después había vuelto a convertirse en otra cosa).

2

Yo sabía que volvería a ver los cuadros de Caravaggio en Roma y en Milán. Al menos me diría la verdad sobre el fin del mundo, y encontraría en él ese indulto que ciertos artistas pueden ofrecernos en tiempos de oscuridad. Y fue entonces cuando recordé una idea largo tiempo acariciada: ¿por qué no viajar más al sur y visitar los lugares donde había estado Caravaggio en sus años de exilio? Muchas de las obras que pintó en esos sitios se han conservado, algunas *in situ*. Nápoles, La Valeta, Siracusa, Mesina y, posiblemente, Palermo. Cuantas más vueltas le daba a la idea, más me apetecía ponerla en práctica. No me esperaban unas lujosas vacaciones de verano. Los lugares de exilio de Caravaggio se han convertido en focos de tensión destacados de la crisis migratoria, lo cual no es del todo una coincidencia: fue allí porque eran puertos. En un determinado territorio, el puerto es el punto de entrada y salida más fácil, y es, también, donde un forastero tiene la posibilidad de sentirse menos extranjero. Tenía dos razones de peso para animarme a emprender el viaje: en primer lugar, echaba de menos el desasosiego que sabía que sentiría ante los cuadros de Caravaggio en los museos e iglesias donde se conservaban. Y, en segundo lugar, quería ver algo de lo que ocurría en ese momento fuera, al otro lado de los muros.

Llegué a Nápoles a finales de junio, en tren desde Roma. Era la primera vez que visitaba la ciudad, y el taxista, un hombre de mediana edad, debió de intuirlo. Me dijo que había una tarifa fija de veinticinco euros entre la Estación Central de Nápoles y cualquier punto de la ciudad. Para cuando el recepcionista del hotel me confirmó que la carrera no debería haberme costado más de quince euros, el taxista se había ido. Luego, esa misma tarde, en la via Medina, a media manzana del hotel, pasé al lado de una mujer que dormía en el suelo. La mayor parte de su cuerpo estaba tapada con una manta pequeña, pero le asomaban los pies y aquello me recordó a los pies desnudos y sucios de la Virgen María, que tanto habían escandalizado a los primeros críticos de *La muerte de la Virgen* de Caravaggio. Al día siguiente, la mujer se había ido, pero vi a otra mujer sentada cerca de aquel sitio, gritando palabras a los viandantes que probablemente fuesen incomprensibles incluso para quienes hablaran italiano.

Nápoles fue el principio y el fin de los años de exilio de Caravaggio. La primera visita la hizo a finales de 1606, la segunda en 1609, y, en ambas ocasiones, le hicieron encargos de importancia. En octubre de 1606 ya le estaban lloviendo las ofertas y fue bien recibido en los más altos círculos artísticos napolitanos. Una de las primeras obras que completó en Nápoles fue para la recién fundada asociación caritativa del Pio Monte della Misericordia. El cuadro, por el que le pagaron sin demora y que entregó muy deprisa, fue un gran lienzo titulado *Las siete obras de misericordia*. Aún hoy puede verse en la iglesia para la que se encargó, en el centro de la ciudad, justo al lado de la estrecha via dei Tribunali. *Las siete obras de misericordia* es un cuadro complejo que intenta compilar en un único plano vertical siete viñetas distintas, contrapuntos alegóricos de los siete pecados capitales. En una reproducción, el cuadro parece un lío congestionado. Pero al natural, con sus más de tres metros y medio de altura, en un pequeño edificio octogonal, es misteriosamente absorbente.

Los protagonistas emergen de zonas de oscuridad para interpretar sus respectivos papeles, y parecen volver a esa oscuridad cuando el ojo de quien los observa pasa a otras secciones del cuadro. A la derecha de la pintura hay una alegoría de la caridad tomada de la antigua Roma: el anciano Cimón alimentado en prisión por el pecho de su hija. El cadáver al que transportan justo detrás de ella (sólo le vemos los pies) representa el enterramiento de los muertos. En primer plano, un mendigo con el torso desnudo, tendido a los pies de san Martín, representa el acto de vestir al desnudo. *Las siete obras de misericordia*, con su abigarrado relato y sus efectos de luz, ejerció una extraordinaria influencia en la pintura napolitana posterior a Caravaggio. Esto se convirtió en una especie de constante en su caso: en todas las ciudades donde vivió, fue una especie de relámpago, una sorprendente pero breve iluminación después de la cual nada volvió a ser lo mismo. Cuando salí de la iglesia a la via dei Tribunali, *Las siete obras de misericordia*, con su movimiento fluctuante y sus marcadas divisiones de luz y oscuridad, parecía continuar en la calle ajetreada.

El día que llegué a Nápoles, vi a unos jóvenes africanos vendiendo camisas y gorras justo al salir de la Estación Central. Esa tarde, bajé del Castel Nuovo al Castel dell'Ovo, donde unos chicos saltaban desde la carretera a la bahía. Cerca de la entrada al castillo, encontré a un hombre que vendía baratijas. Era senegalés y a veces trabajaba de traductor literario. Hablaba francés, italiano e inglés con fluidez. El proyecto que lo ocupaba en ese momento, dijo, tenía que ver con la presencia africana en Italia. Le pregunté dónde estaban los africanos en Nápoles, y respondió que tal vez encontrase a algunos en la piazza Garibaldi. Pero añadió que no era un barrio recomendable por la noche.

Esa tarde deambulé por los Quartieri Spagnoli, el populoso barrio de los españoles, donde vivió Caravaggio y donde encontró esa combinación de alta cultura y bajos fondos que tanto le atraía. Las calles del barrio eran estrechas, los edificios, altos; muchas paredes estaban decoradas con grafitis. Era fácil imaginarlo como un lugar donde la vida había sido alegre y ruidosa durante mucho tiempo, un lugar de informalidad y ocultación… el sitio ideal para un hombre huido. Los Quartieri Spagnoli estaban abarrotados esa noche, llenos de residentes, estudiantes y turistas. El camarero de la pizzería donde cené, un joven muy simpático, tenía un tatuaje en el brazo: *veni, vidi, vici*. Era una alusión a Julio César, claro, pero también podía ser, según supe después, una señal de identificación entre los miembros del renaciente movimiento de ultraderecha de Italia, un signo de su nostalgia por el fascismo de Mussolini.

A la mañana siguiente, subí al Museo de Capodimonte, ubicado en la parte norte de la ciudad, en el antiguo palacio de los soberanos borbones de Nápoles y Sicilia. Después de una larga y recta sucesión de salones, llegué a *La flagelación de Cristo* (figura 1), de Caravaggio. Cristo está de pie al lado de la columna, a tamaño natural, y en torno a él hay tres atacantes, dos de los cuales lo sujetan, mientras que el tercero está agachado, preparando un látigo. Como ocurre tan a menudo con Caravaggio, por un lado está la historia representada, pero más allá de ésta, y con frecuencia sobrepasándola, hay una intensificación del ambiente, conseguida mediante el uso de unas sombras artificiales, un fondo simplificado y una paleta limitada de colores. Es una imagen de la injusticia brutal, una imagen que hace que nos preguntemos por qué razón habría que torturar a nadie.

Al salir del museo y bajar por la colina de Capodimonte, mientras paseaba por la ajetreada ciudad al atardecer, me sentía inquieto. Imaginaba que la gente me observaba desde los umbrales de las puertas y las ventanas. Empecé a pensar en que Caravaggio, una vez fugado y en el exilio, no podría contar con una sola noche de descanso reparador, pero también en todas las personas de aquella ciudad que, en ese mismo momento, eran, en algún sentido, visitantes precarios: la mujer de la puerta en la via Medina, el hombre que vendía baratijas en Castel dell'Ovo, los numerosos jóvenes africanos que vi en la estación del tren.

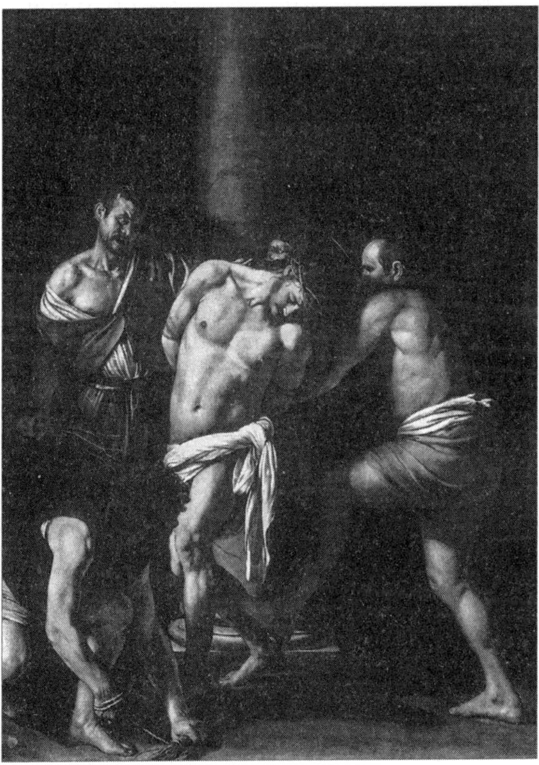

FIGURA I. Caravaggio, *La flagelación de Cristo*, 1607.

Nápoles me había procurado dos magníficas pinturas de la última época de Caravaggio, pero mis esfuerzos por ver una tercera se habían visto frustrados. *El martirio de santa Úrsula*, que se supone que es su último cuadro, había sido cedido en préstamo. Decidí partir a Palermo al día siguiente. No estaba viajando en el orden correcto: Caravaggio fue de Nápoles a Malta, y desde allí a Sicilia y, por fin, de vuelta a Nápoles. Pero mi intuición me decía que dejara Malta casi para el final, una culminación lejana para un viaje soñado.

La noche había caído cuando volví a mi habitación en el hotel. A mis pies se extendía la ciudad, con sus casas agolpándose en la oscuridad, sus luces brillantes extendiéndose como una nube de luciérnagas hasta el borde del agua, con sus ferris y sus cruceros, detrás de los cuales estaban, en casi total oscuridad, la bahía de Nápoles, el monte Vesubio, la isla de Capri y el mar Mediterráneo.

3

El Oratorio de San Lorenzo, en la via Immacolatella de Palermo, está rodeado por un laberinto de calles tan estrechas y enmarañadas que llegué muy cerca del edificio sin verlo. Me equivoqué dos veces de calle antes de encontrar, por fin, la entrada. En el altar mayor de la capilla de este oratorio estuvo expuesto durante siglos *La Natividad con san Francisco y san Lorenzo*. Es probable que Caravaggio lo pintara en 1609, aunque el estilo más bien conservador (los elementos de la composición recuerdan a una obra muy anterior, *La vocación de san Mateo*), así como la escasa documentación plantean dudas sobre la fecha. Lo que es seguro es que se pintó antes de 1610 y que fue uno de los tesoros de Palermo hasta que, la noche del 17 de octubre de 1969, alguien lo sacó de su marco y ya nunca volvió a verse.

El consenso hoy es que es muy probable que la mafia estuviese implicada en el robo y casi seguro que fuese responsable del destino final del cuadro. ¿Cuál fue ese destino? Han circulado muchas historias. Se vendió; se lo echaron de comer a los cerdos; se quemó en un incendio. Pero nadie lo sabe con seguridad. En su lugar, en el altar mayor del oratorio, cuelga ahora una copia encargada en 2009 y pintada a partir de fotografías del original, un atrevido facsímil que no se parece en nada a un auténtico Caravaggio. Tal vez por eso, la información dirigida a los turistas pide a los visitantes que miren hacia cualquier otra parte y disfruten del «precioso suelo de mármol realizado en 1716 por los artistas Francesco Camanlino y Alojsio Mira». Pero yo no iba de peregrinaje para ver suelos de mármol. Los Caravaggios son tan escasos—los eruditos coinciden en que hay unos ochenta—que las ausencias parecen cicatrices: los citados por escritores del siglo XVIII y que no han sobrevivido o no han sido identificados, los tres que se quemaron en Berlín en 1945, el que atormenta al oratorio en Palermo.

El verano en que hice mi viaje fue una época difícil en Italia, pero Sicilia tuvo sus propias dificultades. No podía estar seguro, por ejemplo de si los muchos ejemplos de grafitis que vi con la palabra *ultras* se referían a los fanáticos del fútbol, a matones de extrema derecha o a una combinación de las dos cosas. Bajo el calor de la tarde, paseé por el mercado Ballarò, donde sus llamativos puestos ofrecían productos locales y mercancías baratas. Cuando volví, el sol estaba poniéndose y la ciudad había sufrido un cambio. Los puestos del mercado habían cerrado y las calles estaban casi silenciosas. Circulaban historias sobre los problemas que algunos nigerianos de Palermo habían tenido con la mafia, su implicación en la prostitución, los terribles actos de violencia que ambos sufrían y perpetraban, los apuñalamientos y acuchillamientos. Nada de eso se hizo visible durante mi paseo por el mercado Ballarò esa tarde, pero se notaba la tensión y preferí no demorarme allí.

4

Cuando, a la mañana siguiente, cogí un tren de Palermo a Mesina a lo largo de la costa siciliana —vía Cefalú, Capo d'Orlando, Gioiosa Marea y Barcellona, una sucesión de ciudades desconocidas—, tenía claras dos cosas. La primera era que ya no podía separar mi investigación de los años que pasó Caravaggio en el exilio de lo que estaba viendo a mi alrededor en la Italia contemporánea: el mar era el mismo y la sensación de peligro coincidía. La segunda era que, después de mi fracasado intento de ver *El martirio de santa Úrsula* en Nápoles y la predecible decepción de ver la réplica de la *Natividad* en Palermo, estaba deseando volver a estar delante de un verdadero gran cuadro de Caravaggio. Tomé un taxi en la estación en Mesina. El taxista dijo:

—¿Qué es usted, jugador de fútbol?

Me reí. Claro, ¿qué iba a ser un joven africano camino de un hotel?

—No, he venido a ver los cuadros de Caravaggio.

—¡Ah!, Caravaggio —dijo, no muy convencido—. Caravaggio. Genial.

En Mesina quedé con Alessandra Coppola, una periodista napolitana que había aceptado ser mi guía en Sicilia. Después de comer, paseamos por la ciudad, que no se parecía a ninguna que hubiese visto en Italia: modesta, moderna, llena de edificios de varios pisos, de tejado plano y desprovistos de ornamentación. Había una explicación: el terremoto que arrasó Mesina en diciembre de 1908 destruyó el noventa por ciento de los edificios y mató a más de setenta mil personas en los alrededores. La ciudad que emergió después era más sencilla y más racional que la mayoría de las ciudades italianas de su mismo tamaño. Muchos de los nuevos edificios se diseñaron para resistir futuros terremotos.

A última hora de la tarde, Alessandra y yo fuimos al Museo Regional de Mesina, un edificio sencillo en un alto, cerca del estrecho que separa Sicilia del continente. Había árboles y mármoles antiguos desperdigados por los jardines. Era un miércoles por la tarde y no había casi nadie. Nos sentimos afortunados mientras deambulábamos por las galerías silenciosas. Al entrar en una enorme sala gris, sin fanfarria ni advertencia alguna me encontré delante de *La resurrección de Lázaro* (lámina 2). Me golpeó como una racha de viento inesperada. No sé si grité, pero me consta que me puse a temblar. Me acerqué a él, intentando entenderlo mientras me aproximaba—un cuadro temible, iluminado con aspereza, una maraña de brazos y piernas, una tragedia todavía sin resolver—y, al hacerlo, vi que había un segundo cuadro en la sala, también de Caravaggio: su *Adoración de los pastores*. Era una obra más serena, pero también grande y con su propio campo de fuerza.

Me senté en un banco en mitad de la sala, los dos cuadros estaban en ángulo recto. Me quedé pasmado, sin aliento, atrapado entre esas dos inmensidades. El acto mismo de contemplar un cuadro antiguo puede ser muy extraño. Es una actividad a menudo ligada a la identidad de clase o las aspiraciones sociales. A veces puede parecer un paseo entretenido, o irritante, entre los antepasados de la gente blanca. También, a menudo, puede ser extraordinario y darle al espectador la oportunidad de ser bendecido con la perspicacia o el ingenio de un desconocido. Pero, en alguna rara ocasión, ocurre algo incluso mejor: un cuadro pintado por alguien en un país lejano hace cientos de años, la atención cuidadosa y la experiencia turbulenta de un artista sedimentadas en un lienzo extendido, salta del pasado para darte—a ti—un toque de atención sobre el presente, para confundirte al causarte tanto una sensación de alarma como de consuelo, para despertar una conciencia de tu propio ser en el acto de experimentar algo que está mucho más allá del alcance del lenguaje, algo sin lo que no querrías vivir.

La resurrección de Lázaro, pintado en torno a 1609, está dominado por la oscuridad en la parte superior. Debajo, como iluminada por un foco, está la escena de la resurrección. En el centro, extendido en diagonal, tenso entre la vida y la muerte, está el cuerpo pálido, casi verdoso de Lázaro. Un hombre lo sostiene, y sus hermanas lloran en la parte derecha del cuadro. A la izquierda está la figura de Cristo, con la cabeza iluminada por detrás, extendiendo el brazo derecho para devolverle la vida al muerto. Una luz dorada se esparce sobre las manos, los rostros, los brazos y las piernas.

Siempre me ha conmovido la historia de Lázaro, tal como se cuenta en el Evangelio según san Juan. La forma básica del relato es reconocible y cercana: alguien muere y la familia, desconsolada, ruega por que se deshaga su pérdida. En el caso de Lázaro, Cristo se conmueve tanto por el dolor de la familia que interfiere en el orden natural de las cosas y concede una excepción insólita: devuelve el muerto a la vida. Esto lo convierte en un ejemplo de la parcialidad cósmica que todos querríamos cuando más heridos y vulnerables nos hallamos. Caravaggio reduce la escena a sus hechos materiales: los rostros confusos de los espectadores, las caras abatidas de las hermanas, el cuerpo necrótico de Lázaro, la autoridad sobrenatural de Cristo.

El dramatismo que se despliega en *La adoración de los pastores* es, en comparación, mucho más sosegado. ¿Qué se puede hacer con el establo en el que nació Cristo? Muchos artistas no logran ir más allá del aire de cuento de hadas que impregna la historia en sí, pero en manos de Caravaggio el relato vuelve a cobrar vida. La clave, como de costumbre, es su confianza en el realismo: muestra cómo son las cosas y los sentimientos brotan. El cuadro es un charco de un oscuro ocre quemado, que gira en torno al rojo placentario de las túnicas que llevan la Virgen y uno de los pastores. Ésta no es una apacible escena familiar, sino, más bien, un documento de la necesidad y las penalidades. ¿Por qué iban a estar un recién nacido y su madre en un sitio tan sucio, apenas protegido de los elementos? ¿Qué rincón de un campo de refugiados es éste? ¿Por qué estas personas no tienen casa?

Caravaggio se fue de Nápoles en 1607 y acabó en Sicilia a finales de 1608, donde aceptó encargos en Siracusa, Mesina y, probablemente, Palermo. Pero entre la época que pasó en Nápoles y su llegada a Sicilia pasó más de un año aún más al sur, en Malta. Tuvo que dejar Nápoles por razones poco claras. Luego, como Caravaggio era como era, tuvo que huir de Malta después de cometer un crimen. Y cuando salió de Sicilia, lo hizo inevitablemente a toda prisa, esta vez porque temía por su vida. Volvió de Sicilia a Nápoles, y luego emprendió su viaje a Roma. En esos complicados últimos años y meses fue productivo, pero también vivió sin hogar y acosado por las preocupaciones. No es difícil imaginar que, cuando pintó *La adoración de los pastores*, comprendía profundamente a la Sagrada Familia. Al fin y al cabo, se enfrentaban a una de las necesidades humanas más sencillas y complicadas: un sitio decente y seguro donde pasar la noche.

5

En el hotel, en Mesina, leí en el *Corriere della Sera* de esa mañana acerca de un barco que se había hundido hacía más de año con setecientas personas a bordo. El barco había sido recuperado ahora por los guardacostas italianos. Lo habían reflotado y lo estaban arrastrando hasta el puerto siciliano de Augusta. Decidí ir a Augusta y asistir al atraque del barco. Partimos de Mesina en coche y fuimos por la costa, pasando por Taormina y Catania; era una mañana despejada y luminosa y pudimos ver la cima humeante del Etna a nuestra derecha durante largos trechos. La ciudad de Augusta, a nuestra llegada, estaba desierta y reluciente. Comimos en un café, pero no pudimos averiguar nada del barco reflotado. Así que seguimos viaje, más allá de Siracusa, hacia el extremo sur de la isla, hasta la ciudad de veraneo de Pozzallo. Al atravesarla encontramos mucho tráfico. Vimos pasar un coche fúnebre, seguido por una gran multitud a pie.

En la playa de Pozzallo, nos encontramos con unos amigos italianos y norteamericanos y luego fuimos en coche a la zona portuaria, donde atracaban los ferris y los buques portacontenedores. Las verjas estaban abiertas, pero no había nadie en la garita ni en los alrededores. Entre el muelle y la carretera, en una zona vallada detrás del puerto, en un aparcamiento a unos cincuenta metros de donde estábamos, había ocho grandes botes de madera. Estaban pintados de color azul, blanco y rojo, y apiñados uno al lado del otro, inclinados y apoyados unos en otros. Dejé atrás a mis acompañantes y eché a andar hacia los botes. Unos chalecos salvavidas de color naranja llenaban las cubiertas y se desparramaban hacia fuera, y, cuando llegué a los botes, el fuerte olor que emanaban se había convertido en hedor.

Daba la impresión de que habían sacado los barcos del mar y nadie se había preocupado por limpiarlos. Estaban adornados, no sólo con una enorme cantidad de chalecos salvavidas sucios, sino también con botellas de agua de plástico, zapatos, camisetas y toda la inmundicia de muchos días de convivencia en un espacio reducido.

Era imposible saber cuál o si alguno de esos botes había volcado su cargamento humano en el Mediterráneo, cuál había sido interceptado por las autoridades europeas o cuál había llevado a los aterrorizados viajeros a tierra. Llevaba conmigo mi cuaderno y, mientras paseaba entre ellos, fui tomando notas de lo que veía. Observé los detalles, dudando de cómo ponerlos por escrito. Lo que me ocurrió a continuación me cogió por sorpresa: de pronto caí de rodillas y empecé a sollozar. Notaba los latidos en el pecho, las lágrimas afloraron y entre aquellos botes, con su intenso olor a cuerpos humanos, me cubrí la cara con las manos, asaltado y sorprendido por el dolor.

Cuando recobré la compostura, subí a uno de los botes, sin que me molestase ya aquel tufo, deseoso sólo de estar allí, de imaginar a la multitud de viajeros por mar, invisible y desesperada. Luego, al cabo de un rato, volví con el grupo. Salimos de Pozzallo y regresamos a Augusta. Es un puerto provincial, repleto de grúas, barcos y contenedores, mucho más ajetreado y extenso que el de Pozzallo. Había un área vallada con tiendas de campaña para las personas que habían recogido en los últimos días o semanas, y que estaban esperando a que tramitaran su situación y los enviaran a otro sitio. Se esperaba que llegase un barco grande con muchos pasajeros. Nos dijeron que no atracaría esa noche.

Pero de día había llegado un grupo más pequeño de migrantes y un oficial de policía me permitió hablar con dos de ellos. Me llevaron a un cuarto iluminado con tubos fluorescentes. Los dos hombres eran de Bangladés, ambos eran jóvenes, probablemente de unos veintitantos años. Parecían aturdidos. Les habían dado ropa limpia—una camisa de cuadros a uno y una camiseta atlética al otro—e iban calzados con unos Croc de plástico. Presumiblemente, hablaban bengalí. Había un intérprete, un paquistaní que hablaba urdu con fluidez. Supuse que podía hacerse una idea general de lo que decían los hombres, posiblemente porque ellos también debían de saber un poco de hindi, que se parece bastante al urdu. Pero había otro problema: el intérprete hablaba italiano con fluidez, pero sólo un inglés macarrónico. Así que costaba que entendiera mis preguntas y, aún más, que consiguiese que los bangladesíes entendieran su interpretación de mis preguntas. Cuando por fin conseguían entenderlas en parte y respondían, había que dar los mismos pasos imperfectos para hacerme llegar la respuesta.

Los dos hombres se llamaban Mohamed. Uno era más corpulento que el otro. Los habían rescatado de un bote que venía de Libia, donde habían estado viviendo y trabajando más de un año. ¿Por qué se habían marchado de Bangladés? Para buscar trabajo, dijeron. ¿Y qué les había parecido Libia? El Mohamed corpulento negó con la cabeza. Muy mal, dijo, habían tenido que marcharse, los libios eran crueles; pero costaba mucho dinero conseguir un pasaje en un bote. ¿Y cómo había sido el viaje? Una vez más, fue el Mohamed corpulento quien respondió. Los traficantes les habían mentido, explicó. Les dijeron a los pasajeros que estarían en Italia en seis horas. Pero, cuando los recogió el barco italiano, llevaban ya en el mar casi un día entero.

Les pregunté qué esperaban hacer, y esta vez fue el Mohamed más menudo quien respondió. Querían tener la libertad de trabajar en Europa, dijo. Su compañero asintió con la cabeza, expresando que estaba de acuerdo. Su cansancio era evidente; la fatiga de haber sobrevivido ese mismo día a una prueba en el mar. Eso era lo que no se me quitaba de la cabeza: que ellos habían sobrevivido, pero otros habían muerto. ¿Por qué había ocurrido así? Era cuestión de suerte, y eso parecía contribuir a su aire aturdido.

Nos enteramos de que otro bote atracaría más tarde esa misma noche en otro puerto más pequeño de la zona de Augusta, a unos minutos en coche de allí. Y nos contaron entonces que las autoridades habían impedido atracar al barco más grande que esperábamos, aunque iban a desembarcar a unos cuantos pasajeros que necesitaban atención médica urgente. Así que fuimos a ese otro puerto, y, al cabo de media hora, llegó un pequeño bote cubierto. Otros miembros de la prensa estaban presentes en el muelle con nosotros, y nos dejaron presenciar el atraque del bote, pero no acercarnos ni tomar fotografías. Varios policías patrullaban la zona mientras unos seis sanitarios, vestidos con trajes protectores y mascarillas blancas, subían a bordo. Enseguida sacaron a un hombre de aspecto frágil y lo tendieron en una camilla. Lo llevaron hasta a la ambulancia. Uno de los periodistas italianos sugirió que debía de ser de Eritrea.

Poco después, los sanitarios, con sus trajes y sus mascarillas blancas, sacaron del bote a una pareja negra, un hombre y una mujer, y luego a otra. Las dos mujeres estaban embarazadas. Ayudaron a desembarcar a los cuatro y los acompañaron por el muelle hasta la ambulancia que los estaba esperando. Fui hasta allí. Uno de los hombres estaba sentado cerca de la puerta y le pregunté de dónde eran.

—De Nigeria—dijo.

Con la sensación de estar excediendo, en cierto modo,

los límites profesionales, pero pensando que tal vez esta gente no oyese muchas palabras amables los días siguientes, le dije:

—Bienvenido. —Luego añadí—: Que el Señor sea contigo.

Antes de que el hombre pudiera responder, un policía cerró la portezuela de la ambulancia y me indicó por gestos que me marchara.

6

Siracusa está construida con piedra de color miel, tanto las casas más humildes como la catedral, consagrada a santa Lucía, patrona de la ciudad. Su leyenda es la típica de las santas cristianas: el voto de castidad, la consagración a Dios, el enfrentamiento con las autoridades temporales (en su caso, el gobernador de Siracusa) y su subsiguiente y espantosa ejecución. Algunas versiones de la leyenda dicen que a Lucía le sacaron los ojos antes de ejecutarla. Santa Lucía es la patrona de los ciegos y, en la estatua que hay en lo alto de la catedral, sostiene una bandeja en la que lleva los ojos.

Mi enlace en Siracusa me había puesto en contacto con un joven de Gambia llegado en bote desde Libia ocho meses antes. D. se había registrado como menor de edad—me reconoció que ya no lo era, y calculé que tendría unos veinte años—y lo habían enviado a una residencia de acogida con varios menores más. Tenía una cara oscura e inteligente y una actitud relajada que me recordaba a mis primos pequeños. Parecía alegrarse de poder hablar inglés con alguien y aún se alegró más cuando le dije que yo era nigeriano.

—Me encanta la música nigeriana —dijo—. Es la única que escucho.

Le pregunté por qué había emigrado. Su padre era un

político de rango menor, dijo, y había caído en desgracia bajo el entonces presidente de Gambia, Yahya Jammeh.

—Mi padre tuvo que exiliarse en Dakar. Las cosas se pusieron muy difíciles para mi familia. Para mi madre y mis hermanas.

Pero ¿por qué no se había ido él también a Dakar?

—No tenía mucha relación con mi padre.

Luego su padre murió y la situación se volvió aún más desesperada. Él se fue a Libia, a buscar trabajo, y se las arregló para enviar pequeñas cantidades de dinero a casa. Cuando por fin se decidió a pagar dinero a los traficantes de personas a cambio de un pasaje a Europa, no se lo contó a nadie.

—¿No temiste morir?

—Sí, un poco—dijo—, pero las cosas en Libia se habían puesto mal. Tenía que irme.

Era la misma historia, en esencia, que la de los Mohameds.

—Y el viaje, ¿fue tan malo como pensaste?

—Peor—dijo D.

Los traficantes le habían dado una emisora a uno de los pasajeros, a quien nombraron arbitrariamente «capitán». Las instrucciones eran que debía intentar establecer contacto con uno de los barcos italianos pasado cierto tiempo. Tras varias horas desesperados, la estratagema funcionó y recogieron a los migrantes y los llevaron a Sicilia. Hasta que llegó, D. no avisó a su familia de que había emprendido ese viaje. Decía que los italianos habían sido amables con él. Seguía viviendo en la residencia para menores, donde disfrutaba de cierta libertad. Pero tenía muy poco dinero y no tenía permiso de trabajo. Habían pasado los meses, y estaba deseando dejar Siracusa para ir a una ciudad más grande.

Luego quiso saber qué hacía yo en Siracusa. Le respondí que había ido a ver un cuadro de Caravaggio. Señalé hacia la piazza Duomo y le pregunté si quería acompañarme. Replicó que no veía por qué no. Mientras entrábamos juntos en la iglesia de Santa Lucia alla Badia, me dijo:

—¿Sabes?, vengo a esta plaza a diario y nunca he entrado en una iglesia. Ni en ésta ni en ninguna otra. Quiero decir, en toda mi vida. Nunca he visto el interior de una iglesia.

Lo habían educado como musulmán. Parecía sorprendido de poder entrar sin más, de que nadie cuestionara su presencia ni le impidiera la entrada. Fuimos delante del altar.

El entierro de santa Lucía es enorme, mide tres metros de ancho por más de cuatro de alto. Ahora está en mal estado: la superficie de la pintura está deteriorada, y tiene grandes áreas dañadas. Pero eso no disminuye el efecto del cuadro. En todo caso, la fragilidad material de la imagen contribuye a centrar la atención en su ambiente fúnebre. Santa Lucía, muerta, está tendida en el suelo, con un visible corte en el cuello y los ojos cerrados. Una multitud se ha congregado detrás del cadáver. En primer plano, dos hombres de aspecto fornido están cavando en el suelo, pero este «suelo», perdido en un campo de marrones oscuros, hace que parezca que el tiempo mismo estuviera enterrando el cuadro. La oscuridad envuelve a los protagonistas por todas partes. Mientras D. contemplaba el cuadro, quise hablarle de cómo Caravaggio, al llegar a ese momento de sus viajes, se había vuelto bastante paranoico y se había acostumbrado a dormir con su espada. Pero no lo hice. Contemplamos el cuadro juntos un rato y luego salimos de la iglesia. Fuera, los ojos de D. parecían atónitos, tanto por Caravaggio, supuse, como por mí, aquel extraño tipo de África Occidental salido de la nada y que no paraba de hacer preguntas extrañas.

7

Desde el aire, la primera impresión que tuve de la mayor de las islas maltesas fue la de un enorme corcho flotando en el mar: un terreno plano y marrón que salía del agua en forma de vertiginosos precipicios. En el viaje desde el aeropuerto, el taxista me dijo, sin que yo le preguntara: «Malta es bonita, pero no podemos alimentar a todos estos refugiados. Somos una isla pequeña, no un país grande».

Malta se caracteriza por sus casas e iglesias bien conservadas, por el imponente fortín del Castel Sant'Angelo, y la influencia perdurable y omnipresente de la Soberana Orden Militar y Hospitalaria de San Juan de Jerusalén de Rodas y de Malta. Fue el mecenazgo de esta organización cristiana militante, también conocida como los Caballeros de Malta, lo que llevó a Caravaggio a Malta en julio de 1607.

Caravaggio vivió en Malta poco más de un año y en ese tiempo pintó unos pocos cuadros para los Caballeros, cuyo santo patrón es san Juan Bautista. Su sobrio y complaciente retrato de Alof de Wignacourt, el gran maestre de la orden, está en el Louvre. Se cree que otro retrato de Wignacourt se ha perdido. Esos cuadros probablemente se hicieran para tratar de ganarse su favor, para que lo nombrara caballero, lo cual aumentaría sus posibilidades de conseguir el perdón papal por el asesinato de Tomassoni. La isla conserva dos cuadros importantes de la época que pasó allí Caravaggio. El primero es *San Jerónimo escribiendo*. Él es el que, más que ninguna otra cosa, me había llevado a Malta: *La decapitación de san Juan Bautista* (lámina 1), un cuadro que yo conocía desde niño, antes de saber de la existencia de Malta.

La parte más poblada de la isla es una densa aglomeración de pueblos cerca de La Valeta, la capital. Yo me alojé en

Sliema, uno de esos pueblos, cené frente al mar, paseé por las calles más tranquilas y me dediqué a deambular. Hasta el tercer día no reuní el valor suficiente para ir a la concatedral de San Juan en La Valeta. La concatedral—llamada así porque la antigua capital de Malta, Mdina, en el interior de la isla, ya tenía una catedral—está cubierta de adornos y dorados, y late con el murmullo de los visitantes. Pero, si uno sigue los carteles y cruza una pequeña puerta que hay al fondo, entra en una sala pequeña y silenciosa como una capilla, el oratorio. Justo delante, aunque sólo visible después de rodear un tabique, está *La decapitación de san Juan Bautista*. El efecto es el de haberte encontrado con algo espantoso, algo que desearías no haber visto.

Las siete personas retratadas en el cuadro parecen personas reales en un espacio real, empequeñecidas por el fondo oscuro. La luz, la escala monumental (es más grande incluso que *El entierro de santa Lucía*), la altura a la que cuelga el cuadro y la distribución de la luz y la oscuridad contribuyen a crear la impresión de que lo que estás viendo es un suceso real: los dos prisioneros que presencian la ejecución; la criada con la bandeja de oro; la anciana; el hombre que dirige la ejecución; el verdugo, que echa mano del cuchillo para rematar la faena, y el propio san Juan, postrado en el suelo, con la sangre brotándole del cuello. Caravaggio firma con su nombre al pie—la única vez que se sabe que lo hiciera—, con una línea roja trazada a partir de la sangre.

Toda la fuerza malévola de los cuadros de Caravaggio que había visto en las dos semanas anteriores—*Judit decapitando a Holofernes*, *El martirio de san Mateo*, *David con la cabeza de Goliat*, *La flagelación*—, todo ese mortífero poder parecía haberse destilado en una única imagen pesadillesca, una cámara de vigilancia fija sobre un crimen inacabado, una película *snuff*, con una muerte real.

Era difícil integrar *La decapitación de san Juan Bautista* dentro de lo que quiera que entienda yo por pintura. Tendría que pasar más de un año antes de que encontrase la clave que me ayudara a procesar lo que había visto en Malta: dos breves vídeos rodados en Libia en 2017. El primero, rodado por una fuente sin identificar, muestra a unos hombres a los que están vendiendo en un mercado de esclavos. El segundo lo rodaron unos periodistas de la CNN, que viajaron a las afueras de Trípoli para confirmar la historia. Los hombres a los que están vendiendo son migrantes procedentes de Níger; unos pocos aparecen de pie, de noche, delante de una pared vacía, en un patio desolado como el del cuadro de Caravaggio. Hay poca luz. Casi no se ve. El negocio se lleva a cabo de manera rápida y expeditiva: se dicen los precios, unos compradores invisibles pujan y se acabó. En esos vídeos, lo que vi fue la vida vuelta del revés, la vida convertida en muerte, igual que la había visto en el cuadro de Caravaggio. No sólo lo que no debería ser, sino lo que no debería ser visto.

El cuadro impresionó a los anfitriones de Caravaggio. El 14 de julio de 1608, poco después de que lo completara, lo nombraron Caballero de la Orden de San Juan. Alof de Wignacourt hizo la proclamación y lo comparó con Apeles, el mayor pintor de la Antigüedad. Caravaggio recibió una cadena de oro y, según Giovanni Bellori, Wignacourt «le regaló dos esclavos». La mayoría de personas esclavizadas en Malta eran musulmanes, en una época en que el odio mutuo entre los Caballeros de Malta y el Imperio otomano llegó a extremos de fanatismo (había muchos cristianos esclavizados en tierras otomanas). Desconocemos la identidad de las dos personas entregadas a Caravaggio, pero mucha de la gente esclavizada que trabajaba en las casas en Malta era de Bornu, que se extendía por zonas de los actuales Nigeria y Chad.

Caravaggio no pudo disfrutar de su cruel estatus mucho tiempo. A finales de agosto, se vio implicado en otra disputa violenta. Giovanni Rodomonte Roero, un caballero de alto rango, fue herido una noche, y Caravaggio y otros cinco hombres se vieron implicados en la agresión. Caravaggio pasó semanas preso en el Castel Sant'Angelo. Pero, de algún modo, se las arregló para escapar de su cautiverio, descolgándose por la ventana con una cuerda. Encontró a un barquero, al que es posible que sobornara, y fue directo a Sicilia. Luego llegaron Siracusa, Mesina y Palermo, los grandes cuadros que pintó en esos meses, como un rastro de miguitas de pan; y luego, creyéndose en peligro de muerte en Sicilia, temeroso, tal vez, de la influencia de los Caballeros de Malta, volvió a Nápoles, donde tuvo otra época muy productiva en una ciudad que conocía bien. Pensó que estaría a salvo en Nápoles. Se equivocaba. En octubre de 1609, al salir de una taberna, se vio rodeado por un grupo de hombres que le dieron una paliza y le rajaron la cara. Hay quien afirma que quedó parcialmente lisiado y ciego a raíz del ataque. Tardó mucho tiempo en recuperarse. Entre la agresión y el final de su vida, un período de nueve meses, produjo apenas un puñado de obras, de las cuales, se cree que las dos últimas son *La negación de san Pedro* y *El martirio de santa Úrsula*.

Menos de un año después de mi visita a Nápoles, el Museo Metropolitano de Nueva York recibió en préstamo *El martirio de santa Úrsula*. Pude verlo al lado de *La negación de san Pedro*, que forma parte de la colección del Met. Como sabemos que murió poco después, no podemos evitar ver esos cuadros a través de la lente de un estilo tardío, como obras que transmiten tanto la enorme habilidad del artista como su sentido de la urgencia. Son cuadros de gran economía de medios y profundidad psicológica. El temor en los ojos de san Pedro, el pesar en el rostro de santa Úrsula, ¿reflejaban la clarividencia de un hombre que sabía que su vida estaba a punto de concluir? Es tentador pensarlo. Pero Caravaggio contaba con recuperarse de las heridas del año anterior. Esperaba conseguir el perdón papal. A pesar de tener a sus espaldas una obra notable, sólo tenía treinta y ocho años. Debía de pensar que aquello era sólo el principio. No estaba pasando de la vida a la muerte, como Juan, el Bautista. Estaba volviendo de la muerte a la vida, como Lázaro. Eso creía; eso esperaba.

En el verano de 1610, Caravaggio recibió noticia de que iban a concederle el perdón en Roma, gracias a la intercesión de su antiguo mecenas, el cardenal Scipione Borghese. Zarpó de Nápoles en una *felucca*, un falucho, a mediados de julio, llevando consigo tres cuadros, como regalo para el cardenal. Una semana después llegó a Palidoro, una ciudad costera fortificada a unos treinta kilómetros al oeste de Roma, desde donde, presumiblemente, pensaba dirigirse a la ciudad. Pero algo fue mal en Palo. Al desembarcar, Caravaggio se vio implicado en una disputa con los oficiales del fuerte y lo detuvieron. La *felucca* zarpó sin él, aunque con los cuadros todavía a bordo, y puso rumbo norte hacia la costa toscana, a la pequeña ciudad de Porto Ercole. Es posible que tuviesen que desembarcar allí a otro pasajero. Cuando Caravaggio fue liberado, días después, se dirigió a caballo en dirección a Porto Ercole, a un día de viaje. Al llegar, se desplomó, exhausto. La *felucca* llegó más o menos al mismo tiempo.

Un caluroso día de julio de 2016, me puse en camino hacia Porto Ercole. El tren desde Roma pasó por Palidoro al cabo de treinta minutos y llegó a Orbetello-Monte Argentario hora y media después. Pude imaginar que, en julio de 1610, fuese un viaje capaz de producir unas fiebres.

Me alojé en Orbetello y tomé un taxi desde allí a la mañana siguiente, a través de un saliente de tierra que acaba en el promontorio del Monte Argentario, en cuya vertiente sur está Porto Ercole. Desayuné en un café en la playa de rocas. Sentados en una mesa cercana había cuatro visitantes; dos de ellos, a juzgar por su acento, estadounidenses. Uno de ellos era un hombre mayor. «Bueno, tal vez ese tipo gane las elecciones y pueda poner fin a todo eso —dijo—. La corrección política es una locura. Ya ni siquiera se le puede hacer un cumplido a nadie. Empezarán a gritar que es acoso sexual». Hablaba sin parar, con la actitud de quien quiere que le oigan los demás. Se quejaba de su exmujer. Sus tres acompañantes asentían, comprensivos, con la cabeza.

Caravaggio nunca pintó el mar. He buscado en vano una marina entre sus cuadros; en ellos, los paisajes son raros. Sólo podemos juzgar por la obra que ha sobrevivido, y en ella no hay ni ondas, ni olas, ni calma oceánica, ni naufragios, ni playas, ni atardeceres sobre el agua. Y, no obstante, sus últimos años los pasó surcando el mar, y recaló siempre en puertos, portales de esperanza, de los cuales Porto Ercole fue la última e imprevista parada. Está enterrado allí en alguna parte, tal vez en la playa, puede que en alguna iglesia local, pero puede decirse que su verdadero cuerpo está en otra parte: me refiero al cuerpo de sus logros pictóricos, que se ha repartido por decenas de lugares alrededor de todo el mundo, lugares en los que las cartelas de la pared dicen: «Muerto en 1610, Porto Ercole».

Fue un asesino, tuvo esclavos, un terror y una plaga. Pero no acudo a Caravaggio para que me recuerde lo buena que es la gente y, desde luego, tampoco lo bueno que era él. Al contrario, acudo a él en busca de cierto conocimiento que, de otro modo, resulta insoportable. He aquí un artista que retrató la fruta madura y en el momento en que empezaba a corromperse; un artista que pintó la carne del modo más delicado y seductor, y más gravemente herida. Cuando mostraba el sufrimiento, lo hacía tan sorprendentemente bien porque estaba a ambos lados de él: se lo imponía a los demás y lo recibía en su propio cuerpo. Caravaggio lleva muerto mucho tiempo, igual que sus víctimas. Lo que queda es la obra, y no tengo que apreciarlo para saber que necesito saber lo que él sabe, el conocimiento que vibra, varios siglos después, en la superficie de sus cuadros, el conocimiento de todo el dolor, la soledad, la belleza, el miedo y la espantosa vulnerabilidad que comparten nuestros cuerpos.

Bajé andando al puerto de Porto Ercole. Decenas de barquitos se balanceaban pulcramente en el agua, y le pedí a uno de los hombres que esperaban al lado de los barcos que me llevara a dar un paseo. El aire estaba despejado, el agua tenía un intenso color azul, con leves reflejos púrpuras. Por segunda vez en mi viaje, subí a bordo de un barco. Zarpamos, y cuando el barquero se quitó la camisa, yo hice lo mismo. Daba la impresión de tener cincuenta y pocos años, y me dijo que siempre había vivido en Porto Ercole. Hablaba muy poco inglés. Cuando le dije que era de Nueva York, sonrió y puso el pulgar hacia arriba.

«¡Ah, Nueva York!», dijo.

Estábamos a un par de millas del puerto. ¿Había oído hablar de Caravaggio? Pues claro que sí. Señaló a la playa.

«¡Caravaggio!», exclamó, sin dejar de sonreír.

Le pedí por señas que apagara el motor. Se apagó con un petardeo y el silencio nos rodeó; el único rumor que se oía era el de las olas lamiendo el casco mientras el barco cabeceaba en el Mediterráneo.

SEGUNDA PARTE

ELEGÍAS

SALA 406

1

¡Ay! Sha'del, hijo de Zabdibôl, hijo de Moqîmu, el artesano. Murió el tercer día de Kanûn (en) el año 484 (noviembre, 172 después de Cristo).

2

La destrucción de una ruina es como la profanación de un cadáver, una venganza contra el pasado, pensada para envenenar el futuro. Y con cuánta frecuencia ocurre que quienes destruyen ruinas son los mismos que profanan cadáveres.

3

Necesito entender qué me entristece, no con la esperanza de eliminar la tristeza, sino con la esperanza de disminuirla.

4

Debajo de la moderna Tadmor estaba la cárcel de Tadmor. Esa mazmorra se construyó para el espanto. Su población se contaba por miles. Para mantener a la población temerosa, se arrastraba a prisioneros aleatoriamente a la muerte, o a que los hicieran pedazos con un hacha. Arriba estaban las antiguas ruinas. El poeta sirio Faraj Bayrakdar, que estuvo preso en la prisión de Tadmor de 1988 a 1992 por sus ideas comunistas, la llamó «un reino de muerte y de locura».

¡Ay! Tadmor, la esposa de Moqîmu, hijo de Nûrbel, el artesano. Murió el día 29 de Siwan en el año 457 (junio, 146 después de Cristo).

6

Desplazo lo que duele, lo que corta, hacia otro objeto que carga con un dolor local desde hace siglos. Los dolientes y aquéllos por los que se lamentan murieron hace dieciocho siglos. Su dolor—«¡Ay!»—sigue fresco.

7

La manera en que las mujeres levantan la mano derecha para tocar con delicadeza el dobladillo de sus túnicas. Sus iris tallados, sus pupilas doblemente talladas, en la piedra caliza.

8

¡Ay! Nûrbel, el hijo de Moqîmu, (hijo de) Nûrbel. En (el mes de) Quinyan del año 492 (julio, 181 después de Cristo).

9

Hay otras dos personas en la sala 406. Una de ellas es un joven con una camiseta negra y pantalones cortos negros. El museo cerrará pronto. Fuera está la ciudad. Es la última hora de la tarde y el verano casi ha concluido. Muchas lenguas fluyen por las calles, mucha gente, y el edificio de Naciones Unidas es de un verde marino bajo la luz de agosto.

El 26 de junio de 1980, fracasa un golpe de Estado contra el presidente Hafez al-Asad. Se considera responsables a los Hermanos Musulmanes. Al día siguiente, fuerzas de comando, bajo las órdenes de Rifa'al al-Asad, el hermano del presidente, van a la cárcel de Tadmor con órdenes de ejecutar a todos los presos, tanto si tienen que ver con los Hermanos Musulmanes como si no. Los comandos llegan al amanecer. Los presos están en sus celdas, y los comandos van de una a otra. No se conservan registros, pero se cree que asesinaron a un millar de presos.

11

La antigua ciudad de Tadmor (el posible vínculo etimológico con la palabra árabe *tamr*, 'dátil', no está comprobado), durante milenios un oasis en el desierto sirio, se convierte, bajo la influencia grecorromana, en torno al primer siglo después de Cristo, en Palmira (el nombre evoca las palmeras datileras). Por debajo de Palmira perdura Tadmor: el dialecto local de arameo, tallado en estelas de piedra caliza como «palmireño», la reina árabe Zenobia, que combate, y vence, y pierde, y es llevada a Roma, cargada de cadenas de oro.

El vestido parto (luego «persa»), de estilo griego, en este lugar donde se encuentran varias culturas (figura 2). Los rostros aparecen de frente, tanto idealizados como estilizados, en respuesta a los retratos romanos de los siglos II y III después de Cristo. Los pliegues simplificados de las túnicas caen como hojas de palmera. Las muescas de las inscripciones en palmireño son como hojas secas.

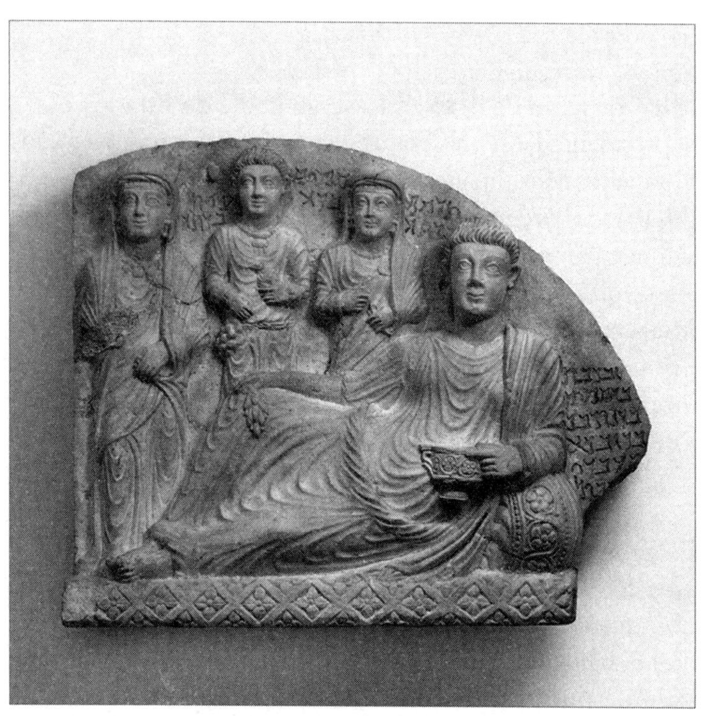

FIGURA 2. Anónimo, relieve fúnebre, *c.* siglos II-III después de Cristo.

13

Ese «¡Ay!» repetido nos dice cómo era. El anfiteatro se construyó durante la era imperial romana. En nuestra época, se alinea a gente en el anfiteatro para fusilarla. Uno de los horrores destacados del Estado Islámico es que el individuo muere como parte de una masa innúmera. Nadie sabe cuántos han sido asesinados, cuántos violados, a cuántos se los ha hecho desaparecer de la faz de la tierra sin la dignidad ni los ritos que podrían disminuir el dolor. ¿Doscientos? ¿Dos mil? ¿Veinte mil? ¿Cuánta gente ha sido asesinada durante la desquiciada campaña del Estado Islámico por reinventar el mundo? ¿Cómo se llamaban? ¿A quién amaban? ¿Quiénes eran sus padres?

14

Ni «arte», de manera vaga. Ni «arqueología», de manera imprecisa. Sino más bien: este objeto específico, ese objeto específico, su aspecto, su significado. Lo que supone verlo un día concreto y reiterar nuestra deuda con sus custodios. Como antiguo historiador del arte, me siento como un miembro de esta compleja tribu de guardianes. ¿A cuántos de nosotros asesinó el régimen del Baaz antes de la guerra? ¿A cuántos arqueólogos, historiadores e historiadores del arte mataron los bombardeos estadounidenses de Bagdad? ¿A cuántos tallistas, a cuántos fabricantes de laúdes, a cuántos maestros del *maqam*,[1] a cuántos cantantes? ¿A cuántos de aquellos que valoran el pasado en nombre del futuro? ¿Quién se encarga de llevar la cuenta?

15

El joven de la sala 406, con su camisa negra, pantalones cortos negros, zapatos negros y calcetines negros, va de vitrina en vitrina con una peculiar atención. Mueve, nervioso, las manos, pero su rostro está sereno.

16

Las ruinas y las tumbas de Palmira estaban bajo la custodia del viejo profesor. Distinguido arqueólogo, respetado eru-

---

[1] El sistema de modos melódicos de la música árabe. (*Todas las notas son del traductor*).

dito y miembro del partido Baaz desde 1954, estaba predestinado a morir cuando cayera la ciudad. El profesor Khaled al-Asad fue conducido a una mazmorra, no en la cárcel de Tadmor—destruida ya por el Estado Islámico—, sino a otra parte. Aquí, en esta ciudad que había amado y protegido, lo torturaron. Es mejor no imaginar lo que le ocurre a un hombre de ochenta y dos años en una cámara de tortura. Luego lo mataron. Y eso es sólo el principio, ¡ay!

17

Dentro de unos minutos, cerrará por hoy la sala 406. La talla, una elegante mezcla de elementos persas y helénicos, es llamativa: ningún otro arte tiene este aspecto. Las familias de los comerciantes ricos de Palmira financiaban este arte. Algunas de las estelas son bustos de medio cuerpo; otras, más complejas, muestran a una figura reclinada, asistida por otras figuras. En altorrelieve, las figuras son más pequeñas que la mitad del tamaño natural y están dispuestas en torno a la tumba, como en un comedor romano. En el mundo venidero, estaremos juntos en el banquete.

LA MORTAJA DE MAMA

Cuando mi abuela materna murió, a finales de junio de 2017, busqué fotografías suyas. Murió en Nigeria, mientras yo estaba en Italia, en un congreso. No estuve con ella cuando entró en coma, ni tres días después, cuando murió. Cuando mi hermano me comunicó la noticia, llamé a mi madre y a otros miembros de mi familia para darles el pésame. La enterraron al día siguiente de su muerte, según la costumbre musulmana, y no pude asistir a su funeral. Mi madre, que estaba visitando a unos amigos en Houston, también se perdió el coma, la muerte y el funeral.

Abrí mi ordenador y empecé a buscar fotos de mi abuela en las carpetas. En cada viaje anual a Nigeria de los años anteriores, había ido a verla a Sagamu, la pequeña ciudad a unos cuarenta y cinco minutos al norte de Lagos donde nació y en la que había pasado la mayor parte de su vida. En esas visitas, me decía: «Siéntate a mi lado. Quiero notar tus manos entre las mías. Ven aquí cerca. Quiero que tu piel toque la mía». Siempre me gustó sentarme a su lado y darle la mano. Luego, le hacía fotos. Tengo fotos de ella sola, en selfis conmigo, acompañada por mi madre y mis tías. En estas fotos tiene la piel sorprendentemente tersa, apenas tiene canas y, en casi todas, hay un rastro de diversión. Hay un par de fotos que muestran a mi mujer sosteniendo sus manos envejecidas y pintándole las uñas.

Para sentirnos cerca de nuestros muertos, conservamos con aprecio imágenes de ellos. Llevamos milenios haciéndolo. Sólo hay que pensar en los retratos del Fayún, que nos muestran los rostros de los antiguos egipcios con una sorprendente cercanía. Basta pensar en la escultura palmireña. Las imágenes—los cuadros, las esculturas, las fotografías—nos recuerdan qué aspecto tenían nuestros allegados en vida. Pero en casi todos los sitios y la mayor parte del tiempo, un recuerdo visual del verdadero aspecto de la gente estaba sólo al alcance de las élites de una sociedad. La fotografía cambió eso. Ahora casi todo el mundo es capturado en fotografías que le sobreviven. Las fotografías perduran cuando alguien muere, y sirven como depósitos para la memoria y como talismanes para el duelo.

Mi abuela nació en 1928. Le pusieron de nombre Abusatu, pero nosotros la llamábamos Mama. Yusuf, el padre de Mama, había sido un severo imán en Sagamu, y Ladani, el padre de Yusuf, tenía fama de haber sido aún más severo. En cambio, Mama era serena, buena, amable y tolerante. Encontraba un profundo consuelo en la religión, pero no era doctrinaria. De sus cinco hijas, tres (entre ellas, mi madre, su primogénita) se casaron con cristianos y se convirtieron al cristianismo. A Mama le dio igual. En la familia había musulmanes, cristianos y otros que, como yo, se habían apartado por completo de la religión: Mama nos quería a todos por igual. Un ejemplo de su generosa compasión: cuando yo estudiaba en Estados Unidos, me envió una manta de algodón blanca tejida a mano. Nunca supe por qué, ni se lo pregunté. Pero hasta hoy es el pedazo de tela que más aprecio.

Estaba saliendo de Roma cuando recibí la triste noticia de la muerte de Mama. Estaba a punto de cumplir ochenta y nueve años. El final le llegó deprisa, y estuvo rodeada de su familia. Podría decirse que fue una buena muerte. Pero ¿por qué no pudo haber vivido hasta los noventa y nueve, o los ciento nueve, o para siempre? La muerte nos hace quejarnos de la muerte. Nos hace desear lo imposible. Podía entender, objetivamente, que tuve suerte de haber tenido abuela a mis cuarenta y tantos años, y que mi madre, que tenía sesenta y nueve en aquel entonces, tuvo suerte de haber tenido a su madre tanto tiempo. Mi padre tenía seis años cuando murió su madre; ha estado llorándola casi tanto tiempo como lleva viva mi madre. Pero al corazón doliente la lógica le da igual, y se niega a hacer comparaciones. Lloré la muerte de Mama cuando salí de Italia hacia Nueva York, pero no lloré, o no pude llorar, de verdad.

El vuelo aterrizó en Nueva York a última hora de la tarde. Tal vez justo cuando estaban enterrando a Mama. Mi madre reenvió un par de fotos que hizo mi primo Adedoyin al WhatsApp de Karen. Ella cogió el teléfono y me las enseñó. Verlas fue un golpe. Una era de Mama, muerta en la cama del hospital, con un camisón de flores y tapada con una sábana, también de flores, con el tubo del oxígeno todavía en la nariz. El brazo derecho colgaba, inerte, a un lado; no parecía que estuviese dormida, sino, más bien, desmayada y vulnerable. La otra fotografía mostraba a una figura envuelta en una mortaja blanca, atada con cuerda blanca y tendida en una cama: un fardo de forma vagamente humana en lugar de mi abuela. Rompí en un llanto cálido y repentino.

¿Qué fue lo que desataron esas fotografías? La imaginación es delicada. Impone el decoro. Una fotografía insiste en un hecho crudo, y nos enfrenta a lo que tal vez estábamos queriendo evitar. Ahí está mi querida Mama, indefensa en la cama del hospital, y no puedo protegerla. Días después, sabría por mi madre que, en la primera fotografía, Mama aún estaba en coma y no había muerto. Pero, al contemplar la segunda fotografía, en la que está indiscutiblemente muerta, mis pensamientos se habían acelerado con una lúgubre lógica: ¿por qué le han tapado la cara? Pensé: debe de ser asfixiante tener eso encima, ¡no podrá respirar! Y luego pensé: está muerta y no volverá a respirar. Y fue entonces cuando afloraron las lágrimas.

La vida de Mama había sido muy dura. Vendedora ambulante de nuez de cola y, más tarde, dueña de un pequeño colmado, fue una de las cinco esposas de mi difunto abuelo, y no, precisamente, a la que mejor trató. Nunca fue a la escuela, y la única palabra que sabía escribir era su nombre, a veces con la ese al revés. Pero, cuando murió Baba, hace más de veinte años, Mama dejó su casa y vivió en un edificio de dos plantas que le construyeron sus hijas. Fue una líder entre las mujeres, una especie de diaconisa, en la mezquita local. Asistía a fiestas, iba al mercado y a las oraciones vespertinas. Vivía en la seguridad de su propia casa, con mi tía, la segunda de sus hijas, que era viuda. En esos últimos años, su vida se volvió más fácil. «Tiene una única obsesión—decía mi madre—: la ceremonia de su entierro». Mama insistía en que la enterraran el mismo día que muriera, fuese cuando fuese.

Mi madre decía: «No hace más que repetir: "Y que no me entierren en la casa, porque lo que está podrido hay que echarlo afuera. Y preparad comida los siete días siguientes y llevadla a la mezquita, para los pobres"». Lo más importante, según contaba mi madre, era que Mama repetía que, guardada en un armario, en la habitación de al lado del salón de su casa, estaba su túnica, con la que debían enterrarla. Para ella tenía una importancia crucial reunirse con su creador con la túnica con la que había ido a ver la Kaaba, el lugar más sagrado para el islam.

El Haj, la peregrinación a la Meca, que hizo en 1996, cuando tenía sesenta y ocho años, transfiguró a mi abuela. Con ese viaje, con su cumplimiento de uno de los preceptos centrales del islam, se había deshecho de su antigua vida y había emprendido una nueva, que la ponía en una relación exacta con la eternidad. El año en que ella hizo el viaje, miles de peregrinos nigerianos habían sido obligados a regresar debido a un estallido de cólera. Mi abuela fue una entre los escasos cientos de personas que pasaron. Cuando volvió de La Meca, muchos de sus conciudadanos empezaron a llamarla «la Peregrina Afortunada». Y, como para estar a la altura de ese apodo, tenía siempre el semblante sereno de quien goza de una protección especial. Mi madre, cristiana anglicana, le había financiado el viaje, sabedora de lo que significaría para su madre cumplir con ese último pilar de la fe. Pero es posible que no supiera lo mucho que iba a significar. Contaba con la satisfacción social que le proporcionaría a Mama, pero no con la profunda confirmación existencial que le proporcionó.

En los últimos años, he pensado a menudo en la túnica de peregrinación de Mama. He pensado en lo afortunada que fue de poseer algo tan sagrado para ella, de un valor tan incalculable que quería llevarlo puesto cuando fuese a encontrarse con Dios. Y lo consiguió: debajo de la sencilla mortaja blanca en la que la envolvieron cuando murió estaba su sencilla túnica de peregrinación.

Contemplo varias fotografías de los últimos años de Mama en mi ordenador. Ninguna acaba de convencerme del todo. Muchas están borrosas, la mayoría son banales. Sólo me gustan las de sus manos: me recuerdan a cuando quería que mis manos tocaran las suyas. Pero la fotografía que no se me quita de la cabeza es la que hizo mi primo de Mama con su mortaja fúnebre. La imagen me recuerda a las fotos de los periódicos de funerales en las zonas conflictivas de Oriente Medio: una multitud enardecida, portando en alto un cadáver amortajado. Pero Mama no fue víctima de la violencia. Murió en paz, pasados los ochenta y ocho años, rodeada de su familia.

No obstante, la costumbre está relacionada. Es un recordatorio de que la palabra *musulmán* —que hoy es una parte relevante del debate político en Estados Unidos y que se emplea a menudo como un insulto—no es ni ha sido nunca una abstracción para mí, ni para los millones de estadounidenses para los que es algo que viven en su día a día o una realidad familiar. Un titular del *The New York Times* publicado poco después del entierro de Mama decía: «La prohibición de viajar establece que los abuelos no cuentan como "familia cercana"». El titular se refería a la prohibición de entrada a los visitantes de seis países de mayoría musulmana. Nigeria todavía no estaba en la lista—lo estaría poco después—, pero el brutal prejuicio y la crueldad que aquello transmitía—por no hablar del evidente absurdo de excluir a los abuelos de la definición de familia—era muy real.

La noche del entierro de Mama, me fui a dormir en mi apartamento de Brooklyn. No podía quitarme de la cabeza la imagen de la fotografía de mi primo. Fui al armario y saqué la manta blanca de algodón que me había enviado Mama tantos años atrás. Hacía una noche calurosa, era pleno verano. Me envolví el cuerpo con la manta. En la oscuridad, me pasé despacio la manta sobre los hombros, por encima de la barbilla y de la cara, hasta que quedé totalmente cubierto por ella, hasta que quedé cubierto por Mama.

CUATRO ELEGÍAS

TOMAS TRANSTRÖMER

En el libro *Visión nocturna*, de Tomas Tranströmer, publicado en 1970, hay un poema titulado «Algunos minutos» (muchos de sus poemas tienen títulos lacónicos). La última parte del poema se cuela en mi torrente sanguíneo:

Siento como si mis cinco sentidos estuviesen acoplados a otro ser
que se mueve tan empecinadamente
como los corredores vestidos de colores claros en un estadio
sobre el que chorrea la oscuridad.[1]

Tranströmer transmite una sensación de indefensión, de estar siendo empujado por fuerzas ajenas a uno mismo. Movimiento además de inadvertencia. Esa oración larga, construida a partir de frases más cortas, que cobra su pleno sentido por adición, como unas enormes nubes blancas, puede leerse sin tomar aliento, pero no es fácil. Más bien, hay que respirar una vez y media, o tal vez dos:

Siento como si mis cinco sentidos
estuviesen acoplados a otro ser
que se mueve tan empecinadamente...

---

[1] Trad. Roberto Mascaró, en: *Deshielo a mediodía*, Madrid, Nórdica, 2011. (*Todas las notas son del traductor*).

Mi impresión es que aquí hay que tomar aliento. Pero entonces continúa:

tan empecinadamente
como los corredores vestidos de colores claros
en un estadio
sobre el que chorrea la oscuridad.

Aquí concluye la segunda respiración. Ambas habitan esta única frase. Pocas oraciones responden a tantas preguntas con semejante economía, amplitud y misteriosa exactitud al mismo tiempo. Justo antes de cada pregunta, el verso podría interrumpirse y seguir siendo bueno. Pero continúa avanzando, expandiéndose mediante elaboraciones, creciendo de una manera asociativa pero no predecible, haciendo sintácticamente visible el obstinado flujo que describe, lleno de añadidos, libre de excesos. Los cinco sentidos, otro ser que se mueve (precisamente de forma empecinada), los corredores (precisamente de colores claros, como corpúsculos), el estadio, la oscuridad que chorrea. Dando vueltas al estadio: sigue y sigue, codificado con una instrucción de «repetir». Y qué clínico es todo, aunque no se diga en ninguna parte.

Es como si mis cinco sentidos estuviesen enganchados a algún otro ser (¿que hace qué?) que se mueve (¿cómo?) con el mismo empecinamiento (¿que qué?) que los corredores vestidos de colores claros (¿haciendo qué?) dando vueltas en un estadio (¿cuándo?) cuando chorrea la oscuridad.

Con mis cinco sentidos fatigados, la vida continúa, dando vueltas al estadio. Duermo diez horas seguidas, y sueño con Tranströmer.

En 1984, *Le Figaro* tildó el proyecto de I. M. Pei para el Louvre de «frío, absurdo y carente de alma», y no fue el único en vituperarlo. *Le Monde* también lo detestaba. Según una encuesta, el noventa por ciento de los parisinos se oponía a su proyecto. Una de las quejas principales era que Pei no era francés. La gente no separaba necesariamente su oposición al proyecto de su sorprendente racismo contra el arquitecto. Se publicaron unas horrorosas caricaturas de Pei en la prensa francesa: un chino dentudo destruyendo la cultura francesa.

Pienso a menudo en el cariz racista de esa oposición. Pero los perros ladran y la caravana pasa. La carrera de Pei fue un éxito monumental a pesar del racismo, y ahora, por supuesto, el edificio es muy apreciado. Aun así, nadie tendría que pasar por eso.

La solución a la que llegó Pei consistía en un simple volumen geométrico en la Cour Napoléon, que dejaría pasar la luz natural a un pasaje subterráneo. Un cristal, fabricado a propósito para que tuviese un peculiar nivel de transparencia, inundaría la caverna de luz. Un sueño de luminosidad entre la piedra antigua y deprimente. El volumen en lo alto sería una cúpula transparente, tal vez, o un cubo. No: una pirámide.

«Ahora, por supuesto, el edificio es muy apreciado». La osada modernidad de la pirámide siempre me ha gustado: su éxito se debe no sólo a lo distinta que es de sus alrededores palaciegos del siglo XVI (y XIX), sino por su parecido genético: la geometría, el ritmo, que, a pesar del cristal, el acero y el aluminio, evocan el clasicismo. Pero lo que evocan de manera aún más evidente es Egipto. Y ahí es donde surgen las preguntas: preguntas sobre una pirámide en el Louvre, sobre la enorme colección de arte egipcio que hay en el interior del museo, sobre el obelisco de Luxor de la place de la Concorde. Preguntas sobre el expolio, el colonialismo y la supremacía blanca. La pirámide de Pei contribuyó, de manera acrítica, a ese debate que dura generaciones.

Nadie que muere siendo famoso a los ciento dos años lo hace sin cargar con un cúmulo de contradicciones. Me gusta el East Building de la National Gallery de Washington, y tengo un agradable recuerdo de la Biblioteca JFK, sin que me encante el edificio. Me gusta pensar que los recuerdos felices de mucha gente están ligados a la pirámide del Louvre. Pero la mayoría de los edificios de Pei me parecen anodinos. Las insulsas torres de oficinas y los rascacielos gigantescos no fueron un aspecto tangencial en su carrera ni en el éxito que cosechó. Con la ventaja del paso del tiempo, prefiero con mucho la sensibilidad por el material y la respuesta a las formas vernáculas que trasluce la obra de arquitectos como Wang Shu y Lu Wenyu. Pero tal vez sea injusto, pues Wang y Lu pertenecen a una generación mucho más joven. En cualquier caso, deberían gustarnos los edificios y no los arquitectos. La época de los genios individuales de la arquitectura ha pasado ya, y ahora debemos reconocer la colaboración. No obstante, hubo algunos genios.

KASSÉ MADY DIABATÉ

A principios del siglo pasado, en los alrededores de Kéla, a unos noventa y cinco kilómetros de Bamako, en Malí, los lugareños iban en masa a oír a un *djeli* llamado Mady Diabaté (Mady es el hipocorístico local de Mohamed). La voz de Mady era tan expresiva que hacía llorar a su público.

Así, acabó por ganarse el mote de «Kassé Mady», que es como se dice en bambara «Mady, el de las lágrimas»: Mady, el que hace llorar a los demás. Al nieto de Mady Diabaté, nacido en 1949, le pusieron el mismo nombre: Kassé Mady Diabaté. Es una de esas cosas extraordinarias que pasan: sabían que el chico sería cantante, que continuaría con la tradición familiar. Pero ¿cómo supieron que su voz haría llorar a su futuro público? Y, no obstante, lloré al oír la voz de Kassé Mady antes de saber lo que significaba su nombre.

La voz de barítono del joven Kassé Mady podía elevarse, pero era especialmente conmovedora cuando se mantenía constante, dulcemente modulada. Notabas en el cuerpo el modo en que los valores de las notas se alargaban limpiamente, sin elevarse, y el modo en que la nota o la frase final se desmoronaba, llorando para hacerte llorar. (Escuchen, por ejemplo, «Sadjo», del sublime álbum de 2015, *Kiriké*). A lo largo de los años, he encontrado un gran consuelo en la íntima relación de Kassé Mady con la tradición *djeli*, el modo en que la lengua y la forma de narrar de sus antepasados mandingas viven a través de él, y la constante otredad—distinta de la realidad estadounidense convencional—de su dicción y su visión. Estamos en deuda con cualquier ejemplo de logro creativo que esquive la insistencia de la monocultura. Voces como la de Kassé Mady, o la de Kandia Kouyaté, o la de Salif Keita, literalmente, nos dan más vida.

Qué maravilla fue ver a Kassé Mady actuar en Nueva York con el maestro de la *kora*, Toumani Diabaté, en 2010. Qué hombres tan nobles y majestuosos, devolviéndonos lo que quiera que esas palabras puedan significar todavía. Estar rodeado en ese concierto de personas que conocían y podían sentir la continuidad y el arraigo de las cadencias de Kassé Mady, y que lo alababan como el vehículo de ese lenguaje, supuso para mí ser elevado y transportado.

En su carrera, Kassé Mady fue un apreciado colaborador, que trabajó con músicos de la talla de Taj Mahal en la tradición norteamericana del *blues* y Jordi Savall en la tradición de la música antigua europea. «Tunkaranke», de *Kulanjan* (1999), su colaboración con Taj Mahal, es una muestra eficaz de lo notable de su voz. Igual de conmovedora es su interpretación de «Simbo» con su grupo acústico en el álbum *Kiriké*.

Kassé Mady Diabaté se reunió con sus antepasados en mayo de 2018, a los sesenta y nueve años.

ARETHA FRANKLIN

«Y mientras dura la pausa del café».

Pero ¿por qué me conmueve este verso? Porque es el sentimiento menos afectado en el más real de los contextos. Lo que implica «la pausa del café» es que se trata de un trabajo asalariado. Ficha al entrar y al salir. Tiene una hora para comer, tal vez quince minutos para el café. Imagino que es un trabajo de criada. Necesita el dinero, y no gana mucho. Corre para coger el autobús. Mientras corre piensa en nosotros. Escrita por Hal David y Burt Bacharach, pero cantada por Aretha, convertida en oro sentimental por una chica que corre a coger el autobús.

«En el trabajo, me tomo tiempo…». Tiempo que no tiene, un lujo que no tiene permitido, pero en el que insiste de todos modos. Es sólo una chica que quiere a un chico, ¿sabes? Un chico por el que reza, porque rezar por alguien es quererlo más. 1968. El chico está en Vietnam. La historia oprime el corazón humano.

¿Cuál es la diferencia entre la versión de Aretha y la anterior, de Dionne Warwick? Son dos grandes, pero la voz de Aretha tiene una capacidad excepcional. Dionne Warwick está pensando en ella misma, pero Aretha se está dando a la fuga. (También se aprovecha de un arreglo mejor, en el que se da un papel más prominente al piano). Se nota constantemente todo lo que le queda en la reserva, da la sensación de que podría hacer esto más deprisa, más alto y más fuerte si quisiera, sin perder el más mínimo control. Está haciendo volteretas sobre un alambre. ¡Aretha! La señora Franklin tenía un poder enorme y un registro deslumbrante, ante los cuales la señora LaBelle fue su única verdadera rival, y Whitney y Mariah, las más serias herederas.

Poder. Tejido tan liviano como el aire.

DOS ELEGÍAS

In memoriam
Bisi Silva y Okwui Enwezor

O. aparece en mi sueño de anoche. Está ahí, de pie, como escuchando alguna cosa. Lleva un traje oscuro muy bien cortado, como de costumbre. Su rostro parece muy concentrado. No dice nada, pero, por fin, se quita la chaqueta. La pliega con cuidado y la deja en el suelo.

Cuando me entero de la espantosa noticia de la muerte de B., le escribo en el acto, antes de poder frenarme, antes de convencerme a mí mismo de lo absurdo de escribir a los muertos. En el acto, recibo una respuesta automática diciéndome que está fuera de la oficina.

Cuántos de nosotros los queríamos. Nuestros capitanes. Idénticos. Sin rival entre los demás. ¿Se enorgullecían de nosotros? No tanto como nosotros de ellos.

Como cuando decimos: todas las muertes son singulares. Para quien muere y para los que los quieren, estas cosas no van juntas. Como cuando decimos: cuando nos vamos, nos vamos solos. Lloramos solos. Lloramos por separado. En singular. Pero también… ¿qué? ¿Qué significa «juntos»? ¿Qué significa «por separado»? O «llorar». Qué.

La única lección de la muerte: morimos.

Berlín, *The Short Century*, 2001. Venecia, *La Biennale*, 2015

O. escribe acerca de la «memoria díscola de una época vivida a la sombra del sometimiento y nacida bajo el código nada ético y la conducta moral del colonialismo». En aquella época, yo ni siquiera sabía que se pudiesen escribir esas cosas.

B., a los cincuenta y seis. O., a los cincuenta y cinco.

B. escribe de su intención «de reforzar los parámetros programáticos, curatoriales, artísticos y discursivos de la fotografía en un diálogo con la comunidad internacional». Y lo hizo.

K'ọ̀jọ̀ pẹ sí'ra, decimos en yoruba. U *ọ̀jọ́ á jìnà s'ọ̀jọ́ o*. Son formas levemente distintas de decir la misma cosa: «Ojalá los días estén lejos unos de otros». Esto es un consuelo en mi lengua materna: la plegaria o el deseo de que las pérdidas, por inevitables que puedan ser, estén al menos piadosamente separadas unas de otras.

Su joya de la corona: el Centro de Arte Contemporáneo de Lagos.

B. muere el 12 de febrero de 2019. J. me escribe el 23 de febrero de 2019, para nuestro mutuo consuelo: *ọjọ́ á jìnà s'ọ́jọ́ o*. O. muere el 15 de marzo de 2019.

La única lección de la muerte: hemos vivido.

De B. aprendí la resistencia. De O. aprendí la perseverancia.

Días insuficientemente separados. Y las cosas que aún necesitamos aprender de vosotros.

Los estudiantes en Adís Abeba, llegados de todo el continente, cuánto querían a B., y cómo la adoraban por todo lo que podía enseñarles. En Venecia, el resplandor de O. y sentirse parte de lo que era, de lo que consiguió en el mayor de los escenarios. Veíamos las críticas, claro, sabíamos a qué venía *eso*, no podían engañarnos. Recuerdos públicos, recuerdos privados, Lagos, Nueva York. Las conexiones perdidas: Bamako, Múnich.

Recuerdo: quedar con L., que volvía de visitar a O. en el hospital. Sus ojos hinchados de llorar.

Una necrológica es distinta de un lamento.

De B. las chispeantes posibilidades de lo local, un ámbito local siempre es global. Sus negativas. Cómo esa tendencia contra lo que viene dado se convirtió en un refugio para mí. De O., cómo moverme en una sala llena de tiburones. El hombre como escalpelo.

Bamako, *Rencontres de Bamako*, 2015.

Una figura admirada, un amigo, un amigo querido, un miembro de la familia, un confidente, un socio. Una herida leve una herida grave un trastorno una imposibilidad. Todas las diversas intensidades de una relación que buscan un nombre con posterioridad.

La única lección de la muerte: nadie sabe cuál es la única lección de la muerte.

C. supervisando las disposiciones fúnebres para O., su propio duelo, pospuesto.

Los tan a menudo citados versos de Anne Carson, de *El ensayo de cristal*:

> Recuerdas demasiado,
> me dijo mi madre hace poco.
> ¿Por qué aferrarte a todo eso? Y respondí:
> ¿Dónde puedo dejarlo?

La muerte desencadena un aluvión de lectura y escritura. De relecturas. ¿Por qué fulano parece tan vivo en mi buzón de entrada? ¿Cuál fue el último correo electrónico que me escribió mengano? Fiebre de archivo.

«¡Ayúdame a enseñar a estos jóvenes a escribir! ¡No saben escribir!». Escribió B.

«Estoy tan orgulloso de ti y de todo lo que aportas a la literatura, al mundo de las ideas, y de tu perspicacia sobre la práctica cultural en general. Continúo leyendo tu obra con avidez». Escribió O.

Esto no es una necrológica.

«Las comparaciones son odiosas»: un dicho que encontramos ya en el siglo xv. Pero, por contraste, el proverbio igbo que le gustaba citar a Achebe: «Donde hay una cosa, habrá otra a su lado». A veces, hay dos pesares (o más). Lo odioso es la muerte.

B. cita al griot Kouyaté: «Enseño a los reyes la historia de sus ancestros para que la vida de los antiguos les sirva de ejemplo, porque el mundo es viejo, pero el futuro brota del pasado».

De O., cómo tratar con los europeos: con escepticismo. De B., cómo tratar con los africanos: con perseverancia.

R. hace un trabajo conmemorativo, su dolor busca ahora una salida, como quien está en una habitación oscura, sus manos se mueven a tientas por las paredes, incapaces, todavía, de encontrar la puerta.

Una necrológica es para el público, un lamento es para la comunidad.

Daudet en *En la tierra del dolor*:

La astuta forma oscura en que la muerte siega, corta de raíz, haciendo que parezca una simple poda: las generaciones no caen de golpe, eso sería demasiado triste y evidente. Va poco a poco. El prado es atacado por varios flancos a la vez.

«Los muertos» como categoría, en la que me cuesta admitir a ninguno de los dos. El lamento es una necrológica que ha olvidado sus modales. ¿Dónde puedo dejarlo? Como una chaqueta quitada, doblada y dejada en el suelo. El futuro brota del pasado.

En la estupefacción de la pérdida, *K' ọ́jọ́ pẹ́ sí'ra.*

CARTA A JOHN BERGER

Te gustaban las historias, así que te contaré una. Ocurrió en el Maniototo, en la parte central de la isla sur de Nueva Zelanda, cuando el sol se ponía detrás de la cordillera Hawkdun, una ondulante línea naranja, con la oscuridad al pie.

Dentro de la casa la luz declina. Milo tiene once años. Cuando lo cogen en brazos, inclina la cabeza, como si escuchara algo en las montañas en la distancia. Está totalmente inmóvil. Le pregunté al hombre que lo sostiene:

—¿Cómo supo que se estaba quedando ciego?

El hombre dice:

—Empezó a chocarse con las cosas más a menudo.

Un vello blanco ha crecido sobre los ojos de Milo, y su cabeza ahora parece un muñeco de peluche a medio hacer. Hace sólo unos meses que está totalmente ciego. Lo dejan en el suelo y corre por la casa. Tiene memorizado el plano de la casa. Han colocado plumas en los rincones y las patas de los muebles, así que ya no choca con bordes duros con tanta frecuencia. El suave pelillo blanco cubre los ojos de Milo, las suaves plumas blancas tiemblan en la oscuridad.

Ya no estás aquí, John. No, deja que lo diga con claridad, aunque suene duro: estás muerto, y la muerte (como todos saben) es definitiva. Pero, aun así, te escribo como si pudieras leer esto, como si sólo estuvieses escondido. ¿La razón? ¡Por ti!

Hace unos años, mientras conversábamos en Ferrara, te pregunté por los muertos. Miraste al público y dijiste: «Están aquí con nosotros. Estoy convencido. ¡Nos ayudan!».

Lo dijiste con tanta convicción que no pude dudarlo. Y no querías decir «los muertos» como una categoría general, sino como un grupo de individuos muy concretos a los que uno ha conocido y querido.

Estuve dos semanas en Nueva Zelanda. No sé si alguna vez estuviste allí, pero pensé mucho en ti. Era como si todas las personas con las que me encontré allí hubiesen sido tocadas por la muerte: las muertes de hijos, esposas, hermanos. *Et in Arcadia ego*, como tituló Poussin su famoso cuadro. Y, no obstante, curiosamente, en cada caso tuve la sensación de que los muertos cohabitaban con los vivos y de que eran cuidados por ellos.

Una vez escribiste:

Tanto para los cazadores como para sus presas saber esconderse es la condición previa de la supervivencia. La vida depende de encontrar donde esconderse. Todo se oculta. Lo que ha desaparecido está escondido. Una ausencia—como sucede en el caso de los muertos—se siente siempre como una pérdida, nunca como un abandono. Los muertos están escondidos en otra parte.[1]

Cuando recibí la terrible noticia de tu muerte, me pareció una repentina oscuridad. Pero, John, desde entonces, he encontrado un fragmento aquí, un pasaje allá, un dibujo en otro sitio, indicios tuyos en distintas partes del mundo, y son como plumas que has colocado atentamente en los lugares donde nos encontramos.

Sé que sólo estás escondido.

---

[1] John Berger, *Sobre el dibujo*, trad. Pilar Vázquez, Barcelona, Gustavo Gili, 2011, p. 61.

CUARTETO PARA EDWARD SAID

A Edward Said le encantaba la música, y a mí me encantaba que le encantara la música, así como la musicalidad que caracterizaba todo lo que hacía. Una vez lo vi en la calle 116 de Nueva York, cuando los dos estábamos en la Universidad de Columbia. Yo iba a entrar en el metro, y él se había detenido un momento a la entrada, en el cruce de la calle. Era el mundo hecho carne, los libros en forma humana. Ahora me pongo a veces un traje bonito, pero entonces, cuando era un estudiante sin dinero, eso estaba más allá de mi imaginación. Así que admito que en lo primero que me fijé fue en el traje. Me pasmó ese destello de glamur, un glamur que estaba presente siempre que veía la noble figura de Said en el campus.

Vi Nueva York por primera vez en 1975, cuando mis padres me llevaban de vuelta a Nigeria desde mi ciudad natal en Michigan. Fue sólo una escala, camino de Londres, donde pasamos unas semanas antes de viajar a Lagos. Pero la primera vez que conocí Nueva York fue en 1992, en mi viaje de vuelta a Estados Unidos, cuando era adolescente. La ciudad a la que llegué, un día después del Cuatro de Julio, tenía fama de violenta, con casi dos mil asesinatos ese año (ahora no pasa de unos pocos cientos), y esa mañana sufría la resaca de las celebraciones patrióticas de la noche anterior. Las calles estaban llenas de basura, serpentinas, botellas. Era domingo por la mañana y había poca gente por la calle. Los recuerdos son vagos. Mi padre, que viajó conmigo en esa ocasión, señaló a un hombre que sacaba comida de un cubo de basura: «Esto es América, aquí no hay que dar nada por sentado. ¿Entendido?». Unos días después, subimos a un tren, dejamos Nueva York y partimos a Michigan, que era un lugar considerablemente más tranquilo.

El *Cuarteto n.º 15* de Beethoven, opus 132, el decimotercero que escribió, pero el decimoquinto que publicó, hace que uno se sienta tentado a coincidir con la extraña idea de que existe la música pura, una música mejor que cualquier posible interpretación. Es una idea romántica, y probablemente no sea cierta, puesto que la música existe al oírla, no en la partitura. Pero, al escuchar el opus 132 de Beethoven, o el opus 130 o el 135 —o, ya puestos, la *Sonata para piano n.º 21*, D. 960 de Schubert o su *Quinteto para cuerdas en do mayor*, o el *Quinteto para clarinete* de Brahms—, se entiende que haya gente que lo crea. En la tradición escrita de la música clásica occidental, como en todos los géneros musicales, hay música que agota los superlativos.

El opus 132 empieza con comedimiento, con una actitud dulce y neblinosa. La indicación es *Assai sostenuto – Allegro*, y entra con un motivo de cuatro notas sin resolver. Muy despacio, como algo que emerge sobre unas patas muy finas de la niebla. Hay una melodía, o un fragmento de melodía, preciosa, dubitativa, como si pudiese terminar en cualquier momento. Es una música que, en su tonalidad, no parece muy distinta de Schönberg. Poco a poco, las notas asoman, como animales precavidos al salir el sol.

La primera vez que estuve realmente en Nueva York fue en 1995. Ese invierno había vuelto de pasar unos meses en Escocia y me alojé con un tío mío en Hackensack, en Nueva Jersey. Iba en autobús a diario a la ciudad, donde hacía unas prácticas en el World Financial Center, en el barrio financiero de Manhattan. El World Financial Center estaba conectado mediante un paso elevado con el World Trade Center, y todas las tardes, de camino a la estación Pensilvania para coger el autobús que me llevaría de vuelta a las afueras, cruzaba el paso elevado y atravesaba el World Trade Center. En aquellos tiempos, en su planta subterránea había una tienda de Tower Records. La tienda tenía cabinas de escucha, donde muchas tardes pasaba media hora o así escuchando música clásica, jazz o lo que antes se llamaba, sin la menor ironía, «músicas del mundo». Una tarde, me puse los auriculares en la cabeza y oí por primera vez el tercer movimiento, el *Poco allegretto* de la *Sinfonía n.º 3* de Brahms. La versión era de Claudio Abbado y la Filarmónica de Berlín. Durante más de seis minutos me quedé allí de pie, paralizado. Sentí que nunca había oído nada parecido, nada que fuese al mismo tiempo tan pleno y tan tierno.

Conocí de veras Nueva York por primera vez en el año 2000, después de terminar un máster en Londres y empezar el doctorado en Columbia. Nueva York era rápida y frenética. Tenía ciertos encantos, pero era sucia, demasiado cara y no especialmente segura. No fui muy feliz en mi primer año en la ciudad, y estaba convencido de que no me quedaría mucho tiempo, pero me fui familiarizando con el lugar y mis sentimientos empezaron a cambiar. Luego, después de septiembre de 2001, una intimidad totalmente distinta emergió en mi relación con la ciudad, la intimidad de haber estado presente con otros en un desastre. Gracias a esa intimidad, a ese sentimiento por la ciudad, unos años más tarde empecé a escribir una novela que, desde el principio, titulé *Ciudad abierta.*[1]

---

[1] Teju Cole, *Ciudad abierta*, trad. Marcelo Cohen, Barcelona, Acantilado, 2012.

Nunca me quedo mucho tiempo en el mismo sitio. He conocido media docena de ciudades que han sido mi hogar. Pero llegué a Nueva York a principios de siglo y viví allí dieciocho años. Me quedé más que en ninguna otra parte. Fue en Nueva York donde empecé a concebir el ancho mundo, y fue desde Nueva York desde donde partí hacia esos mundos.

Aún escucho esa grabación de Brahms. Tiene una belleza arrebatadora, que en el acto se comprende que es de una inteligencia suprema y, al mismo tiempo, accesible. No hace mucho, iba en un taxi, escuchándola, y me sorprendí al ver que estábamos pasando por el lugar donde se había alzado el World Trade Center: una coincidencia notable. Las torres, claro, ya no estaban. Pero la música—una música que cualquiera habría creído delicada e indefensa—seguía floreciendo, y siempre lo hará.

Cuando vi a Said en el cruce de la calle 116, lo que vi fue a un hombre alto con ojos tan vivos que parecían perfilados de negro. Tenía un aire despistado, como quien sueña con varios mundos que están materializándose al mismo tiempo. Estaba en el mundo, en muchos mundos al mismo tiempo. No me atreví a decirle ni una palabra. (¿O le dije hola? La verdad es que ya no lo recuerdo). Esperó a que pasara el tráfico para poder cruzar la calle, como si llegase tarde a algo pero no le importase.

El primer movimiento del opus 132 se va consolidando poco a poco. Se consolida, pero no llega a ser coherente del todo. Se presentan muchos rasgos, sólo para abandonarlos después: una especie de marcha, una especie de aria, una especie de cadencia, una especie de gavota. La musicóloga Susan McClary compara esta rápida catolicidad inventiva con John Cage, cuando encuentra al azar diferentes emisoras al girar intermitentemente el dial de una radio. Dentro de las convenciones reconocidas, se explora una inmensa posibilidad de cambios. Esta idea. Esa idea. Otra idea. Aún otra más. Es una fecundidad incontrolable y casi maniática. Adorno escribe: «las cesuras, las rupturas desgarradas que ante todo caracterizan al Beethoven tardío, proceden de aquellos momentos de descarga; la obra enmudece, cuando es abandonada, y vuelve su concavidad en dirección a la superficie».[1]

Una tarde, a finales del otoño de 2006, me senté y empecé a escribir la novela. El narrador es un joven psiquiatra llamado Julius, que vive en Nueva York durante los atentados del 11 de septiembre y en los años posteriores. Mientras pasea por la metrópolis herida, acaba haciendo una especie de arqueología emocional de la ciudad. En mitad del libro, viaja a Bruselas, una especie de doble de Nueva York: un centro de la idea imperial europea, igual que Nueva York es el centro de la idea imperial estadounidense. Y en su desganado viaje a Bruselas, supuestamente emprendido para encontrar a su abuela alemana, que había sido refugiada en Berlín durante la guerra, Julius conoce a varias personas. De ellas, una de las más notables es un joven llamado Faruk, un intelectual marroquí que trabaja en una tienda de telefonía. Se dedican a conversar varios días.

2. RAMALA

Entre 1824 y 1825, Beethoven sufrió unos dolores terribles. Estuvo enfermo, con algún tipo de enfermedad gas-

---

[1] T. W. Adorno, «El estilo de madurez en Beethoven», en: *Reacción y progreso y otros ensayos musicales*, trad. José Casanovas, Barcelona, Tusquets, 1970, p. 25.

trointestinal. Su médico le puso una dieta en la que le prohibía el vino, el café y las especias. También le aconsejó dejar la ciudad. Beethoven se mudó a Baden, aterrorizado de que esa enfermedad pudiera causarle la muerte a los cincuenta y cuatro años. En plena convalecencia, empezó a escribir un cuarteto de cuerda.

Recuerdo el día en que Raja Shehadeh nos llevó a caminar por las montañas de las afueras de Ramala. Fue en mayo de 2014. Dejamos la ciudad congestionada, seguimos por sinuosas carreteras de montaña y pronto estuvimos en mitad de un paisaje increíble, montañas cubiertas de olivos. La hoja del olivo es de color verde mate por un lado y blanco plateado o un verde muy claro por el otro. Cuando el viento agita los olivos, se tiene la sensación de estar alucinando. Todo parece cobrar vida, y al contemplar los árboles, que allí se cuentan por docenas, uno sospecha que están a punto de levantar el vuelo, como una bandada de pájaros.

En las montañas de Ramala lo que hay que recordar no es omnipresente como lo es en cualquier otra parte de Cisjordania. Las montañas son una tregua. Pero nada se ha olvidado. La anciana cristiana de Birzeit que dijo, con franqueza, que nunca volvería a ver el mar, el mar junto al que había crecido, al que habían ido todos los veranos. Ella no ha sido olvidada. La gente en el punto de control de Kalandia, personas decentes que sólo quieren comida para ellas y sus familias, que sufren humillaciones diarias y una monumental pérdida de tiempo, sometidas a interrogatorios y vigilancia a punta de pistola, obligadas a llevar unas tarjetas de identidad que nada tienen que ver con su identidad. Ellas no han sido olvidadas.

Los hombres y mujeres que trabajan en el mercado en Hebrón, Al-Jalil, donde los colonos arrojan basura, orina y mierda desde los apartamentos del último piso e intentan atropellarlos en las carreteras, mientras los jóvenes soldados de las Fuerzas de Defensa Israelí patrullan el área y permiten toda suerte de atrocidades. Ellos no han sido olvidados. Y las piedras, esos fragmentos de posibilidad cristalizada, esos gestos simbólicos de rechazo, desperdigados como augurios fuera del puesto de inspección, donde a diario unos jóvenes de uniforme faltan al respeto a mujeres que podrían ser sus abuelas. Éstas no han sido olvidadas. El régimen de permisos, muros, puntos de control y cárceles, los desahucios sistemáticos de familias de Jerusalén Oeste y de Jerusalén Este, la perversión judicial de la burocracia de la era del Imperio otomano para desposeer a los legítimos habitantes palestinos del Sheij Yarrah, que están ahí desde hace tres generaciones, en favor de judíos jasídicos de Brooklyn; el rechazo al derecho de entrada a los palestinos que viven en el exilio y que quieren volver a ver su amado país. Nada de eso ha sido olvidado.

Subimos por la suave pendiente de las montañas de Ramala y Shehadeh, que ese día había sido nuestro anfitrión en la ciudad, se sentó sobre una piedra. Nos sentamos a su alrededor y, para nuestra sorpresa, nos empezó a leer su libro, *Paseos palestinos*, que, entre otras cosas, habla de las caminatas por las montañas de Ramala. Los ojos se nos llenaron de lágrimas.

En plena enfermedad, en la primavera de 1825, Beethoven trabajó en su nuevo cuarteto de cuerda, que se convertiría en su opus 132. La sensación vacilante y abstraída del primer movimiento da paso al segundo movimiento, que se caracteriza por una impresión rústica, como de estar al aire libre. Pienso en los campesinos de Bruegel. Hay algo al mismo tiempo regular e irregular en sus danzas, algo torpe y ágil a la vez. Cuando le conté a mi amiga Nilanjana que estaba pensando en el opus 132, ella respondió que ese segundo movimiento era «un minueto cuya melodía en realidad es imposible de tararear». Tiene razón. Es lo bastante esquiva para que uno no pueda acomodarse a ella. Tal vez su irregularidad esté pensada para evocar las fluctuaciones de la fiebre.

En mitad de ese segundo movimiento hay un tema sorprendente, pero todavía rústico, que recuerda extrañamente a una melodía interpretada con gaitas. Durante la licenciatura, fui estudiante de intercambio en la Universidad de Aberdeen, y ésta es la música de aquellos días. Es folclórica al estilo escocés, como una premonición de la obertura de *Las Hébridas* de Mendelssohn. Pero agitada, a diferencia de la obra de Mendelssohn. Como señaló Adorno, se caracteriza por una tensión sostenida, una obstinación a toda prueba, un estilo a un tiempo tardío y novedoso.

Palestina nunca dejó marchar a Edward Said, y Edward Said nunca dejó marchar a Palestina. Su añoranza de Jerusalén, donde nació, y de Gaza y de Cisjordania y del año 1948 y de toda Palestina fue el motor de su trabajo. Podía hacer la interpretación más sabia y sutil de Gérard de Nerval o de Richard Wagner, o podía estar en la frontera libanesa, lanzando piedras contra la garita de vigilancia israelí, ganándose la admiración de quienes amaban a la humanidad y el oprobio de quienes no sabían nada, y todo el tiempo Palestina era lo que hacía latir su corazón. Y como desarrolló un lenguaje para ello, y una determinación sin paliativos para ello, ayudó a abrir los ojos de muchos que no éramos palestinos por nacimiento, tribu o residencia.

Cuando Julius y Faruk se conocen, éste afirma que Edward Said es muy importante para él, porque entendió cómo los occidentales dubitativos iban a aceptar la diferencia. «La diferencia como entretenimiento orientalista se permite—dice Faruk—, pero la diferencia con su propio valor intrínseco, no. Puedes esperar eternamente y nadie te reconocerá ese valor». Más tarde en la novela, hay largas conversaciones entre Julius, Faruk y Khalil, su mejor amigo, conversaciones que se interrumpen y se reanudan, con partes oídas a medias y malentendidos, con el tira y afloja de un debate real. Yo quería una conversación hecha de fragmentos, como las que tenemos en la vida real. Escribí esos pasajes, no para defender una postura política concreta—ésa no es, en mi opinión, la función de las novelas—, sino para admitir en la forma novelística una serie de posiciones a las que rara vez se da voz en las novelas. Quería llegar más allá de las posturas liberales cómodas y aceptables, y reflejar algo de lo que había oído a mi alrededor entre las personas con conciencia. En un momento dado, Faruk afirma: «Julius [...] creo que debes entender esto: a mi modo de ver, la cuestión palestina es el asunto central de nuestra época».

Said describió al último Beethoven como «paralizado y socialmente dubitativo». Adorno había ido más allá. Para él, las «últimas obras son la catástrofe». Están en esa zona en la que no hay unidad posible, en la que cualquier esfuerzo por suavizar las cosas se ve derrotado y hay que enfrentarse sin paliativos a lo más espinoso de la vida. Esa palabra, «catástrofe», en el acto nos hace pensar en la Nakba.[1] ¿Es Palestina, pues, una forma de lo tardío? ¿Eso que se nos ha prometido, que está por llegar, que no puede sino llegar y que, no obstante, aún no ha llegado?

Ahed Tamimi pasó más de medio año en una cárcel israelí. Cumplió los diecisiete años en prisión. ¿Por qué? Por abofetear a un soldado el mismo día en que otro soldado había disparado a su primo en la cara. Esta asimetría es

---

[1] Palabra árabe que significa 'catástrofe' o 'desastre' y se emplea para aludir al éxodo palestino.

intolerable, y debería ser intolerable. Miles de palestinos, muchos de ellos niños, están en cárceles israelíes por oponerse al insulto a la dignidad humana que supone una ocupación militar. Esto es intolerable. Plantea preguntas sobre todos nosotros que exigen respuestas. Una querida amiga mía dijo: «Como alemana, creo que no debería opinar sobre lo que hace Israel». Entiendo lo que piensa, pero creo que se equivoca profundamente. Es posible, y necesario, y esencial, oponerse con firmeza al antisemitismo y reconocer, al mismo tiempo, el sufrimiento del pueblo palestino, y hacer lo que haga falta para acabar con ese sufrimiento. Bajo la ocupación no hay justicia.

3. BEIRUT

A un par de horas de Beirut, si tienes suerte con el tráfico, la frontera siria queda al alcance de la mano. Desde allí, una carretera que va hacia el norte lleva, a través del valle de la Becá, hasta Baalbek. Trepamos entre el palimpsesto de ruinas de Baalbek—las ruinas sirias, romanas, bizantinas y musulmanas—y, preocupados por la proximidad de la guerra a pocos kilómetros de allí, dudamos de si la gente era secuestrada así. Esa noche, al volver de las ruinas, pensamos detenernos en Brummana y ver la tumba de Edward Said.

La literatura está plagada de peregrinajes a tumbas. El acólito busca bendiciones. Pero ¿son esas visitas, también, una especie de disculpa? ¿Una disculpa por haber nacido demasiado tarde? Cada visita a una tumba es un acto de arrepentimiento: por no haber leído bien, por no haber escrito bien después, por el desgarro irreparable en el tejido de la experiencia. Pero yo iba a lamentar otra cosa, pues el chófer aconsejó que no nos desviásemos esa noche del camino. Era tarde y no estaba seguro de las carreteras. Volvimos a la ciudad y ya no tuve la oportunidad de volver. Sin embargo, durante el resto de mi estancia en Beirut, cada vez que pasaba por la casa en Hamra, que, según me habían dicho, pertenecía a la familia Said, notaba cómo se me aceleraba el corazón.

El último Beethoven emerge, con coherencia, del Beethoven maduro. El Beethoven maduro es una extensión y la plenitud del primer Beethoven. Son cambios fundamentales y modos de evolución claros que, no obstante, no son rupturas radicales.

Said cuenta la anécdota de cuando se vio con su amigo Hanna Mijail, cuyo nombre de guerra era Abu Omar. Ocurrió en Beirut, una noche de 1972. Abu Omar había terminado su doctorado en teoría política en Harvard en la misma época en que Said terminó el suyo en literatura comparada en la misma universidad. En 1976, cuando llevaba ya mucho tiempo implicado físicamente en la lucha y era muy admirado por su enorme valor, Abu Omar desapareció, junto con varias personas más, en un pequeño barco, en las aguas frente a la costa libanesa. Nadie supo nunca qué fue de ellos. Pero antes, aquella noche en Beirut en 1972, según cuenta Said, Abu Omar se presentó nada menos que con Jean Genet. Los dos hombres llegaron a las diez de la noche. La conversación duró gran parte de la noche, hasta las tres de la madrugada.

Qué recuerdos despierta en mí la anécdota de Said, Jean Genet y Abu Omar. Me recuerda a muchas noches en Hamra, con amigos y personas a las que acababa de conocer, mientras bebíamos Dios sabe cuántas botellas de *arak*. Conversábamos hasta las tantas de la madrugada—marxistas, marxianos, verdes, anarquistas…—con una intensidad que no he vuelto a ver en ninguna parte. Hablo de profesores, estudiantes de postgrado, propietarios de bares y autodidactas; todos ellos parecían tener una idea muy clara de lo que estaba en juego, muchos de ellos eran más jóvenes que yo, y todos habían leído mucho más que yo. A la mañana siguiente, algunos se apresuraban a marcharse para ir a leer más y prepararse para la discusión de la noche siguiente en alguno de los apartamentos que frecuentábamos, o en el restaurante Mezyan, donde todo el mundo se sentía como en casa, e incluso los no fumadores salían a la calle para no perderse nada. Y había bandas que tocaban música en directo, y los paseos solitarios hasta casa a las tres de la mañana, por las calles más seguras de noche que he conocido nunca. Estoy muy agradecido por lo incesantes que fueron esos encuentros, y por la infatigable energía de mis compañeros, que hicieron que las tres semanas que pasé en Beirut parecieran tres meses.

En el centro del opus 132 hay un movimiento lento cuya interpretación puede durar de quince a casi veinte minutos. Lo que importa no es la duración sino averiguar cómo mantener y controlar la tensión. El subtítulo de ese movimiento lento es: *Heiliger Dankgesang eines Genesenen an die Gottheit, in der lydischen Tonart,* 'Himno de gracias a Dios de un enfermo en su convalecencia, en el modo lidio'.

Mis amigos de Beirut eran radicales en el mejor de los sentidos. Said escribe que «lo tardío es una especie de exilio autoimpuesto que llega después y sobrevive a lo que en general es aceptable».[1] El compromiso político chapado a la antigua y el arrojo que encontré en Beirut me cambiaron. Era una especie de estilo tardío, una especie de supervivencia más allá de la indiferencia que caracteriza una par-

---

[1] Edward Said, *Sobre el estilo tardío. Música y literatura a contracorriente,* trad. Roberto Falcó, Barcelona, Debate, 2009, p. 39.

te tan grande de la vida en Estados Unidos. Pensamos y hablamos de muchas cosas: de lo que significaba ser apátrida y no tener casa; de lo que significaba actuar correctamente para con quienes estaban en esa situación. Hablamos de cómo la codicia y el beneficio favorecían la miseria humana, y lo perniciosa que seguía siendo la idea de que ciertas razas son superiores a otras.

El movimiento lento del opus 132, escrito con una extraordinaria y dolorosa belleza, ofrece, por fin, lo que buscábamos en los movimientos anteriores: unidad orgánica. Las partes lentas, tres en total, todas parecidas, se alternan con secciones rápidas. Las partes lentas de este movimiento central se dividen en dos: un motivo que se superpone en los instrumentos y un coral profundo y sencillo. Es este coral, con su intensa luz, el que no olvidará nunca quien lo escuche, una luz como la de los *Cuatro cuartetos* de T. S. Eliot: «Un resplandor que ciega a primera hora de la tarde. | Y un fulgor más intenso que el de las llamas o las brasas».[1]

Las secciones rápidas llevan la acotación *Neue Kraft fühlend*, y pretenden evocar la sensación de fuerza que vuelve al cuerpo. Una vez más, Beethoven nos lleva al reino de las fluctuaciones. Pero aquí el efecto es muy diferente. En lugar de la fiebre del segundo movimiento, tenemos dos sensaciones positivas: la serenidad se alterna con la vitalidad.

«Tardío» sugiere dos maneras de estar fuera: la más común es estar antes de tu época, pero estar después, haber nacido demasiado tarde, es igual de turbador. Cuando consideramos los dos seguidos, cuando consideramos cómo Beethoven nos parece inefablemente antiguo y, también,

---

[1] Ed. y trad. Andreu Jaume, Barcelona, Lumen, 2022, «Little Gidding», 1.

misteriosamente muy por delante de nosotros, llegamos a la idea de que, en cierto modo, se las ha arreglado para esquivar el tiempo, que no es ni temprano ni tardío, que está más allá del tiempo.

Hacia el final de la conversación entre Julius y Faruk, éste cuenta su educación interrumpida en una universidad belga y la razón de su rabia. Dice:

Había solicitado estudiar Teoría Crítica, porque el departamento de allí era conocido. Era mi sueño, en el sentido en que los jóvenes pueden tener sueños muy exactos: ¡quería ser el nuevo Edward Said! E iba a hacerlo estudiando literatura comparada y utilizándolo como base para hacer crítica social.

Recuerdo lo que pensaba cuando escribí ese pasaje. «¡Quería ser el nuevo Edward Said!». ¿De dónde había sacado eso? No le había adjudicado esa frase a mi narrador, un narrador difícil y, a ratos, antipático. Se la había adjudicado a Faruk, un personaje secundario, un joven de quien me sentía más próximo. ¿Sería, entonces, que yo quería ser el nuevo Edward Said? Al fin y al cabo, en esos años, en 2006 y 2007, yo estaba haciendo un doctorado en historia del arte, en la misma universidad donde Said había sido, hasta hacía poco, el profesor estrella del departamento. Pero no creo que fuese tan sencillo. Escribir ficción a menudo incluye un elemento de autohipnosis, de volar en la oscuridad. Yo intuía ya que el mismo libro en el que estaba escribiendo esas palabras sería el que me sacaría del mundo académico. Quería poner por escrito la idea de que Edward Said—lo que escribía y su persona—era una especie de ayuda para navegantes, una torre de control aéreo para tantos de nosotros de tan diferentes orígenes, talentos y ambiciones. No debíamos convertirnos en él, del mismo modo en que él no podría haberse convertido en el nuevo Adorno o Benjamin. Lo ideal era estar en contacto con sus intuiciones y, a través de ellas, encontrar nuestro propio camino a través de la noche.

En el *Heiliger Dankgesang*, de Beethoven, el uso del modo lidio—un modo antiguo—sugiere algo exótico, devoto y religiosamente místico. Cerca del final del movimiento hay una acotación para tocar «con las emociones más íntimas». En esos compases finales, casi sientes cómo el alma se te escapa y se separa del cuerpo. El coral crece y crece, y es como si las luces prismáticas de colores que llevas viendo desde hace un cuarto de hora se fundiesen por voluntad propia en un resplandor, un brillo cegador, que luego redujera lentamente su intensidad. El efecto es aplastante.

4. BERLÍN

Los movimientos cuarto y quinto del opus 132 forman una sola unidad, el uno como breve introducción del otro. El cuarto movimiento tiene la indicación *Alla marcia*, 'como una marcha', y este ritmo marcial es interrumpido, una y otra vez, por una sección más juguetona y ligera, como un padre andando muy serio mientras su hija da saltitos a su alrededor. Luego llegan un trémolo y un recitado al violín, un recurso que recuerda al recitado que conduce al final de la *Novena sinfonía* del compositor: *Oh, Freunde!* De hecho, los esbozos para el final del opus 132 se concibieron en un principio para proporcionar un final instrumental a la Novena de Beethoven antes de que se decidiera por el coral final.

Este cuarto movimiento, que cumple la función de puente, termina en unos dos minutos, y de pronto nos encontramos con el quinto movimiento, *Allegro appassionato*, que empieza con elegancia y tiene un carácter anhelante y apasionado. Pero hay elementos que no dejan de turbar el ritmo, como ocurría en los movimientos segundo y cuarto. Los agobiados cuatro movimientos exteriores del cuarteto parecen, en este sentido, inquietos suplicantes en torno a la perfección inexpugnable del *Heiliger Dankgesang*.

Pero aquí, cerca del final del cuarteto, la lógica empieza a avanzar hacia una unidad. Es el Beethoven tardío, pero reparamos en el clásico arco beethoveniano de unos elementos dispares que se juntan por un conflicto para llegar a una conclusión armoniosa. El chelo, al final de este quinto movimiento, grita en un registro agudo y casi violinístico. Es un efecto sorprendente, pero la música retrocede justo a tiempo, después de rozar el terror, y regresa la elegancia que abre el movimiento. Muchas preguntas rondan al Beethoven tardío, pero mi impresión es que una de las más persistentes es: ¿cómo acabar?

Mi propia novela, obsesionada por lo tardío, empieza con el Mahler tardío, *Das Lied von der Erde*, y termina con el Mahler tardío, la *Novena sinfonía*, que mi narrador escucha en el último capítulo de la novela, interpretada por la Filarmónica de Berlín. Así, el libro acaba físicamente en Nueva York, pero espiritualmente con una imagen de Berlín. La primera vez que fui a Berlín, en 1999, me pareció cargada de lo que conocía de su historia. Era el núcleo oscuro de lo indecible. Pero Berlín, en cierto modo, es como un alma que estuvo a punto de destruirse y, espantada por esa vivencia, entona una canción de gracias. Pasé allí el verano de 2000, y después descubrí que la ciudad empezaba a desarrollar otros significados. Me descubrí regresando, de vez en cuando. Una semana por aquí, un mes por allá, un verano sublime en el Literarisches Colloquium; los maravillosos museos, las noches a última hora con amigos irreemplazables, el *hiphop* y el *dancehall*. El Mahler tardío, el Schönberg tardío, el Beethoven tardío, y una tarde inolvidable en la Filarmónica de Berlín, en que Rattle dirigió el *Concierto para violín* de Brahms, y un amigo voló desde Canadá para asistir conmigo. Y un honor especial en la *Haus der Kulturen der Welt*, y mi posterior relación con esa organización. Poco a poco, Berlín se convirtió en una ciudad que me enseñó cosas nuevas sobre la cultura de la memoria.

Incluso en lo más profundo de la estridente marcha del *Allegro appassionato* final, hay pasajes muy íntimos, una charla sutil entre los cuatro instrumentos, como una emoción oída desde otra habitación, o un papel cantado *sotto voce*. Se cree que fue este cuarteto concreto el que inspiró a Eliot a escribir sus propios tardíos y grandes *Cuatro cuartetos*. Desde luego, sabemos que Eliot escuchaba una y otra vez el opus 132 en el gramófono. Y que escribió a Stephen Spender con una típica circunlocución eliotiana:

Me parece que su estudio es inagotable. Hay una especie de celestial o al menos más que humana alegría en algunas de sus cosas últimas que uno imagina para sí mismo como el fruto de la reconciliación y el alivio tras un sufrimiento inmenso. Y me gustaría hacer algo semejante en verso antes de morir.

Tal vez lo hiciera:

Con la atracción de este Amor y la voz de esta Llamada
nunca dejaremos de explorar
y el final de las exploraciones
será llegar a donde comenzamos
para conocer por primera vez el lugar.[1]

---

[1] Ambas citas proceden de T. S. Eliot, *Cuatro cuartetos, op. cit.*

Me encanta la idea de Edward Said, sacada de su estudio comparado de la literatura, de que la diferencia no consiste en jerarquías, sino en la posibilidad de líneas contrapuntísticas. La diferencia, en el mejor de los casos, se entrelaza y crea nuevas armonías. En cierto modo, éste fue el argumento positivo propuesto en *Orientalismo*: una llamada a rechazar los estereotipos y aceptar la irreductible complejidad del otro. Comprender esto, llevarlo a la práctica, es la mayor esperanza tanto para nuestra democracia como para nuestra ecología. ¿Es mucho decir que podemos, y debemos, amarnos unos a otros? El contrapunto también está ligado al concepto de Said del estilo tardío. La tensión se mantiene, la terquedad no es acomodaticia y se permite la dificultad. Lo tardío y lo nuevo viven uno junto al otro. Lo demás es música.

SOMBRAS

UN MUNDO TENUE: A PROPÓSITO
DE SANTU MOFOKENG

Detrás de un oscuro amasijo de formas indefinidas, una mano emerge y se apoya entre dos ventanillas. Hay un brazo que la pone ahí, y hay una manga oscura en torno a ese brazo. Al mirar más de cerca, se vislumbran otras manos y brazos, algunos de los cuales se alargan hacia un portaequipajes situado sobre las ventanillas. Hay cuerpos humanos presentes, pero sólo por implicación. Es una escena muy borrosa y sombría. El fotógrafo es Santu Mofokeng, y la leyenda de la foto abre un mundo: *«El golpeteo, Línea Johannesburgo-Soweto*, de la serie *Tren iglesia* (1986)»* (figura 3). Ahora sabemos que estamos en Sudáfrica, que la mano no está apoyada, como podría habernos parecido al principio, sino golpeando en la pared de un vagón de tren, y que el vagón está cumpliendo la doble función de iglesia.

Mofokeng nació cerca de Johannesburgo, en 1956. Sus fotografías ejercen en mí un efecto muy poderoso, casi hipnótico. Al menos, ahora. La primera vez que las vi, hace muchos años, no las entendí. Algo en ellas me pareció inacabado, impreciso o equivocado. Parecían buenas ideas para una fotografía que no había llegado a ser una buena fotografía. Si necesitaba un registro pictórico del *apartheid*, el fotoperiodismo clásico, que cumplía con la idea del momento decisivo, parecía una elección mejor. Podía recurrir a la obra del valiente e ingenioso Ernest Cole, cuyas fotografías fueron valiosas en la lucha contra el *apartheid*. O, si quería imágenes imbuidas de una furia más tranquila, podía utilizar la obra de David Goldblatt, que mostraba, mediante fotografías de personas, paisajes y edificios, tanto la

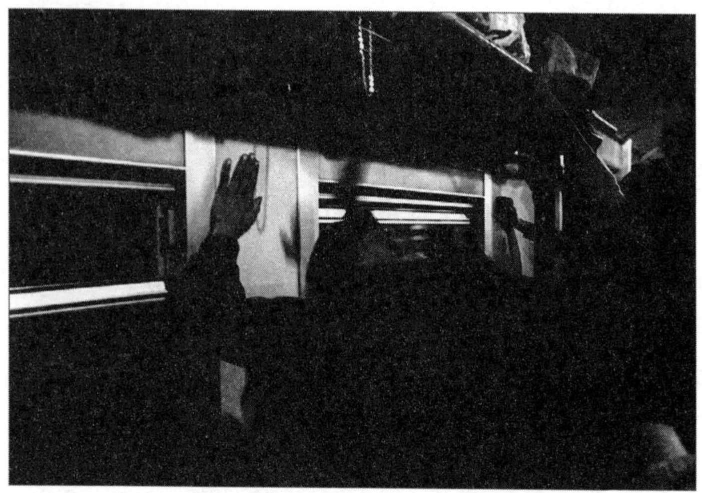

FIGURA 3. Santu Mofokeng, *El golpeteo, Línea Johannesburgo-Soweto*, de la serie *Tren iglesia*, 1986.

infraestructura de Sudáfrica como la experiencia vital de la gente bajo el régimen del *apartheid*. La mayoría de las fotografías de Goldblatt estaban bien iluminadas, enfocadas y eran directas y con las emociones reducidas al mínimo. Me encantaba su manera de prestar testimonio. Aún me encanta.

Mi comprensión de Mofokeng llegó más despacio. Mofokeng creció bajo el *apartheid* y empezó a gustarle la fotografía cuando era un adolescente. Luego encontró trabajo como ayudante de cuarto oscuro. A mediados de la década de 1980, como miembro del colectivo de fotógrafos Afrapix, comenzó a hacer fotos de la vida diaria en los asentamientos. A lo largo de unas pocas semanas, en 1986, en el trayecto de casa al trabajo, hizo una serie de notables fotografías en el tren de Soweto a Johannesburgo. Tanto si era en el tren de la mañana, de la tarde o de la noche, la gente se congregaba en los vagones y los convertía en lugares de oración y cánticos religiosos. El tren se transformaba en una iglesia móvil.

Sus fotografías capturaban el éxtasis religioso de los viajeros, sus rostros elocuentes y sus cuerpos dinámicos, igual que haría cualquier fotógrafo competente. Pero Mofokeng hizo otra cosa, o, más bien, algo más: hizo que muchas de las fotografías resultaran extrañas. Las composiciones a veces son convencionales, con figuras y protagonistas claros, pero a menudo son oscuras, borrosas y con mucho grano: un detalle aquí y allá, una mano, una mandíbula, un torso apenas reconocible, zonas con destellos de luz. Hay fotografías enfocadas sólo en parte y fotografías desenfocadas; fotografías en las que sólo hay sombras y luces altas, con pocos tonos intermedios; algunas están descentradas. Uno nota visceralmente el ambiente estridente del tren iglesia, la falta de estabilidad de la cabina, pero también el misterio y el consuelo de la religión. Mofokeng parece estar probando cuántas excentricidades es capaz de soportar una fotografía antes de irse a pique. Dispara con poca luz, nada está equilibrado, las figuras parecen estar ahí por casualidad, no «colocadas», como en las fotografías más convencionales. Hay demasiado espacio delante o detrás o, sencillamente, una zona muy grande donde no ocurre gran cosa. Como el artista conceptual John Baldessari, pero sin el tono irónico de Baldessari, Mofokeng parece abrazar cualquier cosa que haga que la foto esté «mal».

Llegué a entender que el uso de un espacio abierto, aparentemente inerte como elemento compositivo era clave en la fuerza de la obra de Mofokeng. Miro, por ejemplo, una fotografía que hizo en 1989, con motivo del funeral de un tal Jefe More, que se celebró cerca del pueblo de GaMogopa. Un suave y ondulante herbazal domina la escena. En la distancia hay un autobús, delante del cual hay un coche fúnebre y una multitud de personas que lo acompañan. Detrás del autobús hay dos mujeres, que podrían estar andando despacio adrede o intentando alcanzar al grupo. Y, en primer plano, hay un hombre al que, por su lenguaje corporal, podemos identificar claramente como un rezagado. Se apresura para unirse a los dolientes, avergonzado en su aislamiento. Alrededor de todos ellos está la gran extensión del paisaje; la foto no parece tanto la imagen de un funeral como una imagen de ese espacio, en el que el suceso principal es casi demasiado pequeño para verlo bien. Es esa habilidad de Mofokeng para evocar un espacio como éste y la lentitud que lleva asociada—una habilidad para posponer permanentemente cualquier exigencia de un «suceso principal» en la fotografía—lo que hace que su obra sea tan original.

«Si tus fotos no son lo bastante buenas, es que no estás lo bastante cerca», dijo una vez el cofundador de Magnum, Robert Capa (luego citado en infinidad de ocasiones). Pero las fotos de Mofokeng a menudo no están «lo bastante cerca», como en el funeral del Jefe More. O están demasiado cerca, como en las fotos del tren iglesia. Sitúa la energía de la imagen en otra parte: en la espera, en la incertidumbre, en las sombras más oscuras. Sus fotografías hicieron visibles los efectos de la opresión, pero no trataban principalmente de eso. Le atraían los intersticios de la vida africana: los servicios religiosos, los conciertos, los funerales, las actividades cívicas y el mundo de la vida diaria. Las personas de sus fotografías están emparentadas con las que el escritor sudafricano Alex La Guma evocó en su relato de 1962, «Un paseo de noche»: personas que merodean «perdiendo el tiempo, charlando, hablando, esperando». El propio Mofokeng viajaba grandes distancias y a veces prolongaba su estancia mientras trabajaba. Iba a los asentamientos, algunos de los cuales no conocía bien, y pasaba días en ellos, dejando que su cámara captase la sensibilidad del lugar. No conozco a ningún fotógrafo cuya obra capte mejor el trasiego que conocen los más pobres.

Cuando Mofokeng dejó Sudáfrica para estudiar en el Centro Internacional de Fotografía de Nueva York, en 1991, gracias a una beca con el nombre de Ernest Cole, asistió a los talleres de Roy DeCarava. Fue un encuentro entre dos almas gemelas. La clave no es que DeCarava fuese una influencia (Mofokeng ya había encontrado su voz antes de que se conocieran), sino que ambos artistas le dieron un uso productivo a las reticencias estilísticas y la oscuridad literal. Tal vez ningún fotógrafo desde DeCarava haya tenido tanta fe en las sombras como Mofokeng. La obra de Mofokeng no buscaba explicar los asentamientos, igual que DeCarava no pretendía explicar Harlem. Los jóvenes a los que Mofokeng capturó en una fotografía durante un concierto celebrado en 1988 en Sewefontein están extremadamente borrosos, apenas están ahí. (Y hay todo el espacio «extra» de pared que tienen a ambos lados, y que la mayoría de los fotógrafos evitaría). La razón más probable por la que están borrosos es que usara una baja velocidad de obturación, sin flash ni trípode. Pero el aspecto de la fotografía tipifica otra cualidad de su obra, algo que Mofokeng ha encapsulado en una palabra en su lengua sesoto natal: *seriti*. Es una palabra cuyo sentido incluye la 'sombra', además del 'aura', la 'dignidad', la 'presencia' y la 'confianza'. Contra la luz áspera e inquisitiva de una realidad política injusta, Mofokeng ofrece *seriti*: un conocimiento de carácter más secreto.

El *apartheid* fue derogado en Sudáfrica en 1994, pero el logro de la libertad política no puso fin a las investigaciones de Mofokeng. De hecho, se volvieron más intensas, porque vio que ese *seriti* era un aspecto de la vida sudafricana negra que se mantenía igual. Y es de esa época posterior al *apartheid* de donde salen algunas de sus imágenes más misteriosas y de composición más osada. *Oficio religioso del domingo de Pascua* (1996), por ejemplo, de una serie que tituló *Persiguiendo sombras*, es onírica, está llena de humo y de una luz dispersa, mientras los devotos (la mayoría, mujeres con pañuelos blancos en la cabeza) se juntan para el culto. Mofokeng se interesó especialmente por los oficios religiosos que se celebraban en las cuevas de Motouleng y Mautse, oficios que incluían elementos de la religión africana tradicional. Era una situación en la que la realidad y la espiritualidad se volvían inseparables. Mofokeng ha escrito acerca del ambiente de esos oficios: «Aunque soy reacio a participar en ese mundo tenue, puedo identificarme con él».

La espaciosidad y lo borroso de las fotografías de Mofokeng se derivan, en última instancia, de su intimidad con ese «mundo tenue»: un mundo que no es insustancial, pero sí esquivo para los no iniciados, para los que están fuera. Sus fotografías utilizan toda una serie de técnicas para bosquejar este mundo. Las fotos se apartan de lo pintoresco y se acercan más a la vida misma, al *seriti* y al sutil rango de asociaciones que tiene la palabra. Son fotografías de un desorden y una imprecisión tranquilas, un trabajo de sombras y una negación estratégica, evocaciones de lo que no puede apresurarse ni extinguirse.

UN ENSALMO PARA
MARIE COSINDAS

Marie Cosindas, que nació en Boston en septiembre de 1923 y murió en la misma ciudad noventa y tres años después, hizo unas fotografías que tienen tanta fuerza que parecen mágicas, como si sus hipnóticos efectos y su cohesión dependieran de algo más que un simple juego de manos, de modo que la vivencia de contemplar una selección de ellas es como ver una sola frase que se alargara varias páginas, movida por una invisible coherencia interna, no muy diferente de la abundancia imaginativa que Gabriel García Márquez evocó en su novela *Cien años de soledad*, un ambiente que utilizó como trasfondo para la compleja saga de la familia Buendía en la mítica ciudad de Macondo y, sobre todo, en su descripción del mago Melquíades, «un gitano corpulento, de barba montaraz y manos de gorrión», portador de sorprendentes y arcanos conocimientos, entre ellos visiones del presente y del futuro, así como los secretos de la óptica, los telescopios y el magnetismo, un conocimiento de lo más variopinto, que parece encontrar en él una unidad natural, y cuyas obras resurgen en las últimas páginas de la novela, en unos pergaminos redactados en sánscrito, en los que «había cifrado los versos pares con la clave privada del emperador Augusto, y los impares con claves militares lacedemonias», en una acumulación de inescrutabilidades hasta llegar a una sorprendente lucidez como la que puede experimentar alguien cuyos sueños enmarañados, por muy descabellados o implacables que sean, dan paso a la pura visión del despertar, aunque no el despertar sin matices de quien se levanta una mañana temprano bajo una luz blanca, cálida e inocente, sino, más bien, el conocimiento sombrío de quien ha dormido todo el día, despierta y ve los colores infinitesimalmente matizados de un crepúsculo oscuro, un ambiente que reconocerá cualquiera que vea las fotografías de Cosindas, que aprovechan al máximo los espacios pequeños y oscuros, un talento que tal vez tenga su origen en haber sido la octava de diez hermanos criados por emigrantes griegos en un pequeño apartamento en el barrio de South End, en Boston, de la misma manera que sus vivencias de niña, cuando asistía a la iglesia ortodoxa griega, con sus iconos bizantinos dorados y sus paredes cubiertas de objetos, fue, posiblemente, el origen de su luminoso sentido del color y la insinuación del incienso incluso aunque no se vea el humo, una dimensión de su obra que, sin duda, no llegó instantáneamente, aunque acabó, en efecto, llegando, después de trabajar como pintora y también como fotógrafa en blanco y negro, además del tiempo que pasó en el taller de Ansel Adams, cuyas lecciones sobre la escala de grises abandonó para adoptar el color con una fuerza alquímica que recuerda a la gran pintora de Ámsterdam, Rachel Ruysch, una artista ampliamente conocida, que se cuenta entre los mejores pintores de la edad de oro de la pintura holandesa, activa desde el último cuarto del siglo XVII hasta poco antes de su muerte, en 1750, a la edad de ochenta y seis años, que, además, fue una de las pocas mujeres celebradas en su profesión y que superó tanto a su padre, botánico, como a su marido, pintor, y cuya reputación sobrepasó cuando afianzó tanto sus conocimientos botánicos como artísticos, mientras criaba a diez hijos, y producía ramos de flores de enorme concreción, algunos de los cuales eran, literalmente, obras de ficción, que mostraban en un único jarrón flores que sólo se habrían visto en la vida real en estaciones diferentes pero que, a través del mágico arte de la pintura, podían juntarse de forma permanente, todas pintadas con precisión y a menudo acompañadas de representaciones igualmente buenas de pedestales de mármol, tableros de mesas, jarrones e insectos, cuya disposición contra un trasfondo oscuro, según la moda del período de madurez de la pintura floral holandesa, una rama del arte que elevó el material más modesto y doméstico a una intensidad que se acercaba a lo sublime, un don reservado sólo a unos pocos: sublimar lo común a lo glorioso, convertir los suaves pétalos de las flores en un resplandor como el de una llama, igual que Cosindas escogía los temas cuidadosamente y, mediante un conocimiento técnico e inteligencia visual—un uso habilidoso de la iluminación, de los filtros, de los tiempos de exposición y revelado y una temperatura ambiente para las flores pero también para otros temas, como los retratos y las composiciones de objetos de toda clase, que a ella no le gustaba llamar «naturalezas muertas», pues rechazaba, con razón, cualquier connotación estática, y que prefería denominar «arreglos»—, los convertía en afirmaciones indelebles sobre lo que la fotografía podía conseguir más de medio siglo después del auge del pictorialismo, con un uso del color que era más conmovedor, al ser más libre y más disciplinado, de lo que se veía generalmente en el uso comercial del color en la década de 1960, y que llegó al mundo antes que la obra de otros grandes pioneros de la fotografía en color, como William Eggleston, cuyo estilo era más inexpresivo, menos preparado, menos evidentemente artificioso, y más en consonancia con las preferencias de los críticos y los curadores, una vez empezaron a desarrollar un gusto por él, por lo que debía ser la fotografía artística en color, aunque la obra extravagante y antigua de Cosindas le procuró bastante fama en las décadas de 1960 y 1970, cuando expuso en solitario en el Museo de Arte Moderno de Nueva York (antes que Eggleston), el Museo de Bellas Artes de Boston y el Instituto de Arte de Chicago, pero no le ganó la gloria en las historias más convencionales de la fotografía, en las que se les atribuye a otros artistas, casi todos más jóvenes y casi todos hombres, el ser los verdaderos pioneros del color, de modo que acabó por ser considerada una anomalía, ni moderna ni contemporánea, en parte porque su particular contribución a la fotografía fue mística, sensual, no se avergonzaba de la belleza y se basaba en la combinación de objetos cotidianos con otros exóticos, una seriedad que encaja torpemente con los gustos irónicos y en ocasiones cínicos que dominaron el último medio siglo, pero que la puso en la lista de los muchos artistas de la historia que fueron revolucionarios, no por fundar una nueva escuela de pensamiento, sino por descubrir una vida inesperada en enfoques antiguos, no por seguir el ritmo de su época, sino por ser, más bien, intemporales, por abrazar la idea de que la magia no es cuestión de olvidar lo aprendido en el pasado, sino de dirigir un vasto tesoro de elementos hacia un flujo hipnótico, que, en el caso de Cosindas, implicó el descubrimiento del impacto emocional que podían causar las impresiones mediante la transferencia de difusión de color con una cámara de gran formato y el modo en que, con el tiempo, un mundo de accesorios, referencias y claves podía convertirse en una voz artística única, un mundo hechizado en el que había flores, jarrones, muñecas, encajes, pieles, esteras, porcelanas, libros, sillas, naranjas, espárragos, carteles, adornos, estatuas, bailarines, dandis, marineros, cartas del tarot, máscaras y marionetas, pero también esos portales a otros mundos—cuadros, espejos y ventanas— que, colectivamente, constituían una visión muy personal de la realidad, fascinada por los efectos teatrales y en sintonía con la vida interior de los objetos inanimados, con el animismo que albergan, una receptividad como la del narrador de *Los cuadernos de Malte Laurids Brigge*, de Rainer Maria Rilke, un joven en Dinamarca que descubre unos armarios en los que se guardan los trajes de varias generaciones y que, al probárselos, empieza a notar su inquietante poder transformador, de modo que, cuando se mira en el espejo, ataviado con esa ropa extraña, tiene la sensación de que el espejo no cree lo que ve, hasta el punto de que, para el muchacho, lo que hay es «algo muy sorprendente, raro, totalmente distinto» de lo que había imaginado, «algo repentino, independiente», una vivencia que se intensifica en los episodios siguientes hasta que, un día, se disfraza tan bien que se asusta y huye, gritando, del espejo, aunque habría que decir que la conexión entre la alquimia de las fotografías de Cosindas y la extrañeza registrada por otros artistas no es una simple cuestión de influencia o imitación, ni siquiera una afirmación de que este tipo de magia funcione siempre del mismo modo, sino, más bien, que a menudo se dan intuiciones parecidas entre quienes practican este método chamánico, cuyas obras parecen ser un murmullo embrujador, siempre plácido pero reluciente con la posibilidad de encandilar al espectador, una paradoja que es cierta en las fotografías densamente tejidas de Cosindas, los montajes que pasaba días organizando y que evocan espacios que recuerdan una complejidad como la de las cocinas de los grandes cocineros, o los laboratorios de los antiguos perfumistas, espacios en los que ocurren cosas inexplicadas, ejemplificados por sus *Floral with Marie Cosindas Painting, Boston* (1965), *Masks, Boston* (1966) y *Memories II* (1976; figura 4), sueños majestuosos vagamente rozados por la pesadilla, de modo que ya no piensas sólo en «Marie Cosindas», la fotógrafa, sino en «la Gran Cosindas», una maga al estilo de Melquíades, cuyas fotografías te atrapan bajo un hechizo con sus pinceladas de color y sus pasajes puntillistas, sus áreas de sombras profundas y sus insinuaciones de un significado secreto, su oscuridad vinosa, robusta, embriagadora y peligrosa, su vigilancia silenciosa y el aire encantado y amenazador, su calma absoluta y su disposición a abalanzarse, como espejos tan llenos de vida que podrías zambullirte en ellos y, sólo con gran dificultad, encontrar una salida.

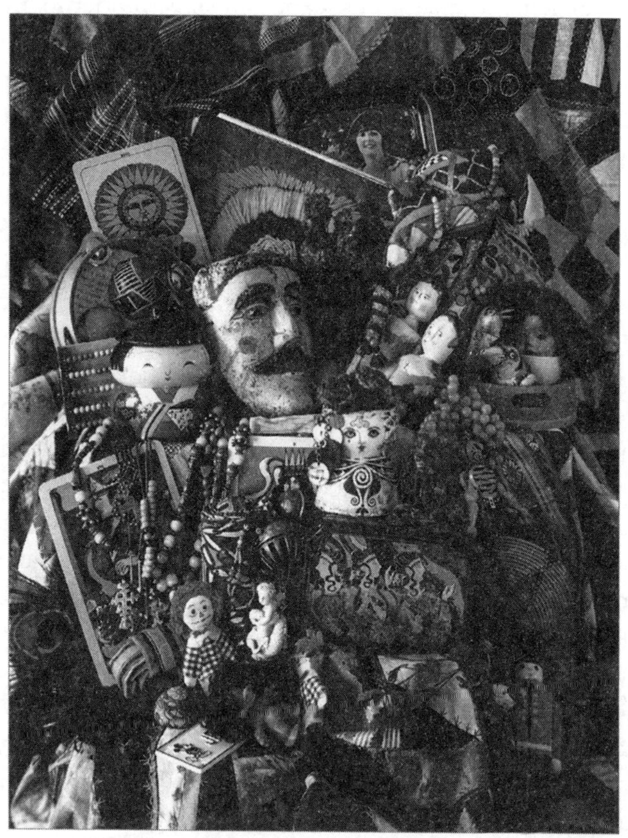

FIGURA 4. Marie Cosindas, *Memories II*, 1976.

IMÁGENES DESPUÉS
DE LA DEBACLE

En un ensayo titulado *Reflexiones nocturnas escuchando la «Novena sinfonía» de Mahler*, el médico y ensayista Lewis Thomas escribió: «Soy incapaz de escuchar el último movimiento de la *Novena* de Mahler sin que irrumpa dando un portazo una idea nueva y enorme: muerte por todas partes, la muerte de todo, el fin de la humanidad». Thomas hablaba de la probabilidad de un apocalipsis nuclear. El ensayo se publicó en 1983, en su libro del mismo título. La primera vez que lo leí, a mediados de la década de 1990, aprecié su lirismo quejoso, aunque me pareciera una cápsula del tiempo sobre las preocupaciones de una generación diferente.

He estado pensando otra vez en el ensayo de Thomas. Hace poco se hicieron públicos, por primera vez, los vídeos de unas pruebas de armas nucleares estadounidenses de las décadas de 1950 y 1960, y el Laboratorio Nacional Lawrence Livermore subió a YouTube unas pocas decenas de ellos. Muchos no llegan al minuto y ninguno dura más de ocho minutos. En la pantalla parpadeante, he estado observando varias repeticiones de la infame nube que dispersaba radiactividad en la atmósfera por encima de Nevada o del Pacífico. Varios de los vídeos muestran sólo un misterioso círculo blanco que brilla, con un campo oscuro de fondo. Podemos ver estos vídeos porque han sido desclasificados, y se considera que son parte del pasado y ya no suponen un riesgo. Pero los miedos de los que habló Thomas en la década de 1980 ahora me parecen reales a mí. La postura de la nación con respecto a la energía nuclear ha vuelto a la beligerancia, otro significativo paso a peor en un mundo que, de pronto, está dando muchos pasos a peor. Si se consideran a la vez que se tienen en cuenta las noticias, los vídeos son hipnóticos y aterradores, tanto más porque no tienen sonido. Lo indecible se despliega en el silencio.

Si los estadounidenses vuelven a pensar ahora en el desastre nuclear, los japoneses no han dejado de hacerlo desde la segunda guerra mundial. Cuentan con el impresionante legado de ser la única nación que ha sido atacada con armas nucleares, las dos bombas estadounidenses que destruyeron Hiroshima y Nagasaki. Este legado impregna la sociedad japonesa en todos los niveles, y plantea preguntas sobre lo que significa llorar, seguir adelante o enfrentarse al pasado como agresor y como víctima.

Que posteriormente Japón acogiera varias plantas nucleares fue una elección funesta en un país que no sólo carga con un pasado tan traumático, sino que es, también, vulnerable a terremotos y tsunamis. El terremoto ocurrido en el Pacífico frente a la costa de Tohoku, en la parte nororiental de Honshu, en marzo de 2011, causó un enorme tsunami que produjo daños inmensos: inundó ciudades, arrasó infraestructuras, arrancó bosques y mató a más de quince mil personas. El terremoto dejó sin suministro eléctrico externo a la central nuclear de Daiichi, en Fukushima, y la inundación provocada por el tsunami dañó los generadores de reserva de la planta y desactivó el sistema de refrigerado. Se produjo un sobrecalentamiento. El combustible de tres de los núcleos del reactor se fundió, lo cual llevó a una liberación de radiación. Y así, al acelerado desastre de un tsunami, se añadió el desastre a cámara lenta de una calamidad nuclear.

La catástrofe tripartita del terremoto, el tsunami y el accidente nuclear se conoce en Japón como 11/3, porque empezó el 11 de marzo. El nombre basado en el calendario indica parte de la seriedad con la que se consideraron esos sucesos. Y, como corresponde a una fecha tan crucial, ha tenido una extensa y variada serie de respuestas; en la política, claro, pero también en el periodismo, la fotografía, la literatura y las artes en general. El desastre del 11/3 tal vez fuese el primero de esa naturaleza en ser tan extensamente capturado mientras ocurría. Las imágenes de las cámaras de seguridad y las cámaras web muestran la llegada del agua, las carreteras inundadas y la destrucción de las ciudades y los puertos. Y, justo después del desastre, los fotógrafos, tanto japoneses como extranjeros, realizaron un extenso trabajo documental. La meticulosa documentación fotográfica de las ruinas, los escombros, las labores de limpieza y las operaciones de socorro llevada a cabo por el fotoperiodista Kazuma Obara es un ejemplo paradigmático: sus fotos mostraban la desoladora escala de la destrucción, la profesionalidad de los equipos de emergencias y la entereza de los supervivientes.

Pero, con el paso del tiempo, empezaron a producirse respuestas fotográficas menos directas al 11/3, y muchos de los fotógrafos más respetados de Japón volvieron su atención a Tohoku. Poco después del terremoto, el gobierno japonés estableció una zona de exclusión en torno a la dañada central nuclear de Fukushima, que prohibía a las personas no autorizadas acercarse a un perímetro invisible con un radio de veinte kilómetros desde los reactores (un semicírculo en tierra, porque la otra mitad del círculo estaba en el océano Pacífico).

El fotógrafo Tomoki Imai se embarcó en un proyecto de dos años en los se dedicó a fotografiar el paisaje irradiado. Las fotografías de su serie *Ley del semicírculo* se hicieron en distintas localidades en el perímetro de veinte kilómetros o cerca de él, con su cámara de gran formato dirigida a los reactores dañados a lo lejos. A veces, los reactores apenas son visibles y, a menudo, ni siquiera se ven. Las imágenes resultantes son simples paisajes en distintas estaciones del año. Algunas son banales; otras, muy bellas y evocadoras. Están claramente transfiguradas sólo por lo que sabemos de las circunstancias en que se hicieron.

Igual de sutil es la obra de Shimpei Takeda, que, a primera vista, parece una serie de imágenes del cielo nocturno. Pero sus fotos negras con manchas blancas son, en realidad, fotografías del suelo o, más exactamente, son fotogramas, pues se hicieron sin cámara. Takeda obtuvo muestras del suelo de varios lugares en torno a Fukushima y en las prefecturas cercanas, y las colocó sobre una película fotosensible en una cámara oscura durante un mes. Dependiendo de la radiactividad del suelo, la película registraba unas pocas manchas, blancas al positivarlas, o las suficientes para crear unos borrones blancos, como una nebulosa. Estas imágenes enigmáticas hacen visible la toxicidad inadvertida del suelo.

Vi las imágenes de Imai y de Takeda en 2017 en una exposición de fotografía japonesa posterior a la segunda guerra mundial, en el Museo de Arte Moderno de San Francisco. En la misma exposición había obras de Rinko Kawauchi, a quien admiro desde hace mucho tiempo por su habilidad para infundir amables imágenes a modo de diario con un intenso poder espiritual. La respuesta de Kawauchi al 11/3 (que no estaba presente en la exposición de San Francisco) se publicó en un libro titulado *Luz y sombra*. Un motivo principal de su secuencia de fotografías era una pareja de palomas, una negra y la otra blanca. Kawauchi las fotografió en el desastre de Tohoku y por encima de él, a menudo capturándolas en un solo encuadre. Según contó Kawauchi, estas aves eran palomas domésticas, desconcertadas por la devastación de abajo, que daban vueltas sin cesar, sin saber dónde posarse. Sus colores, marcadamente opuestos, prestan a la serie un aire simbólico añadido y una intuición de lo milagroso.

Hacemos imágenes en respuesta al desastre. Ver es parte de nuestro proceso de entender. Las respuestas indirectas al 11/3, como las de Imai, Takeda y Kawauchi, tienen un eco especial porque son reacciones a una tragedia, pero también van más allá y nos proporcionan un nuevo lenguaje. Se nos ofrece una visión concentrada y delimitada de la catástrofe, y esta delimitación permite que las imágenes trasciendan su asunto.

Mientras observo en silencio las lúgubres y viejas grabaciones de las pruebas nucleares estadounidenses, se me ocurre que las imágenes borrosas en blanco y negro, descontextualizadas, empiezan a sugerir una abstracción. Como las fotografías de Japón, éstas son, al mismo tiempo, primordiales y futurísticas. La extremada incertidumbre que siento en nuestro momento político actual me ayuda a entender, por primera vez, el curioso hermanamiento que existe entre el luto y la premonición. Lo padecido puede ser un indicio de lo que está por llegar. El cosmos radiactivo de Takeda, los meditativos paisajes de Imai y las aturdidas palomas de Kawauchi me llevan por varios registros de pensamiento al mismo tiempo: la información sobre la tragedia, el pesar por el sufrimiento que causó, la gratitud por el trabajo que hace visible ese pesar, presentimientos sobre el futuro.

Cualquier día, podría aparecer una alerta en tu teléfono. Algo terrible ha ocurrido muy lejos, una inundación, un ataque aéreo. Pronto, hay imágenes de personas que buscan entre los escombros de sus casas. Es fácil compadecerlos, pero difícil imaginar que ése podrías ser tú, que es a ti a quien se le ha privado de pronto de un lugar sólido en el mundo. Y, no obstante, es justo esa expectativa de solidez, esta idea de que las cosas probablemente van a ir bien, lo que siento que se aleja de nosotros una vez más. Al escuchar ahora la *Novena sinfonía* de Mahler, la encuentro modulada por el ensayo de Lewis Thomas, e impregnada de una tristeza parecida a la suya. No es sólo la *Novena* de Mahler la que evoca esos sentimientos en mí: escuchar cualquier cosa que roce lo sublime me produce inquietud, ya sea Coltrane, Björk o incluso el cargado silencio que me saluda cuando despierto en mitad de la noche.

Pienso en las políticas imprudentes que están adquiriendo apresuradamente rango de ley en todas partes, en el socavamiento del consenso científico, en el desplome de la diplomacia, en el presidente tuitero y en su temperamento agresivo, y pienso en qué acontecimientos estaremos condenados a vivir por nuestra parte en Estados Unidos, acontecimientos que, tal vez, estemos viviendo ya, sea por un acto de guerra o por un acto de Dios, sea con un componente nuclear o no, acontecimientos que revelarán nuestra falta de preparación, cambiarán para siempre nuestra manera de ver el mundo y exigirán que descubramos nuevos modos de ver y nuevos modos de afligirnos.

CRISTALES ROTOS

Después de una matanza, los periódicos estadounidenses no suelen publicar imágenes de los cadáveres. La razón tiene que ver con el respeto a los muertos y la preocupación por la sensibilidad de los lectores, además de con las restricciones impuestas al acceso de los fotoperiodistas a la escena de un crimen (estas convenciones son sutil e injustamente distintas cuando se trata de noticias internacionales). En vez de fotografías de cuerpos ensangrentados en la calle, vemos fotografías de ambulancias, profesionales médicos y de las fuerzas del orden, gente que corre para ponerse a cubierto. Una fotografía que todos hemos visto muestra a alguien afligido, acunado en brazos de otra persona. Otra retrata las vigilias a la luz de las velas después del horror. El crudo patetismo inherente a esos momentos está ya atenuado; lo hemos visto demasiadas veces, las situaciones no son tan conmovedoras como deberían. Pero, pese a ese impacto cada vez menor, la prensa está obligada a publicar imágenes. Entre ellas, ¿cuáles son conmovedoras? ¿Cuáles perduran? Las de menos importancia, las raras y peculiares, las que evocan algo más.

Las imágenes que han quedado en mi memoria de la matanza de 2017 en Las Vegas son de cristales rotos. Stephen Paddock disparó ráfagas de balas contra los asistentes a un concierto de música *country* desde una habitación del piso 32 en el Mandalay Bay Resort, después de romper dos de sus ventanas. Mató al menos a cincuenta y ocho personas e hirió a varios cientos. Para los fotógrafos que llegaron después de la matanza, habría tenido sentido mirar hacia arriba y disparar sus cámaras hacia el edificio (el vocabulario compartido entre las cámaras y las armas de fuego es tan lamentable como iluminador) en la dirección opuesta a los disparos del asesino aquella noche. Lo que habrían visto aquellos fotógrafos habría sido un edificio dorado, de fachada protuberante y vagamente parecida a la forma de un barco. Las ventanas del hotel son vulgares al estilo de Las Vegas, cubiertas de una fina capa dorada. En lo alto del edificio hay dos formas irregulares, separadas por nueve paneles, una cerca de la proa de la fachada, la otra, a estribor. Parecen manchas negras o asteriscos, o tal vez un par de órbitas vacías: son las ventanas rotas.

Las fotografías del edificio después de la matanza son documentos fácticos. No parecen «obras de arte», ni pretenden serlo. Pero tienen la capacidad colectiva de atraer nuestra atención hacia el vacío de detrás de las ventanas rotas, no sólo hacia el vacío no iluminado donde se rompieron las ventanas, sino también hacia el vacío inhumano que dominó el alma del asesino, el quejoso vacío que embargó a los supervivientes, y el vacío abismal que subyace a nuestra forma de vida y del que surge, sin cesar, una violencia desconcertante.

Hay cristales por todas partes en la fotografía. Desde los reflejos en los escaparates de Eugène Atget hasta los inteligentes autorretratos de Lee Friedlander, los fotógrafos siempre se han visto atrapados por las complicaciones visuales que el cristal puede introducir en una composición. El cristal está presente no sólo como un asunto fotográfico interesante, sino como material físico. En el siglo XIX, las fotografías se hacían sobre negativos de placa húmeda, cristales cubiertos de una emulsión fotosensible, y luego sobre negativos mejorados y portátiles de placa seca, antes de que, ya en el siglo XX, se fabricara una película con la fuerza suficiente para servir como base transportable para la emulsión. A veces, el propio cristal del negativo se convierte en parte de la historia de la fotografía.

André Kertész fotografió una vista de Montmartre en 1929, presumiblemente a través de una ventana abierta. Dejó París y se mudó a Nueva York y no volvió a ver el negativo hasta la década de 1960, cuando lo encontró, roto y muy dañado (figura 5). Pero el daño se convirtió en la historia. Al ver la copia impresa del negativo que hizo Kertész en la década de 1970, es fácil pensar que lo que estamos viendo es una fotografía de una ciudad a través de una ventana rota, tal vez por un balazo. De hecho, es una fotografía de una ciudad, impresa a partir de un negativo en una placa de cristal rota.

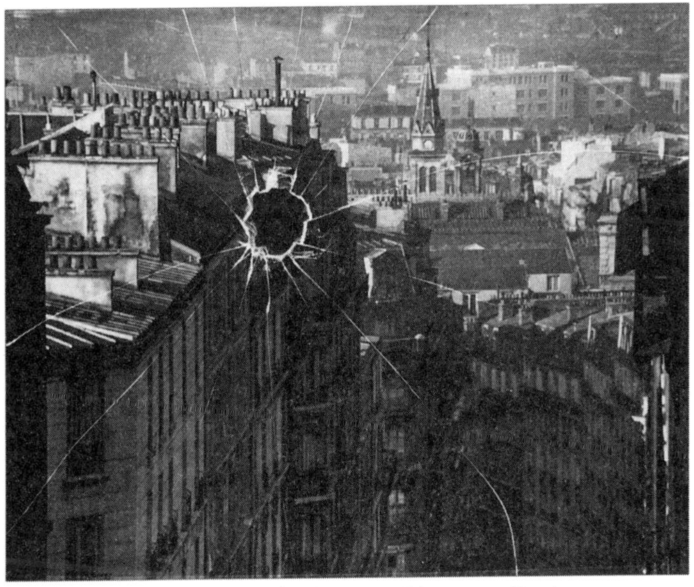

FIGURA 5. André Kertész, *Placa rota, París.*

Los cristales rotos y, en particular, las ventanas rotas son un notable desvío en la historia de la fotografía. Brett Weston proporcionó uno de los ejemplos más sorprendentes en San Francisco en 1937. Weston no estaba retratando las consecuencias de un crimen, ni siquiera estaba haciendo un determinado comentario sociológico. Estaba describiendo una abstracción con su cámara, la presencia caligráfica de un agujero negro con los bordes quebrados y rodeado de restos de cristal gris. La parte rota y desaparecida domina la imagen. Vemos un perfil como el mapa de una isla de ficción. Hay más oscuridad que cristal, y la oscuridad es profunda y misteriosa, una boca abierta profiriendo un grito interminable. John Szarkowski, el influyente curador del Museo de Arte Moderno de Nueva York, escribió que esta forma negra «no es un vacío sino una presencia; la periferia de la imagen es el trasfondo». En el centro, en esa oscuridad, es donde estaría el autorretrato de Weston, si la ventana estuviese intacta.

Brett Weston era hijo del gran fotógrafo, Edward Weston, y compartía la atracción de su padre por las fascinantes abstracciones que pueden albergar los objetos cotidianos. Pero el talento único del Weston más joven consistió en equilibrar con gran finura, a lo largo de una larga carrera, las exigencias contrapuestas de algo y nada, no sólo de la forma, sino de la ausencia de forma, y en crear imágenes muy gráficas de esas tensiones. Volvió más de una vez al asunto de las ventanas rotas, pero incluso en sus otras fotografías—como la del glaciar Mendenhall, hecha en 1973 e impresa con alto contraste, o una de la pintura pelada en una tapia portuguesa, de 1971, de la pintura oscura y la pared clara—parecía tener las mismas inquietudes gestuales muy contrastadas.

La ventana rota de París de la fotógrafa de vanguardia

Ilse Bing, realizada en 1934, es tan nítida y cortante como la de Weston, pero hemos retrocedido unos pasos y vemos una parte sustancial de la fachada del edificio, además de otra ventana. Por eso, ahora es una foto con un contexto, y ese contexto es la pobreza. Los repetidos estudios de ventanas rotas de Aaron Siskind enfocan de más cerca, excluyen la mayor parte del marco y nos dejan con esas tramas abstractas y expresionistas que dedican tanto espacio al cristal como a su ausencia. Brassaï y Gordon Matta-Clark tienen fotografías que se deleitan en una serie de ventanas rotas, apretadas hileras de manchas angulosas, como un verso tras otro de una canción desgarrada. *Una mujer gitana en el tren*, de Paolo Pellegrin, hecha en Kosovo, en 2001, se basa tanto en el rostro atemorizado de la pasajera como en la ventanilla rota que tiene al lado; juntos, evocan la guerra y a los desplazados. Pero todas estas fotografías tienen algo en común. Cada ventana rota es una conmoción congelada.

Entre las fotografías de las ventanas rotas del Mandalay Bay Resort, hay variantes misteriosas. En algunas, se ve a un espectador en la planta baja, detrás de una cinta policial. Algunos fotógrafos aprovecharon la proximidad del aeropuerto de Las Vegas para hacer fotos que yuxtaponen el hotel con el Air Force One, que trasladó allí al presidente para visitar el lugar, tres días después de la matanza. Una de esas fotos muestra el avión en el aeropuerto con la estructura dorada detrás, a lo lejos. Otra, del fotógrafo de Reuters, Mike Blake, muestra el Air Force One volando junto al edificio. Se las arregla para presentar la gloria de la tecnología de la aviación y la fragilidad del cristal en una única imagen (y trae a la memoria una foto de 1929 del Graf Zeppelin, impresa a partir de un negativo de cristal de placa seca agrietado: el vuelo y el cristal roto, juntos). La foto de Blake coloca la escena del crimen justo al lado del avión presidencial: es casi una declaración política. Pero una declaración que dice ¿qué? ¿Que el presidente hace caso omiso del problema? ¿Que su presencia es un consuelo para una nación asustada? Es una imagen clara, pero sin un significado político claro.

Muchos de nuestros encuentros con las fotografías hoy, ya sean hechas por nosotros o por otros, son a través del cristal de un teléfono móvil. El teléfono móvil es una especie de ventana, y siempre está a punto de romperse. El mundo de la imagen, que es un eco del mundo real, es igual de fragmentario. Eso es tal vez lo que hace que las diversas fotografías de las ventanas rotas en el Mandalay Bay Resort sean tan pertinentes. Y tal vez, en esto, sí hallemos una lección política. Una ventana intacta es interesante, sobre todo por su transparencia. Pero cuando la ventana se rompe, lo que nos intriga es la fragilidad que estuvo ahí todo el tiempo.

¿QUÉ SIGNIFICA MIRAR ESTO?

Una fotografía de un grupo de personas que sufren: las miramos y, por la tristeza de sus gestos y expresiones, sabemos que ha ocurrido algo espantoso. Pero averiguar los detalles exactos sólo por la fotografía es más difícil. Quiénes son esas personas, por qué sufren, quién o qué ha causado su sufrimiento y qué debería hacerse al respecto son preguntas más complejas y difíciles de responder sólo mirando la fotografía.

Las explicaciones que suelen dar los periodistas de sus motivos, sobre todo para fotografiar la violencia, no resultan siempre convincentes. ¿Por qué ir a zonas de guerra o conflicto, corriendo un grave riesgo personal, para fotografiar a personas cuya vida está sumida en un caos aterrador? La respuesta a menudo es tautológica: hacer esas fotografías supone un gran riesgo físico y un elevado coste psicológico, así que deben de ser las fotografías correctas. Susan Sontag, probablemente la escritora más influyente acerca de la relación entre la violencia y la fotografía, no estaba de acuerdo con ese argumento. Con una prosa forense, diseccionó las apologías complacientes de la fotografía de guerra y situó las imágenes de la violencia del fotoperiodismo directamente en el contexto del voyerismo de los espectadores. Éste fue el argumento propuesto en su colección de ensayos, publicada en 1977, *Sobre la fotografía*. Sontag creía que era inevitable cierta pasividad por parte del espectador, y que cualquier imagen de violencia estaría mancillada por esa distancia pasiva: «En el fondo la cámara transforma a cualquiera en turista de la realidad», escribió.[1] Contemplar imágenes de violencia, parecía insinuar, era un acto tan absorbente como absolutorio.

Volvió a tratar la cuestión hacia el final de su vida, con mayor complejidad. En *Ante el dolor de los demás* (2003), siguió considerando a los fotoperiodistas con escepticismo (los llamó «testigos estrella» y «turistas especializados»), y continuó sintiendo aversión por esa especie de mirada lasciva que pueden fomentar las imágenes de la tortura. Pero rectificó algunas de sus posiciones anteriores. Previamente, había argumentado que las fotografías, pese a su capacidad de generar compasión, podían marchitarla mediante la sobreexposición. Ya no estaba tan segura de eso. También cuestionó la idea, implícita en sus primeras argumentaciones y explícita en la obra de teóricos como Guy Debord y Jean Baudrillard, de que la abundancia y la distribución de las imágenes convertía la realidad misma en poco más que un espectáculo.

Insinúa, de modo perverso, a la ligera, que en el mundo no hay sufrimiento real. No obstante, es absurdo identificar el mundo con las regiones de los países ricos donde la gente goza del dudoso privilegio de ser espectadora, o de negarse a serlo, del dolor de otras personas, al igual que es absurdo generalizar sobre la capacidad de respuesta ante los sufrimientos de los demás a partir de la disposición de aquellos consumidores de noticias que nada saben de primera mano sobre la guerra, la injusticia generalizada y el terror.[2]

Sontag dudaba, hacia el final de *Ante el dolor de los demás*, de si «se tiene el derecho de padecer desde lejos el su-

---

[1] Trad. Carlos Gardini, Barcelona, Debolsillo, 2008, p. 63.

[2] Susan Sontag, *Ante el dolor de los demás*, trad. Aurelio Major, Debolsillo, Barcelona, 2010, edición digital.

frimiento de los demás, despojado de su poder vivo» y llegó a la conclusión de que, en ocasiones, un poco de distancia puede ser buena. «Nada hay de malo en apartarse y reflexionar», escribió. (Más que sus juicios incisivos, lo que más me gusta de Sontag es que esté dispuesta a reconsiderar sus antiguas opiniones).

Los desafíos para el espectador no han hecho más que aumentar en el siglo XXI. Las imágenes de la violencia han proliferado y mutado, y exigen nuevas formas de educación sobre la imagen. Varios estudios recientes sobre fotografía debaten algunas de las afirmaciones de Sontag en *Sobre la fotografía*. En uno de esos estudios, Ariella Azoulay cuestiona la idea del voyerismo. Azoulay interpreta las imágenes de los conflictos o las atrocidades como constitutivas de una red más compleja de participantes, lo cual desplaza la cuestión del voyerismo, o incluso la empatía, hacia la participación ciudadana. Azoulay parece estar diciendo que estamos juntos en esto (y no creo que la Sontag de *Ante el dolor de los demás* estuviese en desacuerdo). Al hacer ese tipo de argumentación, Azoulay se basa en una tradición diferente de escritos sobre la fotografía, relacionada con una afirmación hecha en 1857 por lady Elizabeth Eastlake en el *London Quarterly Review*: «Una de las características más placenteras de esta actividad es que une a hombres de vidas, costumbres y posiciones sociales muy diferentes, de modo que cualquiera que entre en sus filas se encuentra en una especie de república donde el único requisito de pertenencia es ser fotógrafo».

Pero, desde el punto de vista de Azoulay, no ser fotógrafo no es lo único que permite la entrada a esta república de la imaginación. Ser el sujeto de una fotografía, no menos que hacer fotografías o contemplarlas, es una más de una serie de actividades que se refuerzan mutuamente y en las que los participantes son cómplices e interdependientes. El significado de cualquier imagen surge de esos diversos roles y no sólo de la cámara. Éste es uno de los puntos que Azoulay desarrolla en su lúcido e indispensable ensayo, publicado en 2008, *The Civil Contract of Photography*. Su argumento se basa en las relaciones cívicas entre las personas:

En cualquier momento y lugar en que el sujeto de la fotografía sea una persona que ha sufrido algún tipo de daño, ver la fotografía que reconstruye la situación fotográfica y permite una lectura del daño infligido a otros se convierte en una habilidad cívica, no en un ejercicio de apreciación estética.

El proyecto de Azoulay surgió de sus propias vivencias como ciudadana israelí, que, no obstante, tenía que interpretar las imágenes que estaba viendo del sufrimiento palestino. ¿Son esas personas radicalmente otras, o están incluidas de algún modo en «nosotros»?

Las fotografías de atrocidades siempre nos enfrentan a cuestiones de desigualdad, pero estas cuestiones ya no pueden reducirse sin más a «¿Por qué ellos y no nosotros?». Si, como argumenta Azoulay, la fotografía desterritorializa la ciudadanía, entonces estas imágenes acusan, interrogan y nos meten en el mismo barco que aquellos a los que estamos mirando. «¿Qué hemos hecho—nos preguntan—para crear unas condiciones en las que otros, nuestros conciudadanos, tienen que pasar por estas vivencias indecibles?».

La académica Susie Linfield critica a Sontag de modo diferente. En *The Cruel Radiance* (2010), Linfield defiende lo que considera los nobles ideales de la fotografía documental. Reprueba a varios críticos notables de la fotografía (a

Sontag, además de a Roland Barthes y John Berger, entre otros) por desconfiar de la fotografía, por no amarla lo suficiente. Sontag es, para Linfield, una «escéptica brillante», y Linfield cree que ésa es una personalidad mucho menos atractiva que la de quien está «locamente embelesado», que es como describe a la crítica cinematográfica Pauline Kael. Lo que la fotografía puede hacer especialmente bien, en opinión de Linfield, es presentar los modos en los que los ideales de los derechos humanos no se cumplen. Una fotografía no puede mostrar los derechos humanos, pero puede describir, con un realismo aterrador, qué aspecto tiene una persona hambrienta, qué aspecto tiene un cuerpo humano al que han disparado. «Las fotografías muestran con qué facilidad nos vemos reducidos a lo puramente físico, que equivale a decir con qué facilidad el cuerpo puede ser mutilado, matado de hambre, partido, golpeado, quemado, retorcido y aplastado».

Esto se ve con claridad. Pero la clave está en los detalles, y la fotografía es capaz de transmitir muy bien detalles visuales y afectivos, muy diferentes de esos detalles que podríamos llamar «políticos» y que tienen que ver con las leyes, los matices de significado lingüístico y la distribución del poder. A pesar de todo su optimismo respecto a la eficacia de la fotografía, Linfield admite que «nosotros, los espectadores, debemos mirar fuera del marco para entender las realidades complejas de las que emanan estas fotografías».

En *Ante el dolor de los demás*, Sontag escribió: «Las intenciones del fotógrafo no determinan la significación de la fotografía, que seguirá su propia carrera, impulsada por los caprichos y las lealtades de las diversas comunidades que le encuentren alguna utilidad».[1] La verdad de esta afirmación

---

[1] *Ibid.*

es evidente en algunos casos, como las famosas fotografías hechas a finales de 2003 por el soldado Charles Graner Jr., entre otros, en la cárcel de Abu Ghraib, en Irak. Al desnudar a los prisioneros, apilarlos en una pirámide y ordenarles que se masturbaran, Graner y otros soldados estadounidenses tal vez buscaran utilizar la humillación para «ablandar» a sus prisioneros antes de los interrogatorios. Pero las imágenes, una vez lanzadas al mundo, cobraron un significado mucho más espeluznante e indignante.

O tomemos el caso del fotógrafo sirio con el nombre en clave «César». Estaba haciendo fotografías, junto con un equipo de personas, como parte de su trabajo en la policía militar. Angustiado por el número cada vez mayor de asesinatos espantosos que tenía que fotografiar, empezó a sacar en secreto del país un gran número de imágenes—imágenes de miles de personas muertas de hambre, golpeadas o torturadas hasta la muerte por el Estado sirio—entre el otoño de 2011 y el verano de 2013. El propio César acabó huyendo de Siria. Sus imágenes, inicialmente hechas con un propósito (como registro de los enemigos del régimen), llegaron a adquirir un significado distinto (como prueba de los espeluznantes crímenes contra la humanidad). La distancia entre la intención del fotógrafo y la vida subsiguiente de sus imágenes normalmente no es tan significativa como en estos dos casos, pero siempre hay alguna discrepancia, una discrepancia que surge de la tendencia de la fotografía a mostrar sólo una parte y a significar mucho más: la tendencia de la fotografía, dicho con otras palabras, a connotar más de lo que denota. Como ha escrito Tina Campt, las fotografías no hablan, pero no son mudas. Son silenciosas y requieren cierto tipo de escucha.

Una fotografía de un grupo de personas que sufren: al principio nos parece un tipo de imagen familiar, una fotografía hecha con destreza de una atrocidad en un país lejano (lámina 3). La pericia del fotógrafo se expresa mediante el color y el ritmo visual; a pesar del asunto, es una fotografía bella. Vemos a cinco personas: cuatro mujeres y un hombre. Están rodeados de escombros. En una puerta o pared azul hay varios grafitis. El hombre y tres de las mujeres se cubren la boca y la nariz con la mano, o se tapan la cara con las manos, como si al mismo tiempo estuviesen llorando y protegiéndose de un hedor. La cuarta mujer aparta la mirada. Está sucediendo algo espantoso, algo que no podemos ver.

Pero ¿qué nos dice la fotografía, por sí misma, de ese «algo»? No mucho. A no ser que vaya acompañada de pruebas extrafotográficas, se limitará a lugares comunes sobre la brutalidad humana o la universalidad del dolor, unas verdades que no requieren ningún argumento fotográfico. En su nivel más básico, esas pruebas añadidas empiezan con el pie de foto: «Susan Meiselas. *Unos vecinos presencian una quema de cadáveres en las calles de Estelí*, 1979». El pie de foto nos da el nombre de la fotógrafa, establece un momento y un lugar, y también nos da una sucinta descripción de un suceso. Pero, si nos detenemos aquí, sólo hemos adornado la imagen con un poco de información. Una investigación más a fondo podría revelar que Estelí es una ciudad del norte de Nicaragua y que, a principios de 1979, estaba cobrando fuerza la lucha popular de los sandinistas para derrocar al dictador, Anastasio Somoza Debayle. Podríamos descubrir que los cadáveres que quedan fuera del encuadre en la foto de Meiselas son de personas asesinadas por la Guardia Nacional de Somoza. Las personas de la fotografía estaban reaccionando, según contaba Meiselas, a «la intensidad del olor de los cadáveres putrefactos que llevaban en la calle entre tres y cinco días, bajo un sol intenso». Ahí fuera, haciendo fotos, ella podía olerlos. Nosotros casi podemos, también.

Esta única fotografía podría estar respaldada por un estante lleno de libros: sobre la historia de Nicaragua, sobre los regímenes de derechas, sobre Latinoamérica a finales de la década de 1960, sobre los sueños revolucionarios de la izquierda, sobre la política exterior estadounidense, sobre el sentido del olfato, sobre el valor personal de una mujer dedicada a hacer fotografías en una zona de guerra, sobre la economía política de Estelí, y así, sucesivamente. La fotografía no puede hacer todo eso por sí sola, pero puede motivar esas investigaciones.

Reconociendo la frustración de intentar hacer que las fotografías nos hablen de la increíble complejidad de una guerra civil, Meiselas ha escrito, acerca de la época que pasó en Nicaragua: «Yo hacía fotografías, ellos hacían una revolución». A lo largo de 1978 y 1979, hizo cientos de fotografías. Hizo muchas más en viajes posteriores al país. ¿Marcaron alguna diferencia esas fotografías? Además, ¿qué puede haber más irritante, e incluso ofensivo, que tener a alguien fotografiándote mientras lloras la quema del cadáver de uno de tus parientes? ¿Querría alguien tener a un fotógrafo ahí, apretando el disparador en el peor día de su vida?

Vuelvo a la idea de Azoulay de que la fotografía funciona como vínculo entre el fotógrafo y el fotografiado, que es una especie de promesa hecha por el primero al segundo: «Prestaré testimonio de esto». En su pesar, en su espanto, incluso en su irritación ante la presencia de un fotógrafo, la esperanza de los fotografiados en mitad de su sufrimiento es que lo que les está pasando salga a la luz y, posiblemente, que, al ser visto, eso ayude a aportarles consuelo.

Las pruebas de que esto sea así son esquivas. Todos hemos visto fotografías de guerra que son simple agua para el molino periodístico. Algunos fotógrafos *son* adictos a la guerra, y algunos espectadores *son voyeurs*; y, sin embargo, la fotografía no está limitada por esas formas de ver. La fotografía funciona y no funciona, es tolerable e intolerable, confunde y, a menudo, excede nuestras expectativas. La «fotografía de conflictos», en particular, surge de un enorme número de variables cambiantes que, de maneras impredecibles, poco fiables pero ineludibles, ayudan a dar visibilidad a la exigencia de justicia. A veces, hacer fotografías es algo espantoso, pero, a menudo, no hacer la foto necesaria, no prestar testimonio, o no tener permiso para prestarlo, puede ser peor.

LA ESCENA DE UN CRIMEN
EN LA FRONTERA

El martes 25 de junio de 2019, a Rosa Ramírez la grabaron en su casa en San Martín, El Salvador. Ramírez está al lado de la puerta de una pequeña habitación. Está afligida, y sus grandes ojos castaños brillan bajo el resplandor de las luces de las cámaras.

—El último mensaje me lo envió el sábado. Decía: «Mamá, te quiero». Decía: «Cuidaos porque aquí estamos bien». —Tiene el rostro hinchado de llorar—. Cuando leí el mensaje, no sé, me entraron ganas de llorar porque vi que era una especie de despedida.

El hombre yace bocabajo en el agua, con la camisa negra subida hasta la mitad de la espalda. Una niña pequeña, también bocabajo, está enredada en su camisa. Están uno al lado del otro, con el brazo de ella alrededor del cuello de él. El hombre lleva unos pantalones cortos de color negro. La niña, unos pantalones rojos, subidos por encima de las pantorrillas, unos zapatitos muy pequeños, y vemos el bulto delator del pañal. Unas latas azules de cerveza flotan en el agua verde grisácea a su alrededor. Los juncos crecen en abundancia en la orilla del río. La foto muestra al hijo de Rosa Ramírez, Oscar Alberto Martínez Ramírez, y a su hija, Valeria, y la hizo la fotógrafa mexicana Julia Le Duc.

Oscar Martínez y Valeria habían viajado desde El Salvador y habían estado un par de meses en México. Descorazonados por un tortuoso proceso de asilo, intentaron cruzar el Río Grande a nado, desde Matamoros hasta Brownsville, Texas. Ahí es donde ambos se ahogaron. Martínez tenía veinticinco años, Valeria, casi dos. En el vídeo, grabado tres días después, Rosa Ramírez habla como alguien que ha perdido toda esperanza. El sábado anterior, estaba leyendo un mensaje de su hijo. El martes, mientras las cámaras grababan, ella misma se había convertido en noticia.

Martínez y Valeria son dos de los cientos de personas que morirán en la frontera de Estados Unidos con México antes de que acabe 2019. Son dos de los miles que han muerto en la última década, en circunstancias espantosas. En la frontera, la gente ha muerto sola o acompañada, en el desierto o en el agua, de agotamiento o de sed, o acribillados a balazos, y sus cadáveres han quedado expuestos a los elementos y a los animales salvajes.

Cuando Associated Press distribuyó la fotografía de Le Duc por todo el mundo, lo hizo dentro de las convenciones de los reportajes periodísticos: algo había ocurrido en alguna parte, alguien lo había fotografiado, una agencia de noticias compró la imagen y de ahí pasó a la prensa internacional. La fotografía se publicó en las páginas del *New York Times*, el *Washington Post*, el *Guardian*, el *Wall Street Journal* e incontables periódicos más. En reportajes y columnas de opinión, se la alabó como un acto de testimonio, y en todas partes se expresó la esperanza de que pudiese activar la conciencia del gobierno estadounidense y acicatear un cambio en la frontera.

Las imágenes brutales generan con facilidad la compasión. Es cierto que algunas —muy pocas— imágenes de sufrimiento han catalizado cambios en la política, pero es igual de cierto que se publican imágenes espantosas todo el tiempo, miles de ellas al año, y que la gran mayoría no cambia las políticas un ápice. Ha habido fotos verdaderamente pasmosas y espeluznantes de Gaza, Lampedusa, Yemen, Cachemira. Pero los gobiernos, a pesar de la abundancia de fotografías memorables, fracasan con regularidad a la hora de honrar las legítimas peticiones que les hacen personas que buscan seguridad y dignidad.

Tal vez concedamos demasiada importancia a las fotografías individuales. ¿Y si tuviésemos, para cada incidente, no una fotografía, sino cientos? ¿Y si tuviésemos fotografías, hechas a lo largo del tiempo, que nos mostraran no sólo lo que ocurrió en Matamoros en junio de 2019 sino lo que condujo a eso? ¿Podríamos seguir aferrándonos a nuestra inocencia?

En la década de 1980, los presidentes Ronald Reagan y George H. W. Bush apoyaron al gobierno militar de El Salvador en una guerra civil contra varios grupos izquierdistas. Las atrocidades del gobierno se han documentado muy bien, y decenas de miles de salvadoreños murieron. Cientos de miles más huyeron a Estados Unidos. A mediados de la década de 1990, el presidente Bill Clinton permitió que expirara el «estatus de protección temporal» de los refugiados salvadoreños después de que acabara la guerra civil, y muchos de los que se vieron obligados a volver formaron o se unieron a las pandillas que son la principal causa de la actual violencia en ese país. En junio de 2014, el presidente Barack Obama se jactó de que los agentes de la Policía Fronteriza «capturan y deportan ya a cientos de miles de inmigrantes indocumentados cada año». En 2017, docenas de supuestos miembros de estas pandillas fueron ejecutados ilegalmente por las fuerzas de seguridad salvadoreñas, subvencionadas por Estados Unidos.

En enero de 2018, la Casa Blanca anunció su intención de poner fin al estatus de protección temporal de casi doscientas mil personas que habían ido a Estados Unidos desde El Salvador después de una serie de devastadores terremotos en 2001. Esto tuvo como efecto que se interrumpiera la capacidad de estas personas de ayudar a sus parientes pobres en su país y amenazó con dañar aún más la ya maltrecha economía salvadoreña. En abril de ese mismo año, los agentes de la Policía Fronteriza empezaron a aplicar una política de «medición» que ralentizó el proceso de petición de asilo en la frontera, hasta convertirlo en un goteo y produjo un enorme retraso. En junio de 2019, Estados Unidos anunció que no seguiría enviando ayuda a Guatemala, Honduras y El Salvador hasta que redujesen la emigración de sus ciudadanos a Estados Unidos: una medida cruel y contraproducente.

¿Cómo podría fotografiarse semejante catálogo de medidas inhumanas? Las decisiones políticas de importancia, a menudo hechas por hombres trajeados en despachos silenciosos y bien iluminados, tienden a no ofrecer demasiado dramatismo visual. Las fotografías sólo pueden mostrar a alguien firmando un documento o a mitad de un discurso. Pueden mostrar a un presidente, un miembro del Congreso, un agente de la Policía Fronteriza, un miembro de un grupo de presión, un juez, un ciudadano en un mitin político o en una cabina de votación.

¿Y si esas fotografías, con toda su banalidad burocrática, se presentaran junto a la fotografía de dos personas ahogadas? Sería una extraña yuxtaposición, una rareza de la que podría sacarse una verdad crucial. ¿Y si se omitiese la fotografía de los cadáveres y se mostraran sólo las políticas que llevaron a su muerte? ¿Seguiría impactándonos y entristeciéndonos? ¿O necesitamos siempre el espectáculo de los cadáveres para que la historia parezca real?

La defensa que hicieron los medios de comunicación de la decisión de publicar la fotografía de Le Duc resulta familiar: que la misión de la prensa es dar a conocer la verdad, por amarga que sea, y que, al mostrar la más amarga de las verdades, quizá sea posible hacer algo de justicia. Pero una fotografía de una niña muerta en la frontera de Estados Unidos con México no es, en sí misma, la más amarga de las verdades. Una verdad más amarga sería transmitir que lo que estamos viendo es un crimen, no un accidente. La verdad más amarga sería mostrar que el crimen lo cometieron los que contemplan la fotografía, que no es una noticia de una realidad remota y desconectada sino, más bien, algo que tú has hecho, no en persona, pero sí como miembro de un colectivo mayor. Eres tú quien ha minado su democracia, tú quien ha devastado su economía, tú quien les has negado el derecho de asilo. No son desconocidos pidiendo un favor. Son personas a quienes conoces, que te ponen frente a tus propias malas obras.

Ésa no es la manera en que suelen presentarse o entenderse esas imágenes. Así que ¿qué pasa si te enseñan, una y otra vez, las pruebas de tus crímenes y tú te niegas a aceptar la culpa? ¿Qué ocurre si tu valoración de las pruebas se vuelve cada vez menos sincera? Es una lástima, dices. Es desafortunado, escandaloso, se le parte a uno el corazón. Dices todo eso que es, en parte, cierto, pero mayormente falso, y la vida sigue.

Pero lo que ocurre también es que las imágenes entran en el reino de lo estético, separadas del dolor humano del que surgieron. Es muy fácil olvidar a Rosa Ramírez, de pie delante de su casa, llorando como haría cualquiera de nosotros, y es muy fácil olvidar la impresionante fotografía de su hijo y su nieta muertos. La publicación de imágenes como ésa a menudo va seguida de especulaciones sobre cuál de ellas es más probable que gane algún premio. Al fotógrafo de la imagen especialmente espantosa lo felicitan enseguida sus colegas, pues, sin duda, la gloria se acerca: un premio Pulitzer, tal vez, o un premio World Press Photo. Y esa pendiente se desliza hacia una demografía cada vez más ruidosa, que se alegra de hacer que América vuelva a ser grande y entre la que las imágenes brutales hacen una labor más directa. Esas imágenes, en vez de ser una prueba, muestran a los extranjeros llevándose su merecido, retratan un orden natural. «La realidad es no seas ilegal», como alguien expresó en un comentario en el *Times*. Otro escribió: «El error de juicio de un padre al intentar cruzar un río a nado con una niña pequeña a la espalda es su responsabilidad».

Los débiles y los despreciados deberían sufrir y, de hecho, sufren. Deberían morir y, en efecto, mueren. El mundo es como es. No sólo es fácil soportar el sufrimiento ajeno, sino que ese mismo sufrimiento confirma que no merecen compasión.

Seguirán publicándose fotografías del sufrimiento extremo; pocas publicaciones despreciarían la oportunidad de incluir una imagen memorable. Si nos guiamos por el pasado, se publicarán de un modo que no cuestionen demasiado a quienes tienen poder sobre la vida y la muerte de los demás. El *New York Times*, por ejemplo, cuando describió su decisión de publicar la fotografía de Le Duc, dijo que había tenido cuidado de no hacer «una declaración política» ni de transmitir «una posición sobre la cuestión de la inmigración». ¿A qué viene tanto cuidado ante una política espantosa?

Tampoco es probable que pueda corregirse la asimetría entre aquéllos cuyo dolor se convierte en noticia y quienes «consumen» la noticia. Hay poderosos códigos de decoro, casi indiscutibles, mantenidos por y para las personas consideradas blancas, o a las que se ha invitado a ser parte de «la blanquitud». La disparidad racial en las fotografías publicadas de cuerpos traumatizados es una cuestión recurrente y casi tediosa. Las organizaciones de los medios de comunicación ofrecen respuestas estándares (y, a menudo, malhumoradas) cada vez que se plantea el asunto, por lo general, apelando al valor de la noticia. Y, sin embargo, el valor de la noticia rara vez lleva cuerpos blancos destruidos a la primera página del periódico.

Las preguntas que tenemos que abordar ahora son más urgentes e inquietantes. ¿Qué clase de persona necesita ver esas fotografías para saber lo que ya debería saber? ¿Quiénes somos si necesitamos ver imágenes cada vez más brutales para sentir algo? ¿Qué será lo bastante brutal?

Al final, estas fotografías son espejos, no ventanas. Las miramos y lo que reflejan es algo monstruoso y difícil de reconciliar con la idea que tenemos de nosotros mismos. Miramos y miramos, y luego, hartos de mirar, resguardados en nuestras reacciones, sin llegar a comprender nunca, las apartamos.

GABINETE DE SOMBRAS:
A PROPÓSITO DE KERRY JAMES
MARSHALL

1

Después del *Retrato del artista como sombra de su antiguo ser* (1980), de Kerry James Marshall, la sombra ya no es una extensión del ser, ni una repetición, ni una simple variación. Es el ser, y el ser es la sombra.

La relación entre la sombra y la sustancia es antigua. Desde que Shakespeare escribió: «¿Cuál es de tu sustancia el fundamento | que te sirve un millón de sombras raras?».[1]

En la obra de Marshall, la sustancia y la sombra se mezclan, como en un eclipse total, transfigurando el paisaje perceptivo.

2

Kora, una joven de la ciudad-Estado de Sición, en el Peloponeso, tenía un amante que estaba a punto de partir. Para conservar su recuerdo, dibujó con cuidado una línea sinuosa en torno a su sombra. (El relato, que se supone que es el mito que dio origen al arte del retrato, se cuenta en el libro 35 de la *Historia natural* de Plinio el Viejo). El padre de Kora, Butades, rellenó la silueta con barro y la metió en el horno, con sus vasijas. Fue un modo de recordar lo que de otro modo se habría olvidado. Una sombra hecha permanente.

---

[1] William Shakespeare, *Sonetos*, ed., trad. en prosa y verso, y notas de Bernardo Santano Moreno, Barcelona, Acantilado, 2013, p. 119.

¿Alguna vez se ha oído algo tan absurdo? ¿África, aturdida e inundada por el sol, descrita como «el continente negro»? Aquí debe de estar en juego algo más que una metáfora. Tiene que ser otra negrura la que se desplaza y reasigna.

La expresión «continente negro», que se popularizó como parte de la empresa colonial en el siglo XIX, borró y sumergió miles de años de interacción entre Europa y África. Éste era el tipo de distancia que necesitaban los colonialistas. Aquí se fingía alguna cosa, una familiaridad que adoptaba la forma de una falta de familiaridad, una oscuridad que era una representación simbólica no de los nombrados sino de los que nombraban.

4

Marshall no busca nada. No. Busca lo que no está. No, no es eso. Busca lo que está pero no se ve. Bueno, casi, probemos otra vez: busca lo que está pero que *ellos* no ven. Eso es.

Marshall quiere, eso dice, «abordar la ausencia con *a* mayúscula». Abordar, ausencia, a, A; así es como se empieza un alfabeto, una anécdota, un relato.

Se traza una silueta, dibujada mecánicamente, o una sombra esbozada y rellena de negro. Puede ser una sombra artística cuyo material esté hecho de negro, como en una imagen recortada. Esta palabra, hoy común, tiene un origen sorprendente: su epónimo es Étienne de Silhouette, un breve ministro de Finanzas de Luis XV en 1757. Silhouette era famoso por su racanería y tacañería, y todo lo que se consideraba mísero o mezquino empezó a llamarse *à la Silhouette*.

Auguste Édouart, que se instaló en Londres en 1814, era un destacado retratista en perfiles de papel negro. Se hacía llamar «el hombre de la sombra negra». Algunos de los nombres de su arte fueron *esquiagrama*, *sombragrafía*, *sombra*, hasta que Édouart ayudó a popularizar el nombre preferido hoy en día: «silueta».

6

La popularidad de la fotografía, después del anuncio de Louis Daguerre, en 1839, inauguró la pérdida del interés por las siluetas. Pero la imaginación del público siguió obsesionada con la idea de fijar las sombras, de hacerlas permanentes. Con el aumento en la popularidad de las *cartes de visite*, ciertos daguerrotipistas animaban a sus posibles clientes a «atrapar la sombra antes de que la sustancia se desvanezca».

No se referían a un simple retrato sino, en concreto, a los retratos de allegados fallecidos hacía poco. La vida, en su camino al olvido, se detenía una última vez en los retratos *post mortem*.

7

Oscureció. «Soy invisible simplemente porque la gente se niega a verme», dice el narrador sin nombre de *El hombre invisible*.[1] Cuando llega a Liberty Paints, su trabajo consiste en mezclar un tono de blanco llamado Blanco Óp-

[1] Ralph Ellison, *El hombre invisible*, trad. Andrés Bosch, Barcelona, Debolsillo, 2016, edición digital.

tico. El Blanco Óptico se crea mezclando una base blanca con diez gotas de un producto químico negro concreto. Una vez mezclado, el Blanco Óptico se vuelve de un blanco radiante. «Si es Blanco Óptico, es el blanco perfecto». Blanco radiante. Pero el negro está ahí. Abordar la ausencia con *a* mayúscula.

8

¿Con qué inocencia puede un estadounidense negro enfrentarse y asimilar cualquier exhibición de los precios o la fijación de los precios? ¿Qué sombra se abate a perpetuidad sobre las ventas, sobre el acto de vender, en aquellos cuya historia ha consistido, en parte, en ser vendidos igual que se venden las mercancías? La idea no puede ser manifiesta todo el tiempo, nadie podría vivir así, pero, sin duda, irradia de cualquier encuentro con los precios, o la fijación de los precios. La esclavitud era una actividad de pérdidas y beneficios a todo color.

En criminología y sociología, al número de crímenes no resueltos o denunciados se le llama «la cifra negra».

9

«Sí, aunque camine por el valle de la sombra de muerte, no temeré ningún mal». El salmista no habla del valle de muerte sino, en una extensión sorprendente, del valle de la sombra de muerte. Algunas interpretaciones cristianas, como la de Clemente de Roma en el año 96 de la era común, lo toman por una profecía del viaje de Cristo por el valle de muerte. La frase «sombra de muerte» se repite en la Biblia hebrea. Además de en el Salmo 23, se encuentra en Job 3, 5; Isaías 9, 2, y en otras partes en los Salmos.

Un midrás rabínico interpreta «el valle de la sombra de

muerte» como un purgatorio, un estado de tormento temporal que Dios acabará aliviando. Otro midrás, proveniente del Tehilim, de la Alta Edad Media, lo sitúa en un lugar real, el desierto de Zif, donde David huye de sus enemigos, Saúl, Doeg y Ajitófel.

En cambio, cuando el que habla implora a Dios, en el Salmo 17, 8—«Guárdame como a la niña de tus ojos, escóndeme bajo la sombra de tus alas»—, aparece el sentido positivo de la sombra. La sombra se convierte, entonces, en un lugar fresco, una protección y un baluarte, no una amenaza que se debe superar sino un refugio al que acogerse.

10

A la sombra de una cueva en la meseta caliza del río Ardèche, a la luz de llamaradas y antorchas, respondiendo con intuición y habilidad a los salientes y huecos de una pared rocosa, unos seres humanos pintaron.

Las imágenes deben de haber danzado a la luz inconstante de las antorchas: leones, osos, rinocerontes, los animales de mundos reales y soñados. Estas criaturas, muchas hoy extintas, probablemente se dibujaron con propósitos chamánicos. A la entrada de la cueva, las pinturas se hicieron con ocre rojizo. Más hacia el interior, el color favorito fue el negro, un pigmento negro hecho de carbón vegetal, hollín, el residuo del fuego. Estos primeros pintores volvían, portando sus antorchas, y los animales que habían dibujado en negro retornaban, temblorosos, a la vida. Sombras permanentes, con treinta mil años de antigüedad, y de ellas surgió y se extendió la compleja posibilidad cultural del negro, al mismo tiempo sagrado, injuriado y amado.

Cuando era un crío en el continente negro, todo el mundo en mi colegio era negro, con la excepción de uno o dos niños indios y la del rarísimo estudiante extranjero blanco. Esto era en Lagos y el continente no tenía nada de negro.

Nos burlábamos del aspecto de los demás, como tienden a hacer los niños en todas partes. Determinábamos con exactitud dónde estaba cada cual en el espectro del claro al oscuro. No es que nos preocupara gran cosa quién era más blanco o más negro. A miles de kilómetros del racismo europeo o del Nuevo Mundo, nos interesaba burlarnos de la diferencia, sólo por divertirnos. A los niños de piel más clara los llamábamos «amarillos» u *oyinbo* (persona blanca). Los tonos medios no tenían ningún nombre, pues lo que se considera normal no necesita burla alguna.

Los de piel más oscura tenían varios nombres: «negrito» o *dudu* (la palabra yoruba para 'negro'). Un buen amigo mío, de piel oscura, era «Gran Cerveza», por la cerveza negra. Su hermana, por la lógica del patio del colegio, era «Pequeña Cerveza». Gran Cerveza era muy apreciado, y a veces también le llamaban «Sombra», como para decir: el hombre de la sombra negra.

El valor cromático de un color es su claridad u oscuridad relativa. Esta afirmación, que puede leerse de un modo evidentemente sociológico, es, también, una afirmación de un hecho técnico en la práctica de la pintura. El valor cromático de un color es distinto de su saturación o de su temperatura.

El negro marfil es negro con un tono marrón, un pigmento negro carbón; tradicionalmente, se fabricaba con marfil, pero ahora se hace de huesos de animales. El negro de Marte tiene un tono más denso y una temperatura neutra. El negro lámpara es un negro azulado.

«El arte negro—ha dicho Faith Ringgold—debe usar su propio color negro para crear su propia luz, pues ese color es la verdad negra más inmediata».

13

Dios hizo el día y la noche, organizó la distribución de las sombras. La sombra de la tierra, donde no alcanza el sol, la sombra de la luna, para determinar qué clase de noche es una noche. «A la noche le gusta arrojar sus sombras en torno al hombre | un puente, un caballo, el arma, una tumba», escribió Charles Olson.

«Pasamos la mitad de nuestros días en la sombra de la tierra», escribió Thomas Browne.

Todos los continentes son continentes negros, la mitad del tiempo. Pero la oscuridad no está vacía.

14

En 1815, Charles Catton el Joven, un pintor paisajista, vivía y trabajaba en una granja al lado del río Hudson. A Catton le molestó que su esclavo Robert se viera con una joven, también esclavizada, de una granja vecina. Con la ayuda de su hijo, Catton estuvo a punto de matar a Robert de una paliza.

Robert había estado viéndose con Isabella (conocida como Bell). Después del casi homicidio, Robert y Bell no pudieron volver a verse. Robert murió unos años después, y Bell recordó aquella injusticia toda su vida.

Algunas obras de Catton se exponen en el Museo de Arte Metropolitano y en el Rijksmuseum.

Bell escapó de la esclavitud en 1826. En 1843, se dio a sí misma su verdadero nombre: Sojourner Truth.

15

Cualquier pintor forma parte de la historia de la pintura. Lo que hace que un pintor concreto sea interesante, una de las cosas que le da a un pintor o a una pintora la oportunidad de ser interesante, es saber dónde encaja en el linaje de quienes se han dedicado a pintar. Los pintores demasiado en deuda con sus antecesores se colocan demasiado pronto en la línea temporal, y su obra tiene toda la debilidad de una posición nostálgica. Quienes están en el extremo opuesto, aquéllos cuya obra habla sólo del futuro, únicamente pueden ser juzgados por el futuro (que los hallará, en su mayoría, faltos).

Me interesan los pintores que están instalados en un presente verdadero, los pintores que tienen una relación bien calibrada con lo que ha sido la pintura, que manifiestan lo que es la pintura y que dejan hueco a lo que podría llegar a ser. Esos artistas son contemporáneos convincentes, sus prácticas y sus gestos confirman su linaje. Como custodios de la historia de la pintura, conocen el lugar que ocupan en ella. Son dos veces oportunos: puntuales y en el momento justo.

16

En *Kagemusha* (1980), de Kurosawa, el sogún muere y sus consejeros deciden mantener la muerte en secreto. El sogún es reemplazado en las situaciones ceremoniales por un doble, la sombra del guerrero. Poco a poco, empieza a ocurrir algo no por predecible menos emocionante: la sombra del guerrero empieza a sentir en su interior el poder y la autoridad del verdadero sogún. La sombra empieza a actuar como el verdadero cuerpo, para sorpresa y desazón de los cortesanos. La sombra, podría decirse, eclipsa la sustancia.

17

Veo, en Adís Abeba, *Partes invocadas (Lenguas)* (2016), de Julie Mehretu, un cuadro hecho con una multitud de manchas negras. El cuadro late con murmullos y posibilidades. Me devuelve a la cueva de Chauvet en el 30.000 antes de la era común; estoy en el interior de un manuscrito amárico; en un club en un sótano cubierto de grafitis; en el interior de un bosque de noche en pleno aguacero, en un Twombly en negativo, escrito y sobrescrito, un tenebroso palimpsesto. Estoy hablando en lenguas extrañas.

Hablando de lenguas: en Sri Lanka se cree que comer la lengua del *thalagoya*, un varano, proporciona el don de la elocuencia, tal y como escribe Michael Ondaatje en *Cosas de familia*.

18

La expresión *pintura de base* trae a la imaginación la técnica. La pintura de base es uno de los medios mediante los que el pintor traslada su *disegno* a la superficie de la pintura. Establece las estructuras, los contrastes y los valores tonales que el repinte acentuará después.

La pregunta «¿Qué es la pintura de base?» sugiere, por asociación, otra pregunta muy distinta: «¿Qué hay debajo de la pintura?».

O: «¿Qué hay debajo de la historia de la pintura?».

El cuadro de Rembrandt, pintado en 1632, *Jean Pellicorne con su hijo Caspar*, está en la Wallace Collection de Londres. En el doble retrato, el padre va vestido totalmente de negro, excepto por la gorguera de encaje blanco y las mangas, y el hijo, de unos cuatro años, va vestido de marrón. El cuadro tiene ese estilo detallado y un tanto vidrioso de los cuadros de Rembrandt de principios de la década de 1630, después de mudarse de Leiden a Ámsterdam, la época en que llegó a ser un maestro y encontró generosos mecenas.

En el cuadro, Jean Pellicorne, un rico mercader, recibe una bolsa de dinero de su hijo pequeño; la pintura simboliza el deber filial. Expresa la esperanza de que, un día, Caspar será rico también y podrá mantener a su familia. La lección está subrayada por la imagen apenas visible del fondo, de la historia del joven Samuel consagrándose al Señor.

Caspar Pellicorne se hizo, efectivamente, muy rico, en parte con el tráfico de personas esclavizadas. En 1677, por ejemplo, firmó, con varios otros, un contrato para suministrar mil ochocientas personas esclavizadas a las Antillas españolas.

Cuando un médico coloca una radiografía en una pantalla, contenemos el aliento. Se va a mostrar algo significativo. El parpadeo de la radiografía en la pantalla es una llamada de atención. Nuestros ojos, sin la formación adecuada, no saben interpretar ese montón de sombras, pero, para la mirada del médico, las sombras son legibles. Algunas podrían ser malignas o, si hay misericordia, todas podrían ser «sin complicaciones».

Injustice Case (1970), de David Hammons, una huella corporal en grisalla, parece una radiografía. Esta figura oscura, notable, enmarcada por la bandera estadounidense, es capaz de ver lo que *ellos* no ven.

21

Sin título (Pintura de base) (2018), de Kerry James Marshall, es un campo colorista de negros y marrones (lámina 4). Muestra a personas negras en el espacio de la galería de un museo. La galería se ve desde dos perspectivas.

La pintura es esencialmente plana sobre una superficie, aun cuando se emplea el *impasto*. Funciona en dos dimensiones y, o bien busca activamente la ilusión, o activamente la subvierte. *Sin título (Pintura de base)* hace ambas cosas, en un diálogo con cuadros acerca del acto de mirar de Velázquez (un maestro del negro), Vermeer, Courbet, Manet (otro maestro del negro), y con obras anteriores del propio Marshall.

Pero *Sin título (Pintura de base)* hace más aún. Aborda una ilusión de un tipo distinto: aquello que está por debajo de la pintura, el negro que siempre ha estado ahí pero que *ellos* no han visto.

22

En 1875, Eadweard Muybridge subió a bordo de un vapor y puso rumbo a Panamá. Acababa de ser absuelto de matar de un disparo al comandante Harry Larkyns, el amante de su mujer. (La muerte de Larkyns se consideró un homicidio justificado). Durante este exilio, también fue a Costa Rica, Honduras, El Salvador, Guatemala y México. Aún faltaba tiempo para sus famosos estudios de la locomoción animal.

Las emulsiones fotográficas sobre placa de vidrio utilizadas por los fotógrafos del siglo xix eran hipersensibles a la luz azul. Esto significaba que el cielo a menudo quedaba quemado, blanco, al positivarlas. Los fotógrafos con frecuencia combinaban dos o más exposiciones para hacer la copia final—una para el paisaje y otra, con un tiempo de exposición más corto, para el cielo—, a fin de conseguir detalles en ambas secciones. Muybridge era un virtuoso de esta técnica, y a menudo colocaba un cielo distinto sobre el paisaje. Sus fotos acababan siendo ficciones sobre papel, con sólo una vaga relación con el mundo real.

Durante su estancia en Centroamérica se interesó por los estudios de nubes. ¿Cómo registrar correctamente el detalle fugitivo y la sutileza de esas nubes blancas? Muybridge abordó el problema una y otra vez, y creó un álbum de blancos matizados.

23

En las Antillas—como apunta V. S. Naipaul en *The Middle Passage* (1962)—las gradaciones del color de la piel se ordenaban de manera absurda y rigurosa: «blanco, sucio, moho, polvo, té, café, coco, negro claro, negro, negro oscuro».

24

Un cuadrilátero negro de lados suaves, de un tono azulado, que avanza, o retrocede, en un campo negro de un tono neutro o púrpura: en sus últimos cuadros, Rothko intentó evocar e incluso afirmar lo sublime. El negro se convirtió, para él, en lo que el blanco era para Muybridge en sus días de cazador de nubes: todo un espectro de posibilidades tonales. Su intuición era que había mucho que ver en el interior del negro, aunque casi todo lo que veía era el valle de la sombra de muerte. Rothko habitó el ala triste de las posibilidades del negro. Los cuadros no eran generativos, ni consoladores, ni alegres.

25

Una charla dada por Toni Morrison en 1975 llama mi atención sobre el lenguaje desapasionado y la emoción de ciertos documentos históricos. Esta emoción es palpable, en concreto, en esos documentos que se refieren a beneficios económicos. Cita *The Historical Statistics of the United States from Colonial Times to 1957*. En la sección Z, que trata de «las estadísticas coloniales y prefederales», éstas son algunas de las secciones que se enumeran:

- Carbón exportado de los puertos de James River en Virginia, por destino, 1758-1765

- Arrabio exportado a Inglaterra, por colonia, 1723-1776

- Hierro en lingotes importado de Inglaterra, desde las colonias americanas, 1710-1750

- Valor de las pieles exportadas a Inglaterra, desde las colonias continentales británicas, 1700-1775

- Índigo y seda exportados desde Carolina del Sur y Georgia, 1747-1788

- Valor de los bienes exportados e importados, beneficios y valor de los esclavos importados a las colonias británicas de Norteamérica, 1768-1772

- Arroz exportado desde Charleston, C. del S., por destino, 1717-1766

- Brea, alquitrán y trementina exportados desde Charleston, C. del S., 1725-1774

Carbón. Arrabio. Hierro en lingotes. Pieles. Índigo y seda. Esclavos. Arroz. Brea, alquitrán y trementina.

Me obsesiona la palabra *beneficio*. Me pierdo al considerar *valor*. Sus significados escapan a mi comprensión.

La *cifra negra*.

26

Hombre en una ventana (1978), de Roy DeCarava, tiene una gran densidad de información negra. El hombre de la fotografía es negro, las cortinas en torno a la ventana son negras, la sala en la que se encuentra es negra, la luz que emana de la escena es negra. Cualquiera podría inclinarse a interpretarlas como distintos tonos de gris, pero esta imagen, como tantas otras de DeCarava, es multivocalmente negra. De esos tonos negros, la forma sale a la superficie como relato, consuelo y reconocimiento.

Hay tanta magia como linaje en esta ventana. En un lado hay un eco de la fotografía *Ventana de una chica negra* (1969), de Betye Saar. El cuadro sin título de 2018 de Kerry James Marshall (una chica negra vista a través de una ventana negra) es un eco del otro lado. La temporalidad oportuna consiste en ser puntual y llegar en el momento justo. La obra conversa con la historia del arte y su conversación llega a tiempo.

27

A partir de 1864, Sojourner Truth fue dueña de los derechos de autor de sus *cartes de visite*, en las que imprimió el texto: «Vendo la sombra, para apoyar la sustancia».

Estas imágenes se usaban para recaudar fondos para causas antiesclavistas. Truth vendía la sombra (fotografías de sí misma) para apoyar la sustancia (su propio cuerpo sustancial y la causa sustancial de la abolición). La frase «atrapar la sombra antes de que la sustancia se desvanezca» de los daguerrotipistas comerciales contrasta con el «Vendo la sombra, para apoyar la sustancia» de Truth: es la diferencia entre trabajar en torno a la muerte y trabajar por la vida.

Vendo. Quien fue vendida (en una subasta cuando tenía nueve años por cien dólares, junto con un rebaño de ovejas) ahora tiene la capacidad de vender. *Yo* vendo. Pero, en lugar de vender el cuerpo, ahora es la imagen, la idea, lo que se vende para apoyar al cuerpo. Es una ética que conecta la visión con la libertad.

28

«En esos cuadros, el negro no es negociable», dice Marshall.

Negro con ocre amarillo. Negro con ocre oscuro. Negro con cierto azul. Negro con otro tipo de azul. Negro carbón, a partir del hollín. Negro de Marte, a partir del óxido de hierro. Negro marfil, a partir de hueso blanco quemado. Negro, negro, negro, negro, negro, negro, negro. Siete tipos diferentes, una infinitud.

Azules, verdes azulados, púrpura oscuro, negro. Una mujer totalmente vestida duerme en la cama, sus brazos en la actitud no calculada de la inconsciencia. Otra mujer está de pie sobre una cornisa, a punto de poner en peligro su propia vida o de salvarla. Luego, las mismas figuras, fragmentadas y reorganizadas, con los colores fluyendo de una a otra, se repiten a lo largo de cinco secciones de una extensión de seis metros, intensificando la sensación de precariedad física y de lógica onírica. *Montaje*, la obra de fotografía, serigrafía y pintura de Lorna Simpson, fue uno de los cuadros de su exposición de 2018, *Sin respuesta posible*, en una galería londinense. Es un título acertado. La obra de Simpson, que a menudo deja el significado en el aire aunque prometa revelarlo, siempre ha tenido algo productivamente esquivo.

Sus primeros éxitos notables fueron fotografías acompañadas de textos. Las fotos eran en blanco y negro, sencillas, y directas, normalmente de una figura femenina, a menudo vista de espaldas. Los textos, lejos de aclarar la imagen, eran sugerentes e inconcluyentes. En *Aguadora* (1986), una mujer con un vestido blanco vierte agua de dos recipientes: una garrafa de plástico en una mano, un aguamanil de metal en la otra. Está de espaldas a nosotros. El texto al pie de la fotografía, escrito en mayúsculas, dice: LO VIO DESAPARECER A LA ORILLA DEL RÍO, LE PREGUNTARON LO OCURRIDO, SÓLO PARA DESCARTAR SUS RECUERDOS. ¿Qué ha pasado aquí? ¿Quién lo vio, quién desapareció y quiénes preguntaron? Es como si nos hubiésemos metido en un relato policíaco donde sólo quedase un levísimo rastro del incidente original. Lo único que queda es una parábola de una mujer a quien nadie cree. *Aguadora*, con su radical sencillez, cubre una distancia de más de tres décadas para comentar la actualidad.

Al igual que *Aguadora*, muchas otras obras de Simpson de esa época—entre ellas, *Veinte preguntas (Un muestrario)* (1986), *Predicción a cinco días* (1988) y *7 bocas* (1993)—son tanto figurativas como fragmentarias. Bien iluminadas, fotografiadas con nitidez, parecen fotografías de un diccionario médico ilustrado, imágenes indexadas de cabezas, torsos y bocas fuera de contexto. Incluso en una obra como *Figura* (1991), la figura en cuestión—envuelta en un vestido negro y ubicada en una infinitud blanca de un lugar cualquiera, parece un fragmento, como si la hubiesen sacado de una foto de grupo o de una habitación amueblada. Los textos que la acompañan, ocho placas de plástico grabadas, parecen fragmentos de un abecedario: «se imaginó lo peor», «estaba desfigurado», «pensó que no reaccionaría», y así sucesivamente. Aquí, no sólo se ha reducido el relato; de hecho, ha desaparecido por completo. No hay relato. Nos quedamos sólo con las tensiones de la poesía concreta.

En algún momento, a mediados de la década de 1990, Simpson empezó a detectar respuestas estereotipadas a su obra. Al mismo tiempo, sus propias ideas iban evolucionando. ¿Qué significa la imagen de una mujer negra? ¿Un comentario sobre la raza? ¿Una afirmación sobre el género? Simpson se apartó de las imágenes basadas en la figura y empezó a experimentar con diversos temas—paisajes, objetos inanimados como pelucas—y también con material poco habitual y casi escultórico, como el fieltro o las pantallas verticales. Una serie de polípticos fotográficos monumentales, varios de ellos de paisajes, titulados en conjunto

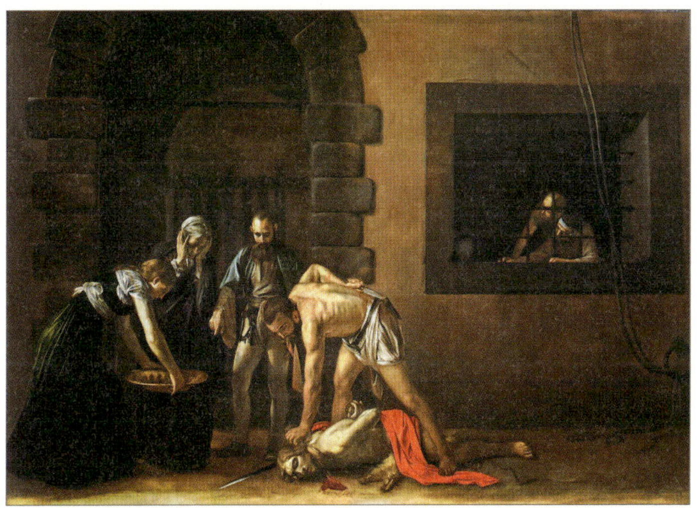

1. Caravaggio, *La decapitación de san Juan Bautista*, 1608.

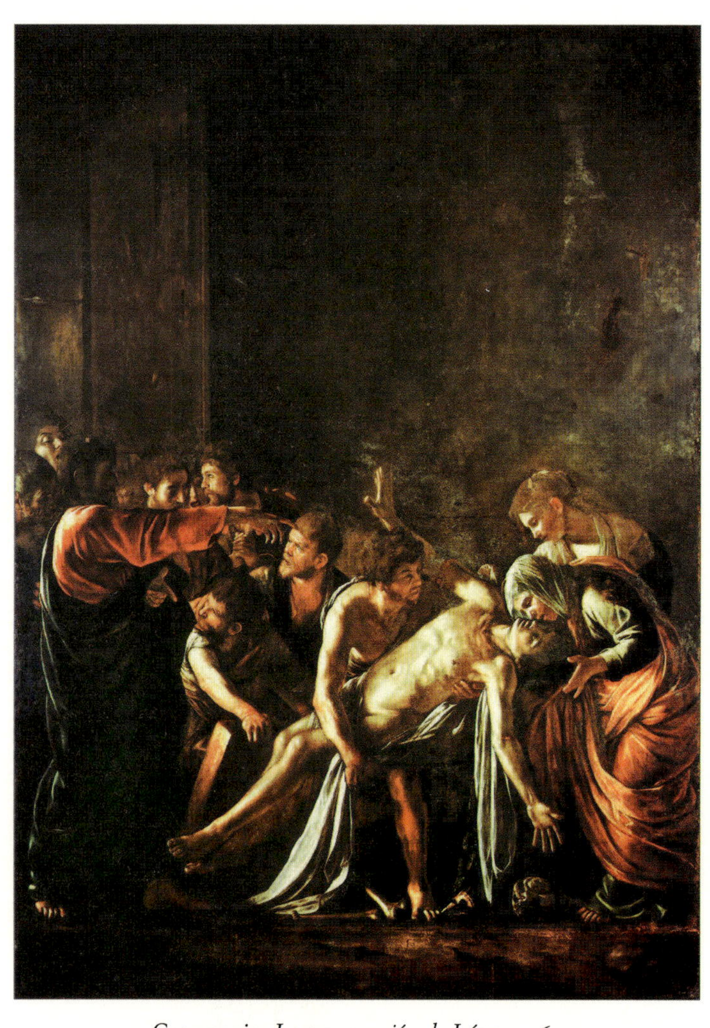

2. Caravaggio, *La resurrección de Lázaro*, 1609.

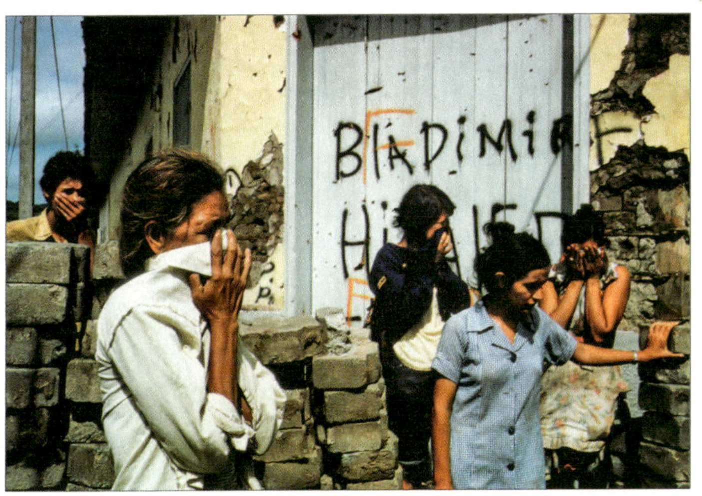

3. Susan Meiselas, *Unos vecinos presencian una quema de cadáveres en las calles de Estelí*, 1979.

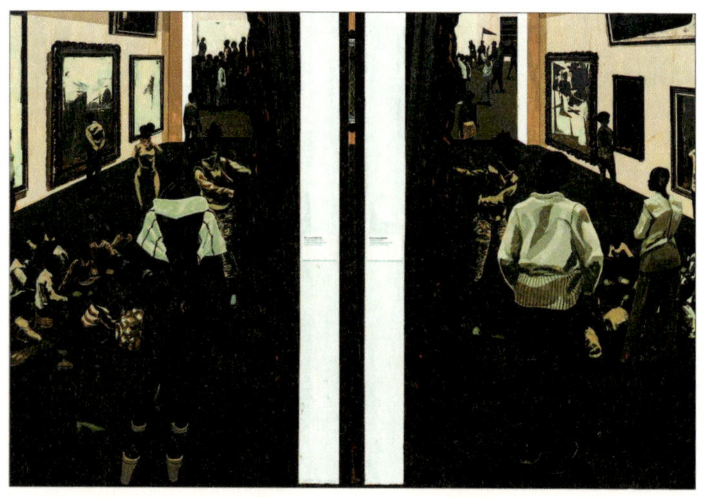

4. Kerry James Marshall, *Sin título (Pintura de base)*, 2018.

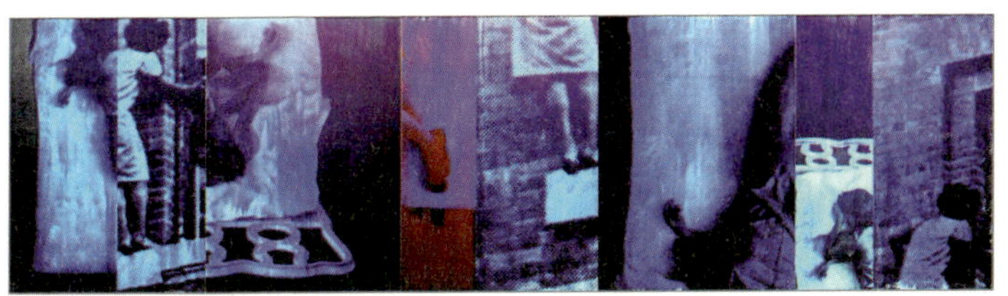

5. Lorna Simpson, *Montaje*, 2018.

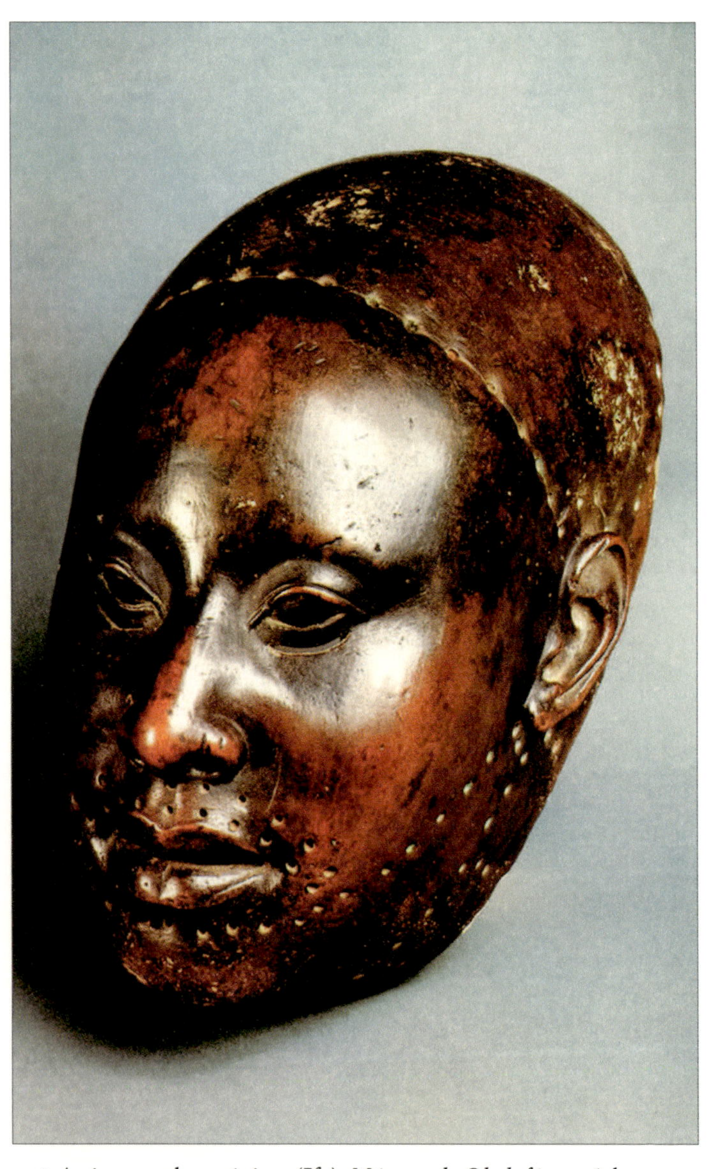

6. Artista yoruba anónimo (Ife), *Máscara de Obalufón, c.* siglo XII.

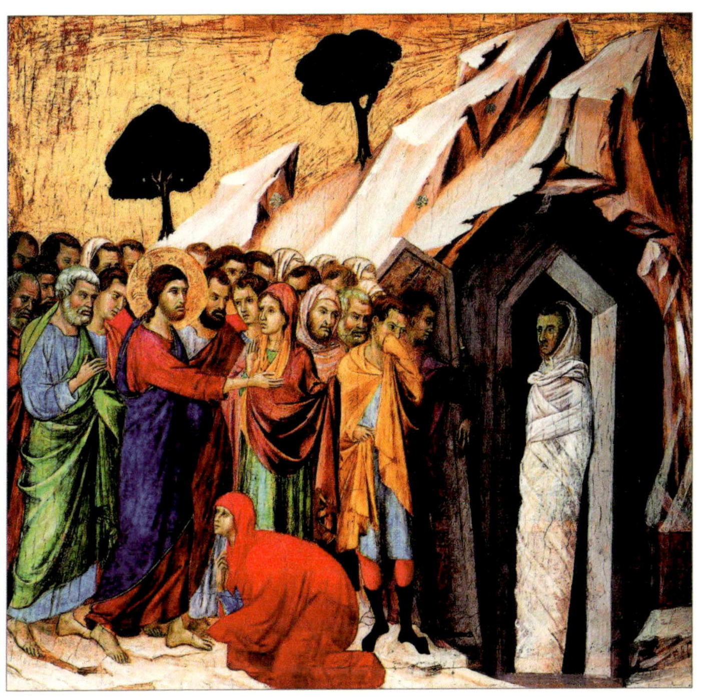

7. Duccio de Buoninsegna, *La resurrección de Lázaro*, 1310-1311.

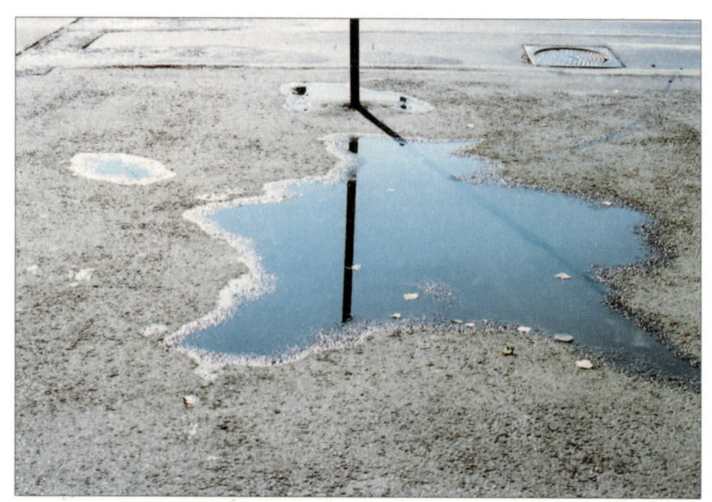

8. Teju Cole, *Oslo*, 2018.

Sexo público (1995-1998), en los que no aparece figura alguna, abordó de manera sólo indirecta ese provocativo título. Estas fotos, hechas a lo largo de muchos años, contienen lo que Okwui Enwezor llamó «el rumor del cuerpo». Misterios de carácter áspero e inexpresivo, que seguirían influyendo en el tono de novela negra de las obras fílmicas posteriores de Simpson.

Simpson empezó a añadir capas conceptuales cada vez más complejas entre su inspiración inicial para una obra y el producto definitivo. La idea para *9 objetos* (1995) surgió durante una estancia en la Pilchuck Glass School, en el estado de Washington, donde, con la ayuda de varios artesanos de la escuela, fabricó una serie de recipientes oscuros modelados en jarrones y otros objetos utilizados en la obra retratística del pionero de la fotografía en Harlem James Van Der Zee. Pero estos recipientes no eran la obra final. Los envió de vuelta a Nueva York y, después, volvió a fotografiarlos contra un fondo sencillo. Y ésa seguía sin ser la obra. Después, realizó más intervenciones: convirtió las imágenes fotográficas en litografías que imprimió sobre fieltro. Por fin, escribió unos pies de foto debajo de cada recipiente litografiado, describiendo el contexto en el que había aparecido originalmente. Uno de ellos, por ejemplo, dice:

Cena con el boxeador Harry Wills, 1926
James Van Der Zee

Harry Wills, conocido como «La pantera negra», boxeador y hombre de negocios, aparece sentado con otros siete hombres y mujeres, sobre todo mujeres, con copas de champán en alto mientras una mujer a su izquierda brinda en su honor. Hay tres botellas de champán, un decantador de cristal, una botella de oporto, un arreglo de flores y fruta, y delante de cada comensal hay un cubierto completo de porcelana intacto.

Desde múltiples direcciones, la obra señala hacia lo que no puede verse: la ubicación original de los recipientes que inspiraron los de Simpson, las personas en las fotografías de James Van Der Zee, la vida social de Harlem evocada por sus fotografías y la complejidad de las costumbres y de clase que aquéllas implican. Todo ese mundo desaparecido de cultura y vivencias se reduce a una elegante cuadrícula, tan sencilla como el catálogo de un anticuario, una imagen mental que exige un compromiso tranquilo y una intervención imaginativa por parte del espectador. Sin ser figurativa, trata sobre la raza, pero no sobre la «raza» como una categoría en sí misma, hilvanada sólo por la cuestión del color de piel, separada de la vida.

«¡Representar!» en el sentido de los negros estadounidenses significa respaldar a los tuyos, expresar solidaridad y dejar que una escala de valores compartida garantice tu obra y tu presencia. Es una exhortación, un saludo y una despedida. La palabra también tiene más asociaciones convencionales en las artes visuales: como mímesis, en contraste con lo abstracto o lo simbólico. Representar, en este sentido más normal, es hacer una obra que se corresponda visualmente con las realidades que hay en el mundo, ilustrar sin complicaciones. Este segundo sentido de «representar» se ha puesto de moda en el mundo artístico. El realismo ha vuelto. Por lo general, es bienvenido: después de una larga ausencia de figuras y rostros negros en los museos de arte, empiezan a verse con más frecuencia. Muchos artistas, negros o no, describen el cuerpo negro. Es necesario y, bastante a menudo, exitoso desde el punto de vista artístico. No obstante, con idéntica frecuencia, o tal vez con más, fracasa. Las galerías están llenas de representaciones fútiles y anodinas, obras que ofrecen poco más que una torpe taquigrafía de la preocupación social.

Uno de los mayores atractivos de la obra de Simpson es que siempre ha abrazado la complejidad inherente de la negritud; de su propia negritud y de la negritud que atraviesa ineludiblemente la historia de América. No rechaza las descripciones figurativas, pero tampoco siente la necesidad de limitarse a la obra «racial». Cuando una artista utiliza a un modelo negro, está presentando una cuestión humana, llevando al primer plano una presencia humana. ¿Es un hombre blanco una persona mientras que una mujer negra es y sólo puede ser un sujeto racializado y con género? Como ha señalado Kellie Jones, a menudo se piensa en los cuerpos no blancos como cuerpos «no lo bastante neutros para las fórmulas desapasionadas que se considera que constituyen la práctica conceptual». Si la raza y el género de una mujer negra son las únicas cosas aparentes para cierto tipo de espectador, parece decir Simpson, la responsabilidad ética de escapar a esas ataduras es del espectador.

La libertad es el punto de partida de Lorna Simpson y su tema permanente. Una corriente humana anima toda su obra, que trata simultáneamente del espacio «neutral de las ideas» y la vivencia particularizada del cuerpo. Esta obra reciente, *Montaje*, es fotográfica y pictórica, una repetición a partir de un par de fotografías encontradas, secuenciadas para que parezcan una gigantesca tira de negativos (lámina 5). Trata de los sueños y las pesadillas, las ambigüedades y las vulnerabilidades, en cuyo centro está lo que Simpson llama «el empuje y el tirón de la fotografía»: el balbuciente potencial inherente a la reproducción mecánica y los registros imperfectos que reflejan la vida subconsciente. Es una respuesta rápida al clima político actual, que ubica una parte crucial del mismo en el espacio más íntimo de todos, donde el bravucón «ellos» se mantiene temporalmente a raya a favor de un perplejo «yo».

En tu propia cama, las imágenes persisten y es difícil encontrar las palabras. Estás inmerso en tonos oníricos y colores nocturnos. Éste es el arte que necesitamos ahora: rico, pleno de referencias, mudo e irrefutable.

LA NEGRURA DE LA PANTERA

Empecé a convertirme en africano hace casi treinta años. Ocurrió cuando dejé Nigeria y me mudé a Estados Unidos. Nací en Estados Unidos en el verano de 1975 y me llevaron a Nigeria en el otoño de ese mismo año. Durante los siguientes diecisiete años, Nigeria fue mi hogar. Pero también sabía que era estadounidense, que Estados Unidos también era una especie de hogar, porque había nacido allí. Pero ¿era africano? No tenía esa sensación. Mi sensación era que yo era un chico de Lagos, un hablante de yoruba, un ciudadano de Nigeria. Los africanos eran esas otras personas de las que había leído en los libros o a las que había visto con ropa tribal en las revistas o, de un extraño modo ficticio, en las películas.

En el verano de 1992, eso empezó a cambiar. Estados Unidos me proporcionó un contraste a mi latente africanidad. «¿Qué eres?». «Nigeriano». «¿De dónde, tío?». «De Lagos». «¿Leggo mi Eggo?».[1] Nadie había oído hablar de Lagos. Africano: ésa era la clase de «otro» que yo era. Para mí fue una novedad, pero no lo peleé mucho tiempo. Conocí a gente que estaba en una situación parecida, y empecé a aprender africano.

A veces siento en mi cuerpo una pérdida paradójica: la pérdida del olvido. Me descubro echando de menos una épo-

---

[1] Alusión al lema de un anuncio de gofres popular en la década de 1990.

ca anterior en la que lo que sabía era contingente y estaba siempre protegido por lo que desconocía. El conocimiento, en los días anteriores al recuerdo electrónico instantáneo, estaba lleno de energía potencial. Iba acompañado de una serie de conjeturas que favorecía una forma de conocer diferente, que permitía aproximaciones en lugar de concreciones.

He aquí un intento de esforzarme en recordar: sé, o sabía, varias cosas sobre los grandes felinos. Los leones se encuentran en el Serengueti; los tigres, en el sur de Asia. Los dos son enormes. Los guepardos, evidentemente, son los más rápidos; los leopardos, que trepan con facilidad, arrastran a sus presas a la copa de los árboles. Ambos son felinos de África (los animales pueden ser de África, pero sólo las personas pueden ser *africanas*).[1] Creo que los nombres científicos de los grandes felinos contienen la palabra *Panthera*, aunque no estoy seguro. Para seguir con este ejercicio, no lo compruebo. *Panthera leo*. Ésos son los leones, creo. Los jaguares parecen leopardos, pero son más fuertes y compactos. Son sudamericanos. Aquí es donde la cosa se vuelve más neblinosa. ¿Son jaguares las panteras? ¿O son algo aparte? Si las panteras son jaguares monocromáticos, no pueden ser africanas, porque los jaguares son sudamericanos. ¿Es una pantera negra lo mismo que un leopardo negro? ¿Y qué coño es un puma? ¿Qué son los leones de montaña? Creo que son lo mismo que los pumas: ¿no son ésos los norteamericanos? Espera, ¿y un cougar?

De pequeño me interesaban los grandes felinos. Los co-

---

[1] El autor hace una distinción, difícil de traducir al español, entre la palabra *African*, utilizada como adjetivo (en inglés, los adjetivos no tienen forma plural), y *Africans*, como sustantivo colectivo, que solo sirve aplicado al conjunto de las personas de África.

nocía bien y hacía mis pinitos con las aves de presa (las águilas, los halcones, los gavilanes y las águilas pescadoras), que tenían una estructura familiar igual de compleja. También sabía algo de dinosaurios, aunque no mucho. No me importa haber perdido la mayor parte de mi recuerdo taxonómico de esos grandes depredadores. Lo triste es que, en un abrir y cerrar de ojos, puedo comprobarlo todo.

La mañana del 11 de octubre de 1933, seis años antes del inicio de la guerra en Europa, en la que Suiza desempeñaría un papel tangencial pero turbador, la jaula de la pantera negra del Zürich Zoologischer Garten apareció vacía. El animal, que acababa de llegar de Sumatra, se había escapado por la noche. En las semanas que siguieron, se lo vio en muchos sitios. Los, por lo general, inconmovibles ciudadanos de Zúrich se dejaron llevar por la histeria. La prensa suiza publicó cientos de artículos. Se pusieron trampas con las que se atrapó a varios perros asilvestrados. Las supuestas huellas de la pantera también resultaron ser de perros. Alguien sugirió que los miembros de una secta religiosa llevasen a cabo un exorcismo. Otra persona escribió que lo que hacía falta era un vidente.

Hasta mediados de diciembre, diez semanas después de que se escapara, no apareció la pantera, que estaba oculta debajo de un granero, en los límites entre el Oberland zuriqués y el cantón de Saint Gallen. Los restos de un corzo, que aparecieron cerca de allí, explicaron cómo se las había arreglado para sobrevivir al invierno suizo. La pantera negra la descubrió un aparcero, que la mató de un disparo para comérsela.

En Hollywood se han hecho muchas películas que son experimentos mentales sobre África. Algunas, rodadas para los blancos estadounidenses, resucitan las fantasías coloniales («Yo tenía una granja en África»), con los africanos en papeles brutales o ingenuos. Otras, rodadas para los negros estadounidenses, tienen el objetivo de ser edificantes y de recubrir la vivencia africana con una grandeza ficticia. Estas fantasías, de ambos tipos, son, inevitablemente, simplificaciones. Hay cincuenta y cuatro países africanos. ¿Qué significa soñar con estos países? ¿Qué significaría soñar con Mozambique, Sudán, Togo o Libia, pensar en su política, con toda su agitada complejidad? ¿Cómo sería usar lo que ya existe como marco narrativo, incluso para obras de ficción? Wakanda es una monarquía, igual que Zamunda. ¿Por qué las monarquías son el recurso narrativo por defecto? ¿Es que no podemos soñar más allá de la realeza?

En mi vida, sólo he tenido una mascota: un gato, hace más de diez años. Se llamaba *Mirabai*, también conocido como Midnight. Esa preciosa pantera en miniatura saltaba para salirme al encuentro. O se sumía en una profunda oración, como hacen los gatos, o amasaba una mancha de sol en el suelo de madera. Pero no conseguí entrenar a esa gatita negra, dulce y juguetona a no morder. Enseguida me cansé de tener que tomar antibióticos cada vez que me mordía. A mí me mordió tres veces y a las visitas, dos. No era hostilidad, sencillamente, no sabía controlarse y, a menudo, hacía sangre. Lo que es peor, descubrí que tengo una alergia severa al pelo de gato. No a todos, pero sí a la mayoría. No lo sabía. Pobre *Mirabai*. Tuve que devolverla al refugio. Pero en el fondo de mi corazón, soy amante de los gatos. No soporto a los perros, pero me gusta cómo son los gatos y lo que hacen.

En el proceso de hacerme africano, también empecé a hacerme negro, lo cual resultó ser un viaje más complejo. «Africano» tenía que ver con compartir espacios mutuos con otros africanos: amigos del continente o personas con las me habían metido en la misma categoría. Tenía que ver con sentirnos extranjeros en la tierra extranjera norteamericana, pero también con nuestra experiencia compartida de la radiación de fondo del colonialismo. La supremacía blanca formalizada del gobierno colonial terminó en Nigeria sólo quince años antes de que yo naciera. Aún era reciente. «Africano», fuese lo que fuese, además, consistía en deshacer colectivamente ese ataque.

«Negro» era otra cosa. Era, en cierto sentido, más incluyente. En este sentido incluyente, englobaba toda esa resaca colonial y a ésta le añadía las vivencias estadounidenses de la esclavitud, la rebelión contra el esclavismo, Jim Crow y el racismo contemporáneo, aparte del tejido conectivo que unía el Atlántico Negro en una única herida palpitante—que atrajo todo el Caribe hasta su órbita—, además de la diáspora de la negritud europea, latinoamericana y global.

Pero la categoría «negro» también era más restrictiva porque, en el lenguaje cotidiano, «Negro» (o «negro») significaba negro americano, y «negro americano» significaba negro americano descendiente de personas esclavizadas. No se refería a todas las personas negras del mundo; se centraba en la situación estadounidense. Para ser negro en Estados Unidos, había que aprender ese matiz local del significado de «negro»; había que aprenderlo y amarlo. La piel negra (a veces, sólo uno o dos tonos más oscura que la blanca) suponía la admisión en el aula, pero los códigos culturales de los negros americanos eran la lección que había que aprender. Así que aprendí negro, como lo aprendió Obama, e igual que aprenden negro los negros británicos que viven en Los Ángeles, como los jamaicanos en Brooklyn, los haitianos en Miami, los eritreos en Washington D. C. y los gambianos en el Bronx. Aprendimos negro y lo amamos, aunque sabíamos, todo el tiempo, que aquél no era el único negro.

Una nación sin salida al mar, pequeña y pacífica. A los habitantes se los tiene por un pueblo sencillo y nada ostentoso. No obstante, se trata de una de las naciones más ricas de la tierra y de las más avanzadas, desde el punto de vista tecnológico. El país está a gran altitud y rodeado de montañas. Su sistema político es estable. Lleva siglos sin tener guerras internas. Temerosos del caos que convulsiona al mundo, sus ciudadanos se mantienen al margen de las disputas internacionales y no abren sus fronteras a los migrantes. Pero, detrás de los muros en apariencia tranquilos, hay una notable industria en los campos de la investigación científica, el desarrollo armamentístico y la innovación farmacéutica. El país ha resuelto el problema del transporte: allí no se conocen los atascos de tráfico, y los trenes de alta velocidad cruzan, en silencio, su territorio. Ahora, en un mundo rápidamente cambiante, los habitantes de este país deben decidir si quieren continuar ocultándose del mundo o si, por fin, quieren aceptar más responsabilidad y utilizar su riqueza y su tecnología para mejorar el destino de los demás.

Hablo de Suiza, claro. Pero Suiza es una democracia. Wakanda, no tanto. Mi antipatía por las monarquías es intensa, inflexible y, probablemente, irracional. El derecho hereditario a gobernar me ofende de manera casi personal, tanto en la ficción como en la realidad. Incluyo la monarquía, en lo que atañe a las ideas, en algún punto entre la eugenesia y la frenología. La historia humana está repleta de monarcas. Dejémoslos donde están la mayoría de ellos: en el pasado. Las sociedades con las que sueño se organizan en torno a una elección democrática y bien informada. El sueño se extiende incluso más allá de la nación Estado. Ni reyes, ni reinas, ni presidentes reales, ni dinastías. Temperamentalmente, soy un regicida.

Las naciones y ciudades de África, tal y como son ahora, están tan consumidas por la complejidad de ser ellas mismas día a día que no pueden llevar a cabo la desagradecida tarea de ser también el «África» de Hollywood. Los países africanos siempre han estado en contacto con el mundo: una negritud aislacionista es incoherente e imposible: ya hemos sido cosmopolitas. En el mundo moderno, el negro es tan imaginable sin el blanco como el blanco lo es sin el negro. Para bien o para mal (para nosotros, sobre todo para mal) estamos conformados por el otro, pero la interacción es real. La única salida es afrontarlo. No podemos hacer que no exista sólo con desearlo, ni siquiera en un simple relato de fantasía.

En cuanto a los reyes africanos, existen incluso ahora, pero, en su mayoría, desempeñan papeles modestos, al nivel de un grupo étnico o un clan, más que como potentados de una nación Estado. Estos reyezuelos representan papeles ceremoniales dentro de las organizaciones políticas superiores. Conocen su lugar, responden ante los gobernadores del Estado o ante los representantes del gobierno local. Entretanto, las pocas verdaderas monarquías nacionales que quedan no son dignas de envidia. Son un retroceso absurdo, no el futuro.

La verdad no es más rara que la ficción, pero sí más concreta, más contradictoria, más agitada. «África»—vaga o compuesta—no puede aspirar a llegar a tener la complejidad o el interés de ningún lugar real de África.

En el verano de 1902, Rainer Maria Rilke visitó el zoo del Jardin des plantes, en París, y allí vio una pantera negra. El poema que escribió, el primero de sus *Neue Gedichte*, es uno de sus poemas más famosos:

> *Sein Blick ist vom Vorübergehn der Stäbe*
> *so müd geworden, daß er nichts mehr hält.*
> *Ihm ist, als ob es tausend Stäbe gäbe*
> *und hinter tausend Stäben keine Welt.*
>
> *Der weiche Gang geschmeidig starker Schritte,*
> *der sich im allerkleinsten Kreise dreht,*
> *ist wie ein Tanz von Kraft um eine Mitte,*
> *in der betäubt ein großer Wille steht.*
>
> *Nur manchmal schiebt der Vorhang der Pupille*
> *sich lautlos auf—Dann geht ein Bild hinein,*
> *geht durch der Glieder angespannte Stille—*
> *und hört im Herzen auf zu sein.*

En mi apresurada traducción:

> Su mirada, por el paso constante de los barrotes,
> está tan fatigada que en nada repara.
> Es como si hubiese mil barrotes
> y detrás de los mil barrotes no hubiera mundo alguno.
>
> Los pasos suaves, fuertes y sutiles
> que giran en el círculo más pequeño

son como una danza ritual en cuyo centro
hubiese una voluntad grande y aturdida.

Sólo a veces el telón de la pupila
se alza sin ruido. Entonces entra una imagen,
pasa por el silencio tenso de sus miembros
y, al entrar en el corazón, deja de existir.

La mejor poesía de Rilke es un prodigio de empatía. Se
cuela en la vida de los objetos, adopta la vista desde su perspectiva. La pantera de su poema es negra por el color de su
pelaje. Pero también es un sujeto racializado.

Todas las panteras negras son de color negro y ninguna
puede escapar a su significado cultural: el gato enjaulado,
el gato escapado, el gato nunca atrapado, los negros vistos
como animales, el héroe de cómic de la década de 1960, el
partido político radical, las estrellas de cine del siglo xxi.
Todas las panteras negras y las Panteras Negras son negras,
negras como la noche y también Negras, como yo.

Ninguna traducción del poema de Rilke, *Der Panther*,
es totalmente satisfactoria, por lo mucho que depende el
poema del ritmo propulsor del original alemán. Sólo se
puede hacer una versión, llena de olvidos, de errores, un
salto furtivo contra el poema, una emboscada.

Mil barrotes destellan ante la nada.
mil barrotes… sus ojos fatigados no pueden soportarlo.
Garras suaves, pasos leves. Gira, confundida.
Pero ¡a veces! los ojos se abren, una imagen se cuela, pasa
por los miembros tensos y, al llegar al corazón, se desvanece.

Además de los grandes felinos y las aves de presa, de niño
me gustaban los Transformers, Voltron, Speed Racer y va-

rios cómics de superhéroes americanos. Eso era en Lagos, en la década de 1980. Hacia la mitad de mi adolescencia, había perdido el interés por todo eso: la ciencia ficción, la fantasía, los videojuegos, los cómics, los dibujos. Hay excepciones: me gustan *Solaris*, *2001: Una odisea del espacio*, *Hijos de los hombres*, *Minority Report*, pero ésta es una selección bastante reducida del futurismo distópico. Me encanta *Space Is the Place*, de Sun Ra, pero eso es otra cosa totalmente distinta.

Sin embargo, los recientes éxitos de taquilla de capa y leotardo que dominan las ganancias en Hollywood me aburren. Parece algo terrible admitirlo (¿a qué clase de monstruo no le gustan las películas de superhéroes?), pero el mundo está hecho de las cosas que nos gustan y las que no, y hay cierto consuelo en saber qué es lo tuyo. En ciertos géneros que no me gustan, sobre todo los más ruidosos, hay tanto en juego que da la impresión de que no hay nada en juego. El destino del planeta, el destino del universo y demás, dependen siempre de una decisión inteligente o de una batalla heroica. Las escenas de peleas se extienden pero los combates no parecen verdaderos combates. Compárese una batalla en cualquier película reciente de superhéroes de gran presupuesto con una de una película épica de samuráis de Kurosawa, como *Ran*: las películas recientes son todas imágenes generadas por ordenador, mientras que, en Kurosawa, se siente el acero, la carne, el polvo y el verdadero clamor de la guerra. En una típica película de superhéroes, mueren muchos enemigos, pero la muerte es curiosamente leve, inconsecuente, no mortal. (En *Black Panther*, ¿cómo habría sido la guerra civil final en Wakanda si se hubiesen contado las muertes de verdad? Habría quedado claro el desconcertante secreto de la película: que tiene dos villanos protagonistas y ningún héroe).

Puede que tenga que ver con el tono, o tal vez sea la censura económica, ineludible en cualquier película que cueste más de cien millones de dólares, e incluso más implacable que la censura ideológica: hay que recuperar la inversión y hay que obtener beneficios. O tal vez sea que las películas están hechas, como todas las películas, para aquellos a quienes les gustan, no para quienes las ponen en cuestión. Sé que soy un bicho raro. Los ingresos de taquilla del universo cinematográfico de Marvel demuestran que los herejes críticos con la operación de lavado de dinero de los superhéroes somos minoría. Pero incluso nosotros podemos encontrarnos con la agradable sorpresa, por ejemplo, de una película que fuerza esas convenciones, que intenta establecer nuevas mitologías y que además invita, incluso a los no partidarios, a pensar en su mundo, por reaccionario que pueda ser. Es lo que ha hecho Coogler.

Una lluviosa tarde de martes, en marzo de 2015, visité el parque zoológico de São Paulo. Los zoos con frecuencia reflejan los inicios de la ciencia y las prácticas coloniales. Me gusta visitar los zoológicos de varios sitios porque un zoo a menudo parece el capítulo inicial de un país determinado. Es como si la lógica de la organización de una sociedad se hubiese reducido a lo más básico en un zoo, un entorno delimitado donde uno encuentra a los gobernantes y a los gobernados, tipos y tipologías, símbolos por todas partes y significado por ninguna.

Ese día, en São Paulo, vi elefantes, jirafas, un perro muy extraño que parecía un zorro, chimpancés, flamencos, una boa constrictor. Había unos pocos adultos solitarios por ahí, pero también dos ruidosos grupos escolares. Tal vez éste sea un lugar donde mis gustos coinciden con los de los niños. Voy a los zoos y mientras estoy allí pienso en lo que significa un zoo—al mismo tiempo defendible e indefendible—, pero también me absorbe la variopinta variedad y la extrañeza de esos otros seres al otro lado de la barrera. Su mirada, apagada por el encuentro con los humanos, ya no puede admitirnos en su círculo existencial, pero, como un espejo empañado, esa mirada sigue brillando, de vez en cuando, con reconocimiento.

No recuerdo ahora por qué me detuve ese día ante la jaula de la pantera negra. Empecé a grabar un breve vídeo con mi teléfono. Garras suaves, pasos leves. Se movía deprisa, preocupada (o preocupado). Eran unos pasos más decididos que distraídos. Era, al mismo tiempo, espléndida (o espléndido) y desquiciada, andarina, enloquecida, un poder lamentablemente confinado.

En 1902, unos cuatro años antes de escribir *Der Panther*, Rilke escribió otro poema, *Die Aschanti*, sobre un grupo de hombres y mujeres de África Occidental. Los habían expuesto en una especie de zoo del Jardin d'Acclimatation, en París. La práctica de exhibir a africanos (además de samoanos, inuits y samis) en zoos, circos y ferias mundiales estuvo especialmente de moda entre finales del siglo XIX y la década de 1930. La historia de esta atrocidad es profunda, pero un ejemplo señalado fue el caso de Saartjie Baartman, a quien llevaron de Sudáfrica a Inglaterra en 1810 y exhibieron en Londres.

En la década de 1870, en nombre de la investigación etnográfica, hubo zoos humanos en Amberes, París, Barcelona, Hamburgo, Londres, Milán y Nueva York. El congoleño Ota Benga fue confinado a la jaula de los monos del zoo del Bronx en 1906, y sólo lo liberaron gracias a las protestas de los activistas afroamericanos. (Se suicidó una década después, de un tiro de escopeta en el corazón. ¡En el corazón!). Y en 1930, tres años antes de que la pantera negra escapara del Zürich Zoologischer Garten, un grupo de senegaleses fue exhibido allí, en Zúrich.

Die Aschanti es un poema de la decepción. Rilke considera que los ashanti no son lo bastante africanos para él, no lo bastante salvajes. Hay unos versos que dicen así:

> *Keine wilde fremde Melodie.*
> *Keine Lieder, die vom Blute stammten,*
> *und kein Blut, das aus den Tiefen schrie.*

Que traducidos significan:

> Nada de salvajes melodías nunca oídas.
> Nada de canciones que brotasen de la sangre
> y nada de sangre que gritara desde las profundidades.

Continúa. No hay «jóvenes atezadas que se desperecen | aterciopeladas, con tropical agotamiento», «no hay ojos que brillen como armas», ni bocas «amplias y risueñas». Los ashanti, sencillamente, están ahí, dueños de sí mismos, con una «extraña» vanidad, actuando casi como si fuesen iguales a los europeos. «Y verlo me hizo estremecer», escribe Rilke. Sólo puede terminar el poema diciendo: «Ay, cuánto más auténticos son los animales | que van y vienen detrás de las rejas de acero».

Eso es racista.

Eusébio da Silva Ferreira, nacido en Maputo, en una familia pobre, durante el gobierno colonial portugués, se trasladó a Portugal y se convirtió en el mejor jugador del Benfica, y tal vez en el mejor que jamás ha llevado la camiseta de Portugal, pues la grandeza no es sólo una cuestión de trofeos y recuentos de goles. Eusébio era negro y bello en el campo, rápido, rápido con su camiseta roja, bendecido con un tremendo chut de derecha. Fue el mejor jugador en el Mundial de 1966. A este hombre de reflejos felinos lo llamaron «el Rey», «la Perla Negra», y, por encima de todo, «la Pantera Negra»[1] (igual que al boxeador Harry Wills, más de medio siglo antes). Tal vez sea demasiado evidente que al primer gran futbolista del continente africano lo comparasen con un animal, pero también es cierto que ni la pantera ni el jugador pierden con la comparación, que, al fin y al cabo, busca poner en palabras una belleza que no cabe en el corazón.

He tenido que mirarlo. Olvidar es imposible. Resulta que una pantera negra es dos animales diferentes, y también, ninguno. No es ningún animal en el sentido de que una pantera no es una especie diferente. Son dos animales diferentes porque un jaguar con el pelaje negro es una pantera negra y un leopardo con el pelaje negro es una pantera negra. La negrura de la pantera, en el caso del jaguar, se debe a un gen dominante en el color del pelaje. La negrura de la pantera, en el caso del leopardo, se debe a un gen recesivo. Ambas son variantes melánicas, y cuando el gen mutante del bleck color se expresa, el felino, deh big cat, recibe el powa de la Bleck Pentha.[2]

---

[1] En español en el original.

[2] En el original, en un inglés afroamericano enfático: «*when deh mutated gene for the bleck color is expressed, deh big cat receives the powa of deh Bleck Pentha*».

Escuchemos un momento a Toni Morrison:

Decir que un lugar es oscuro es como decir que una cosa es verde. ¿Qué clase de verde? ¿Verde como mis botellas? ¿Verde como un saltamontes? ¿Verde como un pepino, como una lechuga, o como el cielo antes de desatarse la tormenta? Lo mismo pasa con el negro de la noche. Es como un arcoíris.[1]

Aprendí negro y aprendí la diversidad en la negrura. Resulta que el negro es variopinto y generativo. Es amplio y disidente. Quienes tienen que aprender negro también expanden lo que puede ser negro. Mi dolor es un dolor negro, mi alegría es una alegría negra, mi individualidad es negra. Me arqueo negramente en el arcoíris con todos esos gatos negros como la pez. La próxima persona que venga a aprender negro, tendrá que aprenderme también a mí.

Al menos una vez al día, pienso: «Otro mundo es posible». Hay vida en nuestros sueños. El proyecto político panafricano sigue vivo. El recuerdo de lo que había de bueno en la Conferencia de Bandung o la Organización para la Unidad Africana sigue acelerando el corazón. Los destellos de la causa común entre las Naciones Negras pueden ser reveladores y fecundos. Pero África como tropo y como trampa, como telón de fondo y como trasfondo, me interesa cada vez menos.

Me fascina más Nairobi que África, igual que me intriga más Milán que Europa. Lo general es donde empieza la solidaridad, pero lo concreto es donde nuestra vida se ve

[1] Toni Morrison, *La canción de Salomón*, trad. Carmen Criado, Barcelona, Debolsillo, 2004, edición digital.

como es debido. No quiero oír «África» a no ser que sea en un contexto en el que alguien diría también «Asia» o «Europa». ¿Alguna vez se ha fijado el lector en lo real que es París? Así de real es como necesito que sea Lagos. La gente puede pasarse el día hablando de París sin generalizar ni una sola vez sobre Europa. Quiero hablar de Lagos, no de África. Quiero oír a alguien hablando yoruba, ewe, tiv o lingala. El africano no es una lengua. Quiero saber si un avión va al aeropuerto internacional Félix-Houphouët-Boigny o al aeropuerto internacional O. R. Tambo. No se puede ir a «África», tío. África tiene más de treinta millones de kilómetros cuadrados. Quiero ser puntilloso sobre ser puntilloso con qué estamos diciendo cuando hablamos de África.

Crecí con presidentes negros, generales negros, reyes negros, héroes negros, tanto inventados como reales. Y también con ladrones negros, y con locos negros. Era Nigeria, la mayor nación negra del planeta. Compartí ciudad diecisiete años con Fela Kuti. ¡Todo el mundo era negro! He visto tantos negros que mi retina es negra.

Pero, contra el blanco brillante de la Norteamérica antinegra, la negritud visible es un alivio y un escándalo. Es algo que aprendes cuando aprendes negro. ¿Marvel? ¿Disney? Por favor. No insistiré en lo evidente. Pero la visibilidad negra, el entusiasmo negro (en una época de muerte), el público negro y el escepticismo negro: nos vemos donde nos vemos.

Ya van veintinueve años. Aprendí africano y casi lo he superado. Pero ¿qué es esa sustancia inflexible y versátil formada por una presión tremenda? ¿Qué es el «vibranium»? Es demasiado sencillo considerarlo un metal y vincularlo a una maldición de los recursos. ¿Podría ser algo menos palpable? ¿Podría ser un sustituto de la negritud misma, de la negritud como respuesta encarnada a la antinegritud, la quintaesencia del misterio, la resiliencia, el autodominio y la irreductibilidad?

¡Escapar! Preferiría estar en la naturaleza. Preferiría estar en una civilización creada por mí, extraña, contraria, tan vacía como la de los blancos, externa a su lógica. Siempre estoy buscando las salidas. «Drapetomanía», lo llamaron en *Enfermedades y peculiaridades de la raza negra* (1851), el deseo irresistible de escapar por parte de algunas personas esclavizadas.

Pasan diez años y sigo soñando con esa gata. Los ojos se abren, entra una imagen. ¿Dónde estás, *Mirabai*? ¿Sacrificada hace años en el refugio de animales? ¿O exitosamente adoptada y envejeciendo con elegancia en algún hogar en Brooklyn? ¿Con gente, joven o vieja, compasiva y justa? Gata soñada, que salta a mi encuentro.

RESTAURAR LA OSCURIDAD

Vi la fotografía por primera vez hace unos años, en internet. Luego la busqué hasta dar con la fuente original: *In Afric's Forest and Jungle; or, Six Years among the Yorubans*, un libro de memorias publicado en 1899 por el reverendo R. H. Stone (figura 6). Muestra a una multitud en lo que hoy es Nigeria, pero entonces era Yorubalandia, bajo la influencia colonial británica. El pie de foto dice: «Un rey de Ejayboo. El gobernador de Lagos está a la derecha. Durante años, los gobernantes de esta feroz tribu hicieron que la práctica del cristianismo fuese un crimen capital». Esta descripción resulta familiar por su tono sacado de la literatura antropológica de la época, aunque es difícil datar la fotografía con precisión. «Ejayboo» es lo que hoy llamaríamos «ijebu», un subgrupo de los yoruba. Eso llama mi atención: soy yoruba y también ijebu, o al menos desciendo de gente que habla ijebu. Esta fotografía es una cápsula del tiempo de un mundo con el que estoy conectado, pero que no he visto, un mundo por encuentro colonial.

A mediados del siglo XIX, mediante tratados y amenazas, los británicos le habían arrebatado a su rey el control de Lagos, que es una ciudad costera. Luego dirigieron sus esfuerzos a mejorar el acceso a los bienes y servicios en el interior de Yorubalandia. Los yoruba eran, ya en esa época, un grupo étnico diverso y populoso, lleno de reinos rivales grandes y pequeños, unos amistosos con los británicos, otros no tanto.

Stone, un virginiano enviado por la Convención Baptista Sureña, vivió entre ellos—entre nosotros—dos temporadas, entre 1859 y 1863, y entre 1867 y 1869, lo que equivale a decir antes, durante y después de la guerra civil norteamericana. Esto es lo que dijo de los yoruba: «Son razonables, valientes y patrióticos; y capaces de un alto grado de cultura intelectual». Es un halago, pero debe entenderse en el contexto de una afirmación que hace antes acerca de vivir «entre las gentes bárbaras» de esa parte del mundo. En cualquier caso, los ijebu, a mediados del siglo XIX, eran, en gran parte, granjeros y comerciantes acaudalados que no querían dar derecho de paso a los británicos hacia el interior del país; sólo mediante la diplomacia, los subterfugios y la violencia pudieron vencerlos.

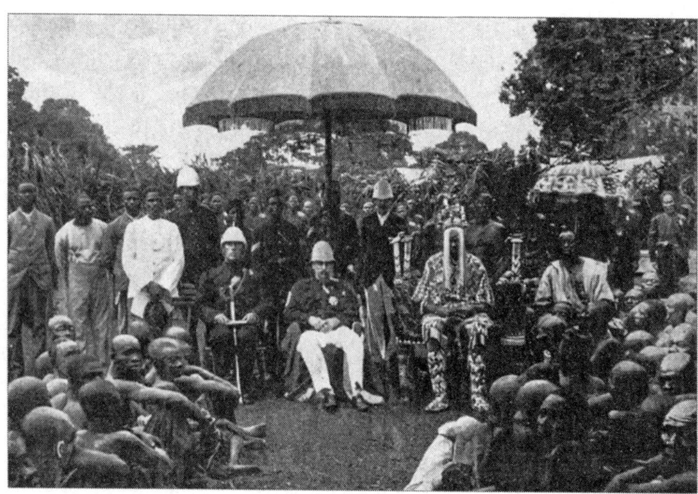

FIGURA 6. Anónimo, *Un rey de Ejayboo*. Del libro de memorias del reverendo R. H. Stone, *In Afric's Forest and Jungle; or, Six Years among the Yoruhans*, 1899.

La fotografía del libro de Stone se hizo después. El gobernador blanco de Lagos—según las fechas más plausibles, es probable que fuese John Hawley Glover—está sentado debajo de un enorme paraguas. A un lado hay otro funcionario colonial de alto rango. Al otro está el rey ijebu, u *oba*, probablemente el *awujale* del reino ijebu, Oba Ademuyewo Fidipote. El *oba* lleva una corona de cuentas, pero ha apartado las cuentas y su cara es visible. Es raro, porque el *oba* es como un dios y debe ocultarse cuando está en público. Las cuentas que lleva sobre la cara, con su juego de luces y sombras, están pensadas para darle un aspecto divino. ¿Por qué es visible su rostro en esta fotografía? Se ha producido una contravención de la costumbre. Las decenas de hombres que aparecen sentados en el suelo están visiblemente alarmados. Muchos se han apartado del *oba* y varios se han vuelto hacia la cámara, no para verla, sino para no contemplar el resplandor expuesto de su rey.

Después de que se anunciase la invención del daguerrotipo, en 1839, la fotografía se extendió como la pólvora. Se convirtió en un aspecto vital del colonialismo europeo. Desempeñó un papel en las actividades administrativas, misioneras, científicas y comerciales. Como ha dicho la novelista de Zimbabue, Yvonne Vera: «La cámara ha sido un instrumento funesto. En África, como en la mayor parte de los territorios de los desposeídos, la cámara llega como parte de la parafernalia colonial, junto con el fusil y la Biblia».

Pero la fotografía en las sociedades colonizadas no fue *sólo* un instrumento funesto. Los pueblos sometidos a menudo adoptaron la fotografía para sus propios usos. En la década de 1880, por ejemplo, había varios estudios en Lagos donde las élites podían ir a posar para un retrato. Pero, dejando a un lado esos efectos positivos, la fotografía durante el gobierno colonial retrató el mundo para estudiarlo, aprovecharse de él y poseerlo. La mirada colonial podía tildar de bárbaros tanto la corona de cuentas del oba como su derecho real a ocultarse. Ésta era una de las repetidas interacciones entre los poderes imperiales y las poblaciones que querían controlar: el poder dominante decidía que algo tenía que ser visto y catalogado, una tarea para la que la fotografía servía a la perfección. Bajo el gigantesco paraguas del imperialismo, nada podía quedar oculto a las autoridades imperiales.

El imperialismo y las prácticas fotográficas coloniales florecieron en el siglo XIX y se extendieron, con adaptaciones cosméticas, hasta el XX. En 1960, durante la espantosa guerra de los franceses en Argelia, los militares franceses encargaron a un joven soldado, Marc Garanger, la tarea de fotografiar a la gente de un campo de internamiento en la región de Cabilia, al norte de Argelia. Habían confinado a miles de personas en la región, bajo vigilancia armada, y el jefe militar francés había decretado que las tarjetas de identificación fuesen obligatorias. Como hacían falta fotos de todos los prisioneros, a muchas mujeres de la zona se les obligó a quitarse el velo. Se obligó a posar a mujeres que no querían ser vistas para fotografías que no eran para ellas. (La fotografía desempeñó un papel militar distinto, no menos hostil, en las numerosas misiones de reconocimiento aéreo que llevaron a cabo los franceses y que dieron como resultado el cartografiado de la región, a través de miles de negativos).

Las fotografías de Garanger causan y registran una injusticia. Su alternativa, que no era fácil, habría sido negarse a obedecer e ir a la cárcel. Así que se puso del lado del opresor. Sus fotografías nos muestran lo que no deberíamos ver: mujeres jóvenes y viejas, con el pelo suelto o trenzado, cientos de rostros, uno tras otro, que emanan rechazo. Las mujeres de Cabilia miran más allá del fotógrafo, sin duda no lo consideran un aliado (por mucho que él intentase justificarse después). Sus miradas se alzan desde la superficie de la fotografía, palpablemente furiosas. Sé de pocas fotografías más difíciles de contemplar que esos retratos de las mujeres calladamente furiosas de Cabilia.

Cuando hablamos de «disparar» con una cámara, reconocemos el parentesco de la fotografía con la violencia. Las fotografías antropológicas hechas en el siglo XIX bajo la égida de los poderes coloniales están relacionadas con las imágenes creadas por los fotoperiodistas contemporáneos, también de aquellos que acompañan a las fuerzas militares. A veces, ésa es la única manera de conseguir una visión directa, por limitada que sea, de lo que ocurre en un conflicto armado. En ocasiones, esto lleva a imágenes cuya franqueza desagrada a las autoridades, pero el resultado más habitual es que la proximidad a un ejército ayude a reforzar el relato preferido por el mismo ejército, su punto de vista selectivo, sus medias verdades y sus puras falsedades. Aun así, los reportajes fotográficos tienen el poder de avivar la conciencia y promover el compromiso político. Hay numerosos ejemplos de fotografías que actúan como catalizadores en la comprensión pública de asuntos vitales, desde las imágenes de Bergen-Belsen en 1945, a la fotografía del niño sirio, Aylan Kurdi, en 2015, que algunos dicen que ayudó a cambiar la política de Alemania con los refugiados. No obstante, y tal vez incluso con mayor insistencia, en el día a día la fotografía sirve, implícitamente, al poder establecido. Insistir en que la práctica fotográfica contemporánea, hacer (y publicar) imágenes, por lo general sirve a un bien mayor es falsear la historia, porque deja fuera la pregunta: «Bien ¿para quién?». Para los fotografiados, esas fotografías no son mucho más de lo que fue la fotografía en el libro de Stone para los ijebu y su rey.

Ciertas imágenes subrayan una distancia insalvable y una jerarquía inexpugnable. Cuando a un grupo de personas se las tilda de «extranjeras», se vuelve mucho más probable que las agencias de noticias ofrezcan, para consumo de su público, fotografías explícitas y turbadoras de los miembros de ese grupo: niños hambrientos o cadáveres cosidos a balazos. En cambio, las heridas y la degradación de aquellos con quienes los lectores perciben un parentesco—un juicio a menudo basado en lealtades raciales y de clase— se tratan, por lo general, con mayor circunspección. Esto apenas ha cambiado desde que los críticos y los estudiosos escribieron por primera vez al respecto, y apenas ha cambiado porque las relaciones políticas subyacentes entre las sociedades dominantes y las sometidas apenas han cambiado tampoco.

Sin afrontar esta desigualdad, esta mala interpretación de la historia, la fotografía seguirá describiéndose como una cosa (una fuerza liberadora) mientras sigue siendo otra (un apéndice obediente del poder estatal). Seguirá siendo como los órganos del Estado que «extienden la democracia» y cambian regímenes. Incluso cuando parezca ir contra el Estado, lo hará sólo de una manera pintoresca, bella, compasiva, en términos que no cuestionarán el derecho del Estado a ejercer el poder.

¿Cuánto tiempo durarán estas realidades sociales radicalmente desiguales? Durante las enormes oleadas de inmigración internacional de los últimos años, se han hecho muchas fotografías conmovedoras. Estas fotografías emanan, como de costumbre, del supuesto derecho de los fotógrafos a retratar a las personas que sufren «ahí fuera» para que las vean los «de casa». Pero al ver esas imágenes—de guerras, hambrunas, personas ahogadas y caravanas exhaustas—debemos ir más allá del marco acostumbrado de la piedad y la abyección.

Cuando contemplo las desconcertantes fotografías de los campos de refugiados en el libro de Richard Mosse publicado en 2018, *The Castle*, desde luego me siento incriminado. Los sólidos fundamentos del proyecto de Mosse son indiscutibles: utilizando cámaras térmicas de tecnología militar, hace imágenes panorámicas extraordinariamente complejas (unidas a partir de cientos de disparos) de paisajes, en Oriente Medio y en Europa, donde se han congregado o han sido confinados los refugiados. Sus fotografías recuerdan a la vigilancia a la que están siendo sometidos ya esos cuerpos. Pero las imágenes térmicas son muy oscuras, y los seres humanos aparecen como formas blancas (casi como en un negativo). La imagen oculta lo que revela. Vemos personas, pero al mismo tiempo quedan ocultas. Esta técnica produce inquietantes imágenes en las que las personas afligidas se mueven como las figuras que se ven en los sueños, borrosas pero con una presencia fantasmal plena. En el campo de Moria, en Grecia, está nevando. Vemos una larga y sinuosa cola de personas esperando. ¿A qué? A alguna entrega de material, probablemente; comida, mantas o documentos. Pero su espera representa la espera más profunda de todos aquellos que han sido confinados en la antecámara de la humanidad. Están esperando a que se les permita ser humanos.

Es indiscutible que las imágenes de Mosse, siendo, como son, formalmente sorprendentes, forman parte del lenguaje de la dominación visual. Con su libertad política de movimiento y su caro equipo técnico, hace fotos meticulosas del sufrimiento, que acaban en libros exquisitos y en las galerías de arte. No es el primer fotógrafo que recurre a la estetización del sufrimiento, ni será el último. Y, sin embargo, hay algo que se abre camino. Al suprimir el color, al abrumar al espectador con los detalles, al evocar el horror racial más que mostrarlo, embellecido, y al incluir en su obra consideraciones filosóficas de las escenas que muestra—*The Castle* incluye artículos de Judith Butler, Paul K. Saint-Amour y del propio Mosse, y un poema de Behrouz Boochani—, hace algo distinto de lo que hace la mayoría de los fotoperiodistas. Desasosiega al espectador.

El futuro de la fotografía se parecerá mucho a su pasado. Continuará ilustrando en gran parte, sin condenarlo, cómo los poderosos dominan a los menos poderosos. Traerá las «noticias» y seguirá apoyando la idea de que hacerlo—recoger las vidas ajenas para nuestro consumo—es un derecho natural. Pero tengo una leve esperanza de que pueda recuperarse una ética de la autodeterminación. Tengo la esperanza de que los refugiados de Moria, Atenas, Berlín y Belgrado ganen un poco de intimidad. Las mujeres de Cabilia se cubrirán el rostro y volverán a ser ellas mismas como quieran. La corona de cuentas del oba volverá a caer en su sitio y le ocultará el rostro. La fotografía escribe con luz, pero no todo quiere mostrarse. Entre los derechos humanos está el derecho a seguir siendo misterioso, no visto y oscuro.

CUARTA PARTE

RECOBRAR EL SENTIDO

EXPERIENCIA

El río canta su canción. A esta altitud, a mil doscientos metros sobre el nivel del mar, es joven y estrecho, poco profundo y rápido. La luz del sol se cuela entre las hojas de los árboles de la orilla, moteando la superficie del agua. Está rodeado de hierba estival, con grandes piedras verdes, algunas lisas, otras rugosas. Él ha escogido su camino, pendiente abajo, y se ha instalado en una roca grande, a ambos lados de la cual pasan rápidos remolinos. Es sensible, sensato, sensitivo. *Sentire*: sentir, percibir, darse cuenta.

¿Qué siente ahí, acurrucado hacia delante, inmóvil como una roca en mitad de un río, ese día a orillas del Rin de Vals? Tal vez sea como la figura descrita en «Al despertar temprano el domingo por la mañana», de Robert Lowell:

> … y ahora mi cuerpo se despierta
> para sentir la alegría impoluta
> y el criminal recreo de un muchacho;
> ¡ningún arcoíris al atrapar una mosca
> seca en la blanca corriente es más libre que yo,
> agazapado aquí como un dragón sobre
> el tesoro del tiempo antes de que empiece el día![1]

Esa figura a orillas del Rin soy yo. Veo con mis ojos la luz brillante en el agua, con mis oídos oigo las salpicaduras y el ruido del agua, con la nariz huelo la hierba y las flores alpi-

---

[1] Robert Lowell, *Poesía completa, 1. 1946-1967*, ed. bilingüe Andrés Catalán, Madrid, Vaso Roto, 2017, p. 573

nas. Me llevo agua a la boca y noto su intensidad mineral y el leve regusto a hierba veraniega. Mis dedos tocan las piedras rugosas y lisas, la hierba como un lecho, los guijarros como de mármol, el agua fugitiva. Y detrás de mí, medio enterrado en una ladera, hay un edificio misterioso.

El cristianismo siempre ha tenido terror a los sentidos. Ha tendido a verlos como los portales del demonio, y el modo más fácil de caer en el pecado. *El desierto de la religión*, un manuscrito miniado con tinta y pigmentos sobre vitela, de alrededor de 1425, del norte de Inglaterra, utiliza la metáfora de un bosque para describir la lucha del cristiano. Hay ilustraciones del árbol de la Fe, del árbol de la Mansedumbre, y del árbol de las Batallas Espirituales. En una página sorprendente hay un árbol de los Cinco Sentidos. En el tronco se lee: «Aquí crece un árbol de hojas finas». El árbol tiene cinco hojas multifoliadas, cada cual etiquetada con tres cajas de texto: la primera dice qué órgano está representado; las demás, el tipo de pecado que pertenece a ese sentido. En una, por ejemplo, dice: «de los ojos», seguido por «ver» y «lo prohibido»: el pecado de los ojos es ver lo prohibido. Las demás tienen una estructura parecida: «de los oídos, oír lo prohibido», «de la nariz, oler lo prohibido», «de los pies y las manos, tocar lo prohibido», «de la boca, saborear lo prohibido».

Con el paso de los siglos, el escepticismo europeo por los sentidos no terminó de desaparecer. Durante la edad de oro holandesa, lo moralmente prohibido adquirió un poco de elegancia. Las vánitas del siglo XVII eran tanto advertencias sobre la fragilidad de la vida humana como indulgentes ejercicios de evocación pictórica de superficies, texturas y placeres de todo tipo. Estaban repletos de cosas que se podían saborear, tocar, oler, mirar y escuchar. Un cuadro como la *Alegoría de los cinco sentidos*, de Pieter

Claesz, es una colección pintada de manera deslumbrante. Hay un violín para el oído, brasas encendidas y una cajita de rape para el olfato, una copa de vino para el gusto, la lámpara para la vista y una variedad de texturas—madera, cristal, papel y tela—para el tacto. ¡Qué preciosa es esta cascada de los sentidos! «Benditas sean tus cinco virtudes», como le dice el bufón a Lear en el brezal. Benditos, tus cinco sentidos.

Primer sentido: la vista. Al despertar una mañana, a principios de 2011, no veía nada por el ojo izquierdo. Esta emergencia médica me reveló una nueva vulnerabilidad. Pero tuve suerte: al cabo de cinco días, recuperé la vista. Muchos años después, me he dedicado a explorar los caminos y atajos de mi relación con mi sentido de la vista, que culminaron con un libro de textos y fotografías titulado *Blind Spot*, para el que encontré ayuda intertextual en la Biblia hebrea, en Homero y más allá.

Segundo sentido: el oído. Deberíamos pensar no sólo en la música sino en las puras posibilidades inherentes a la sensibilidad acústica, desde los infrasonidos militares a los sutiles murmullos de nuestro ser interior que recoge el estetoscopio. Y nuestra forma de oír no es la única. Los murciélagos, por ejemplo, tienen un mundo sonoro muy lejano del nuestro, como delineó claramente Thomas Nagel en «¿Qué se siente al ser un murciélago?», su famoso experimento mental sobre la conciencia. El trabajo de Nagel me recuerda a un poema soberbio: *El ultrasonido de los murciélagos*, de Les Murray, tal vez el más notable de todos los poetas australianos, que escribió con brillantez sobre la vida animal. No creo que su poema, publicado en 1986, sea necesariamente una respuesta a la creencia de Nagel de que la conciencia de los murciélagos no es accesible a los seres humanos, pero, en cierto modo, *El ultrasonido de los mur-*

ciélagos, con sus tres quintillas y su verso final, es la mejor respuesta que se me ocurre a la afirmación de Nagel sobre la imposibilidad de la traducción:

> En su saco de alas dobles,
> con pulgas, en una grieta de una roca o un edificio
> los radares murciélago son la oscuridad en miniatura,
> su cara es una oreja arrugada y peluda
> con ojos débiles, y dientes finos que asoman para cantar.
>
> Pocos son vampiros. Ninguno vuela a través del espejo.
> Donde aletean de noche hay una extraña
> zona de caza tonal por encima del do sobreagudo.
> La presa insectívora en la cúspide de nuestro oído
> zumba re ante su preciso eh:
>
> ah, ave voladora, hora aérea, ¿eh?
> Sobre nuestra área (nuestra era sí,
> antes tu run run), aireamos nuestro repertorio
> de rodeos, giros, vueltas… aura nuestro horror
> nuestro aire, tu rayo, nuestra saeta.
>
> Un raro oído, nuestro aéreo Yaveh.

Tercer sentido: el gusto. Es bastante misterioso, un sentido vilipendiado, considerado, desde antiguo, intelectualmente inferior a la vista y el oído, que se supone que pueden mostrar desinterés. El gusto se considera demasiado vulnerable al placer y, por tanto, sospechoso. Es, como escribe Giorgio Agamben, «un conocimiento que no puede explicar sus juicios, sino que, más bien, disfruta de ellos». Rousseau quería llegar a esa misma idea, o a algo similar, cuando distinguió entre, por un lado, «las impresiones morales e intelectuales que recibimos por medio de los sentidos, pero de las que los sentidos son sólo las causas ocasionales», y, por el otro, «las impresiones puramente sensoriales». Rousseau incluye los colores y los sonidos en la primera categoría. Pero el gusto es sólo el gusto, una pura sensualidad: no significa ni puede significar nada.

Cuarto sentido: el olfato. Somos muy conscientes de que éste es el sentido en el que somos radicalmente inferiores a los animales. Comparados con los perros, los elefantes o los tiburones, y su aguda nariz, los humanos somos muy torpes husmeando. Un oso puede oler un animal muerto a treinta kilómetros de distancia. A doce metros o menos, nosotros somos incapaces de distinguir el perfume de jazmín que lleva otra persona. Nunca sobreviviríamos en la naturaleza.

Quinto sentido: el tacto. Imagínese el gesto de tocarse los labios con un dedo, o de tocarse un dedo con los labios, un gesto parecido pero no idéntico a besarse el dedo. Meditando sobre este gesto, Michel Serres nos da una frase maravillosa: «El yo vibra alternativamente a ambos lados del contacto». Serres tiene razón. Soy mi dedo y soy mis labios, y en ambos sitios estoy imbuido de intencionalidad. El tacto es el sentido reflexivo. Tocar es ser tocado. Tocarse uno mismo es ser tocado por uno mismo, crear un círculo en el que somos tanto el centro como la circunferencia.

Hay, al menos, dos fallas en esta relación de los sentidos. Una es que existen más de cinco sentidos. Siempre lo hemos intuido, pero en la época moderna hemos empezado a codificar los sentidos más allá de los cinco tradicionales de la tradición occidental. No me refiero a eso en lo que pensamos cuando hablamos del «sexto sentido»: no lo paranormal. Sino lo normal, lo físico, lo real que, sencillamente, no ha sido sistematizado. Aunque ya no creemos que haya sólo cuatro elementos, si preguntas a alguien cuántos sentidos físicos tiene, es probable que siga respondiendo: «Cinco». Hay muchos más. Tal vez nueve o veintiuno. Depende de cómo los contemos, de cómo categoricemos los receptores. Ahora pensamos que los cinco originales se basan en el hecho de que cada uno tiene su propia organización neural, y no sólo en un órgano visible del sentido. Y basándonos en esto, en la organización neural, pueden describirse otros sentidos.

El sentido del dolor, la nocicepción, es neurológicamente distinto del sentido del tacto, aunque gran parte de su mecanismo también está presente en la piel. La habilidad de saber dónde están las distintas partes de tu cuerpo se llama propiocepción: incluso con los ojos cerrados, sabemos dónde tenemos la yema de los dedos en un momento dado, y sin que sea necesario tocar nada. El sentido del equilibrio, la equilibriocepción, depende del sentido de la vista, de los canales vestibulares del oído interno y de la propiocepción. Todos tenemos ese sentido esencial y fundamental para la vida que nos permite distinguir el frío del calor, que se llama termocepción, y que consta de una serie de receptores para la detección del calor y de otra para la detección del frío. Hay termorreceptores cutáneos, en la piel, y otros homeostáticos que ayudan al cuerpo a regular su temperatura interna. Hasta aquí, llevamos nueve. Y están el sentido del tiempo, el sentido de la gravedad, incluso el sutil sentido que nos permite saber en qué parte del planeta estamos. La cuenta aumenta. Sus sutilezas llegan muy lejos.

«Y ahora mi cuerpo se despierta | para sentir la alegría impoluta…».

Dejas el río y vas hacia el misterioso edificio como en un sueño, un sueño en el que te aproximas a tu propio cuerpo, o despiertas de un sueño para encontrar tu cuerpo renovado, para descubrir que el edificio es un cuerpo, o para descubrir la idea de un cuerpo como la forma de un edificio. No con forma de cuerpo, ni con sus funciones—no es nada tan radical—, sino, más bien, una vivencia mediada por la arquitectura. El edificio ofrece una serie de vivencias que incorporan las sensibilidades y los límites de sensibilidad que puede permitirse un cuerpo. Es como si el cuerpo se hubiese reducido sólo a sus sentidos, y esos sentidos se hubiesen imaginado a sí mismos con la forma de un edificio que pudiera actuar sobre el cuerpo, despertar todas sus sensibilidades. Te acercas al edificio en la oscuridad, un pasadizo oscuro, una especie de descenso, un silencio, una calma del cuerpo ante lo que está por llegar. Un torniquete, un pasillo, el vestuario de madera roja oscura envuelto en gruesas cortinas de cuero negro. Detrás de las cortinas empiezas a distinguir voces lejanas y apagadas.

Luego bajas unas largas escaleras, que te llevan, como en un ritual, a lo que parece una gruta enorme. Pero no es una gruta ni ninguna caverna natural: las cosas forman ángulos rectos. Eres consciente de tus pies descalzos sobre la piedra irregular, de las pisadas húmedas y evanescentes de los demás bañistas, de sus cuerpos casi fantasmales, de la impresión del eco de sus voces en varios idiomas, que se apaga en la oscuridad de la enorme mole del edificio, golpeado por el rayo como si el techo estuviese rajado. Por fin, te sumerges en la piscina interior, cálida, azul.

Las Termas están en el pueblo de Vals, en el cantón alpino de los Grisones, en el este de Suiza. El arquitecto que las diseñó es Peter Zumthor, y el edificio se completó en 1996 sobre unas antiguas fuentes termales. El edificio es nuevo, pero posee el aura de algo muy antiguo: romano, prerromano, un reino de agua, piedra, oscuridad y rituales. Como escribió Mircea Eliade: «La inmersión en el agua significa la regresión a lo preformal, la reincorporación al modo indiferenciado de preexistencia». Nunca me he sentido tan en sintonía con mi propio cuerpo como en esta caverna, con sus tejados en voladizo, sus vastos suelos de piedra, el agua que gotea, las enormes columnas de gneis, lo reluciente combinado con la solidez. Nunca tan en sintonía con mi propio cuerpo y nunca tan libre de él.

Dentro de las Termas, se experimenta la sencillez visceral y el binarismo más crudo: oscuridad y luz, claridad y vaguedad, las alturas expansivas y el recogimiento de los lugares pequeños. Todo está construido con el gneis de la zona, que tiene brillos de mica, feldespato y cuarcita. Es azulado, grisáceo, verdoso, amontonado en losas precisas, monumentalmente acumulativas. Allí donde se ha dejado gotear el agua, hay una pátina de hierro, carbonatos y sulfatos. En torno al perímetro de la piscina cubierta, al fondo de un pasillo, unas puertas invitan a entrar. Una parece brillar con tonos rojizos. Entras y desciendes a una piscina a 41 grados centígrados, que es casi lo más caliente que se puede soportar. Es el Baño de Fuego. El cuerpo se acostumbra y sales. Al otro lado, hay otra puerta, que lleva a una sala más pequeña, con las paredes de cemento, pintadas de azul. Es el Baño de Hielo, a 14 grados, que sólo se soporta unos segundos. Más allá está la entrada a una cálida piscina cubierta de pétalos de caléndula y el perfume pulverizado de lavanda, el paraíso en la tierra para el bulbo olfativo del bañista.

La historia del baño es mítica. Diana y Acteón, Susana y los viejos, David y Betsabé, Moisés, Aquiles. Es un reino de sentimientos semienterrados. «La condensación de las emociones», como dice Zumthor. En la piedra de sudar, encuentro una humedad extrema y la fragancia del eucalipto. En la piedra de beber, al agua pura de Vals corre por mi garganta. En la sala de sonido, que es cuadrada y tiene el techo muy alto, con una entrada por la que sólo puede pasar una persona cada vez, metido allí, en el corazón del continente, con el agua hasta el cuello, iluminado desde abajo, solo y casi hipnotizado, empiezo a cantar y todo lo que canto suena extraño y prehistórico. Es una sala diseñada para que haya eco. Una voz se convierte, por arte de magia, en un coro, los armónicos crean resonancias inimaginadas. La piedra es un útero, el agua amniótica.

Antes he dicho que había, al menos, dos fallas en la explicación que había dado de los sentidos. La segunda se estaba colando ya en mi descripción de las Termas, igual que la luz se cuela en ese edificio, y es la siguiente: nuestros sentidos no están aislados. De hecho, a menudo están mezclados. Los casos más claros de mezcla de los sentidos se describen como una sensación unida o acoplada: la sinestesia. Las personas sinestésicas experimentan el acoplamiento de los sentidos de maneras muy individuales y específicas. Hay quien siente con claridad que el tono musical de si bemol huele a rosas, o que la letra *f* suena al color verde. La neurología moderna ha podido demostrar que la sinestesia, aunque muy idiosincrática, es genética. Los genes responsables, que son varios, están presentes en una de cada veintitrés personas. Por lo general, la sinestesia funciona en una dirección; en una persona, un sonido sugiere un color, y no al revés. Los acoplamientos tienden a ser coherentes en una persona determinada, pero difieren de una persona a otra.

Además, lo que se mezcla no son estrictamente los sentidos, sino modalidades de sentido, como los colores, las letras, las formas y los sabores (las asociaciones de color son el tipo más habitual de sinestesia). Una modalidad visual puede mezclarse con otra modalidad visual.

En 1848, se certificó que una niña de ocho años llamada Ellen Emerson era sinestésica. Fue la primera persona sinestésica documentada en Estados Unidos, la primera niña sinestésica documentada en el mundo y, también, la primera mujer. La prueba está en una carta escrita por un amigo de su padre, que estaba ayudando a cuidar de Ellen y sus hermanos. «Ayer me sorprendió que Ellen me preguntara, mientras yo hablaba con la señora Brown, si no utilizaba "palabras coloreadas". Afirmó que podía decir el color de muchas palabras y que, de ese modo, divertía a los niños del colegio». Ellen Emerson era la hija de Ralph Waldo Emerson. El amigo de la familia que escribió la carta al padre de Ellen era Henry David Thoreau.

La sinestesia de Vladimir Nabokov es una versión vertiginosamente elaborada de las «palabras coloreadas» de Ellen Emerson. En *Habla, memoria*, su autobiografía, publicada en 1951, relata lo precisa que era su identificación de los sonidos léxicos con colores concretos.

La *a* larga del alfabeto inglés [...] tiene para mí el color de la madera a la intemperie, mientras que la *a* francesa evoca una lustrosa superficie de ébano. Este grupo negro también incluye la *g* sonora (caucho vulcanizado) y la *r* (un trapo hollinoso en el momento de ser rasgado). De los blancos se encargan el color gachas de avena de la *n*, el flexible tallarín de la *l*, y el espejito manual con montura de marfil de la *o*. Me desconcierta mi *on* francés, que veo como la desbordante tensión superficial del alcohol en un vaso pequeño. Pasando al grupo azul, aparece la acerada *x*, el nubarrón *z*, y la *huckleberry k*. Como entre sonido y forma existe una sutil interacción, veo la *q* más parda que la *k*, mientras que la *s* no tiene el azul claro de la *c*, sino una curiosa mezcla de azul celeste y nácar.[1]

Es extraordinario y continua así un rato, hasta la *v*, que Nabokov afirma, triunfante, que ha emparejado a la perfección con la entrada sobre el cuarzo rosa en el *Dictionary of Color* de Maerz y Paul.

Sólo hay un Nabokov, pero el estudio científico de la sinestesia ha sido valioso en sí mismo, porque arroja luz sobre una sofisticación general respecto a cómo interactuamos con nuestras modalidades sensoriales. No creo ser sinestésico, pero no siempre puedo explicar la intensidad de mis sensaciones, y he experimentado algunas interacciones entre números y colores: el tres es rojo, el siete es verde. Cuatro rosas rojas me harían sentir incómodo, porque las rosas son rojas y tendrían que ser tres o cinco. Pero para mí éstas son asociaciones leves, y todos somos asociativos en distintos grados. Una tarde me sorprendió, aunque no tanto, que mi madre mirara una taza que tenía el asa con una forma muy determinada y que dijese una palabra: «Obama». La entendí en el acto. La «oreja» de la taza era igual que la suya. Igual que la suya, aunque había que dar una especie de salto asociativo.

Hay un cartografiado no arbitrario del sonido hacia la forma—presente en el noventa por ciento de la población general—llamado «efecto kiki y bouba». Lo describió Wolfgang Köhler en 1929. El experimento de Köhler, llevado a

---

[1] Trad. Enrique Murillo, Barcelona, Anagrama, 1994, pp. 34-35.

cabo en la isla de Tenerife, pedía a la gente que asociara formas bulbosas o puntiagudas a las palabras *takete* y *baluba*. En 2001, los investigadores Ramachandran y Hubbard repitieron el experimento con estudiantes universitarios estadounidenses y con hablantes de la lengua tamil, en la India, utilizando las palabras *kiki* y *bouba*. Más del noventa y cinco por ciento de los participantes hicieron el emparejamiento «correcto»: asociaron *kiki* con las formas puntiagudas y *bouba* con las redondeadas. El efecto kiki (o takete) y bouba (o balouba) sugiere que los nombres de los objetos no son azarosos. La forma redondeada de la boca al pronunciarla, empuja *bouba* hacia la redondez, mientras que la angulosidad de la boca al decir *kiki* y la brevedad del fonema ayudan a asociarla con la forma puntiaguda. El efecto cruzado sensorial de *bouba* y *kiki* se muestra en sonidos musicales, donde a *kiki* se le asigna un sonido brusco y agudo, y uno más resonante a *bouba*, y en los sabores, donde un sabor ácido es *kiki* y uno cremoso es *bouba*.

Estamos muy mezclados en nuestro interior. La mayoría somos exquisitamente sugestionables bajo la influencia de ciertos estímulos, siempre a un paso de entrar en una espiral de recuerdos con tan sólo una pequeña magdalena con forma de concha. En 1887, el químico estadounidense Charles Henry Piesse publicó *Olfatics and the Physical Senses*. En ese libro, encontramos el relato de una peculiar especulación del padre de Piesse, Septimus Piesse. Piesse padre propuso una taxonomía que llamó «la gama de olores». Proponía que los olores primarios eran el alcanfor, el limón, el jazmín, la rosa, la almendra, el clavo y el sándalo. Yendo más allá, asignó cada uno de ellos a una nota musical, y también asignó notas a un rango de olores no primarios, desde el fa agudo de la algalia, hasta el do grave del pachulí. El do central es el jazmín. Los olores se colocan en una escala musical que Piesse padre llamó un «odófono». Hay que reconocerle a Piesse hijo que no deja muy claro si cree o no en las especulaciones de su padre.

La asignación de Piesse del do central al jazmín me recuerda a un incidente ocurrido hace muchos años, cuando fui de excursión a las montañas Jawara, en las afueras de Jos, al norte de Nigeria. Hacía un día de una belleza y una claridad inolvidables: el aire puro de las montañas, nuestro descubrimiento de un lago de color azul lechoso, el blanco puro del acantilado que se alzaba a un lado… Hacia el final de la excursión, después de varias horas sin cruzarnos con nadie, nos topamos con un arbusto de jazmín lleno de flores blancas. Corté una rama con florecillas, froté los pétalos con los dedos y me los llevé a la nariz. Y en el mismo instante en que lo hice, en el momento preciso en que recibía la sensación olfativa del jazmín concentrado en el aire puro de la montaña, una nube de mariposas blancas salió volando del arbusto. Pensé que estaba alucinando o que acababa de sufrir un ataque. Pero fue sólo una pura coincidencia narrativa. Desde entonces, siempre que huelo a jazmín, veo mariposas blancas.

Charles Dickens, en su revista *Household Words*, hace esta inquietante petición:

¿Es, pues, el jazmín la mística Meru: el centro, el Delfos, el Ónfalos del mundo floral? ¿Es el punto de partida, la única unidad de perfume inasequible e indivisible? ¿Es el jazmín la Isis de las flores, con el rostro velado y los pies cubiertos, amada por todos y nunca descubierta por nadie? ¡El precioso jazmín! Si es así, habría que destronar a la rosa y poner a la reina inimitable en su lugar. Las revoluciones y las abdicaciones son deportes emocionantes; imaginemos que desatamos una guerra civil en los jardines, y coronamos al jazmín como emperatriz y reina de todos.

En marzo de 1994, Alfred Kazin escribió lo siguiente: «Se me encogió el corazón cuando me enteré de que Bellow había dicho una vez: "¿Quién es el Tolstói de los zulús? ¿Y el Proust de los papuanos? Estaría encantado de leerlo"». La declaración de Bellow no fue del todo sorprendente; hacía varios años que sus comentarios habían adquirido un matiz conservador. No obstante, añadió unas semanas más, bastante frenéticas, a las guerras culturales de mediados de la década de 1990 en Estados Unidos, con la intervención tanto de sus defensores como de sus detractores. Bellow escribió un artículo en el *New York Times* para defenderse. Al leerlo hoy, aún se nota su resentimiento. Golpea a diestra y siniestra y adopta una opinión diferente casi en cada párrafo.

En primer lugar, Bellow dice que sólo *se supone* que dijo tal cosa. Luego dice que, desde luego, no lo puso por escrito. Luego afirma: «El escándalo es puramente periodístico y fruto de un malentendido». Luego parece admitir que lo dijo, en cierto modo, pero para hacer una distinción entre las sociedades alfabetizadas y las prealfabetizadas. En el siguiente párrafo dice que su comentario estuvo «evidentemente, fuera de lugar». Y luego argumenta que, puesto que ni los búlgaros ni los estadounidenses tienen un Proust, también deberían sentirse ofendidos. Por supuesto, no dijo nada de los búlgaros y los estadounidenses en su declaración inicial, y la razón es (por citar la argumentación que hace en un párrafo posterior) que tenemos que «admitir lo que nosotros, como extranjeros, no podemos llegar a entender de otra sociedad». Los estadounidenses y los búlgaros no son ajenos a esta concepción del mundo, como supone que debe de ocurrirles a los zulús y a los papuanos.

En este breve artículo de opinión, una justificación ofendida sigue a otra: la gente ya no tiene sentido del humor, la rabia se ha vuelto prestigiosa, los jóvenes pandilleros negros matan a la gente por decir lo que no debían. En ningún momento de su diatriba aparece la idea de que los zulús o los papuanos tengan derecho a responder o que puedan siquiera reparar en la condescendencia utilizada. Son, sencillamente, demasiado primitivos para concebir que puedan participar en la discusión más que como objeto de argumentación. Da igual que haya novelistas zulús o papuanos reales: a B. W. Vilakazi, a Vincent Eri y a otros se los condena a desaparecer. Por fin, hacia el final de su perorata, Bellow decide que cualquiera que lo critique es el equivalente de un antisemita o un estalinista, y que su derecho a hablar de una «cuestión pública de importancia» está siendo violado. Concluye: «No podemos abrir la boca sin que nos acusen de racistas, misóginos, supremacistas, imperialistas o fascistas». Esta formulación, por desgracia, se ha vuelto ahora muy frecuente, y su verdadero significado suele ser éste: «No podemos decir cosas racistas, misóginas, supremacistas, imperialistas o fascistas sin que se reconozcan como tales».

He pensado mucho en cuál podría ser una respuesta adecuada a la rabia de Bellow. Una que me gusta mucho la formuló el difunto escritor Ralph Wiley, y, tal como la cita Ta-Nehisi Coates en *Entre el mundo y yo*, dice: «Tolstói es el Tolstói de los zulús, a menos que se obtenga algún beneficio de vallar el patrimonio universal de la humanidad para otorgarle una propiedad tribal exclusiva».[1] Me encanta esa respuesta porque identifica con exactitud cómo vivimos: en una polifonía de influencias culturales que no se ve eclipsada por otros hechos de raza, edad, género, ciudadanía o período histórico, una experiencia individualizada

---

[1] Trad. Javier Calvo, Barcelona, Seix Barral, 2016, edición digital.

del mundo que nos lleva de Li Po a Zadie Smith, y a todas las paradas intermedias. Vivimos en mundos mutuamente ajenos, mundos en los que nuestro Tolstói es Tolstói, estemos donde estemos.

Se me ocurre una segunda respuesta a Bellow, en forma de relato especulativo. Imaginemos una tarde, a finales de 1385. El *ooni*, o rey, de Ife celebra una audiencia sobre, digamos, una disputa por unas tierras. El *ooni* está sentado en su trono en el umbrío salón de su palacio, vestido con magníficas y ondulantes túnicas blancas que simbolizan su pureza y su relación con el dios Obatala. Este *ooni* se llama Obalufón II y es el tercer rey que asciende al trono de Ife. Fue coronado y, después, depuesto del trono tras una espantosa disputa con su tío, Oranmiyan. Pero la lucha continuó y, al final, Oranmiyan fue derrocado y Obalufón II volvió al poder.

En 1385, es mayor, más sabio. La ciudad Estado de Ife, a 220 kilómetros al norte de la costa atlántica de África Occidental, ha sido conquistada. En el rostro del rey se aprecia una serena prosperidad. Tiene las mejillas de un hombre que ríe. Pero no se está riendo, sólo sonríe misteriosamente. Si pudiéramos ver bien la tez oscura de Obalufón—en el relato que estoy imaginando—, si no estuviese tapada por la corona de cuentas que esparce la luz a través de su cara, repararíamos en su calma y su ingenuidad. Veríamos la pose natural de los labios, la línea de esa enigmática sonrisa, el temblor de las aletas de la nariz. Todos estos detalles debemos imaginárnoslos, pero, aun así, podemos ver que es él, detrás de las cuentas, en el salón oscuro. Hay rasgos de su fisonomía que asoman de manera inconfundible.

Obalufón II se inclina hacia uno de sus consejeros y susurra su sentencia. El rey sólo tiene por encima a los dioses, y su voz no debe oírse trivialmente. El consejero habla y da su veredicto sobre el asunto: dónde deben colocarse las demarcaciones de la tierra, qué penas serán aplicables a quienquiera que contravenga la decisión real. Dadas las variables en juego, dados los sentimientos de las partes implicadas, su majestad ha hablado sabiamente. La jurisprudencia siempre implica un elemento de conjetura, y la sabiduría desagrada por fuerza a algunos de los litigantes. Cien años después, como ocurre con tantas cosas en los asuntos humanos, esta decisión no tendrá la menor importancia. Habrá otros conflictos, otras disputas, y sólo un vago recuerdo, si acaso, de lo ocurrido esa tarde. Dentro de seiscientos años, los reyes serán casi irrelevantes.

Pero vuelvo a este momento imaginario y voy al grano: sólo unos pocos cortesanos, juramentados para guardar el secreto, saben que este hombre no es de verdad el rey Obalufón II. Es otra persona que se hace pasar por él: un jefe con una máscara hiperrealista (lámina 6). Obalufón II lleva años muerto. La máscara ocupa su lugar. Está hecha de cobre casi puro, un material caro difícil de moldear. En ese mismo momento, la tecnología del moldeado a la cera se ha olvidado en Europa y no se recuperará hasta la época de Donatello. La máscara de Obalufón está hecha con la medida exacta de la cara del rey muerto y, una vez puesta, ejerce su gobierno beneficioso. Al cabo de unos meses, se descubrirá el engaño. El siguiente rey, el cuarto *ooni* de Ife, ascenderá al trono. Obalufón será deificado y se convertirá en el dios de los escultores, y en uno de los reyes más venerados de Ife.

Pero ahora, en esta tarde de 1385, seguimos presa de un engaño necesario. El *ooni* se levanta, deja la sala, y las gentes de Ife se prosternan, reverentes. Las túnicas blancas lo envuelven en la semioscuridad, y el aire está repleto de su música: la música de Obatala, un conjunto de tambores *igbin*, con su timbre lánguido y profundo, acompañado por el estrépito de la percusión de metales. Los ojos de los espectadores ven los postes tallados de madera del palacio, las túnicas deslumbrantes, las esculturas de latón que representan a los antepasados y las familias reales, y la máscara, que es el rostro del rey, que es la señal de la tradición, que es la garantía de la personalidad. Sus oídos reciben y se dejan llevar por la percusión polirrítmica, por los sonidos en los registros altos y graves, y separan con precisión los timbres instrumentales. Sus narices huelen los dulces inciensos y el humo ritual del *turari* que llenan la sala. Sus lenguas notan el sabor amargo de la nuez de cola ceremonial, que se reparte para estimular la sabiduría y la concentración. Sus manos y sus pies están en contacto con unas esteras tejidas y con la fina tierra roja. Sus pieles notan el calor de la sala, y sus cuerpos los ubican en la multitud palpitante, ni demasiado lejos ni demasiado cerca de los demás cortesanos. Hay una sensación del tiempo, pero no como lo miden los relojes. Todas sus antenas están sintonizadas, sus receptores, activados, son activamente propioceptivos, nociceptivos, termoceptivos, equilibrioceptivos, todas sus costumbres y recuerdos los ayudan a situarse en el flujo de la existencia, en el lugar correcto en la estirpe de los vivos, los muertos y los no nacidos. En ese momento, son colectivamente humanos porque son sensibles en todos los sentidos de la palabra. No puede haber condescendencia alguna respecto a la intensidad de sus experiencias sensoriales. Y nosotros, como seres sensibles, lo sentimos todo junto con los participantes de esta antigua corte de África Occidental. Nuestros sentidos, como los suyos, son como un río cuando canta su canción, como un piano al pulsar el do central, como una súbita vaharada de jazmín, como esa nube no buscada, irrevocable, inolvidable e inefable de mariposas blancas.

EPIFANÍA

«Enseguida yo también enfilé una calle secundaria, más angosta y congestionada todavía, en la cual los edificios de antes de la guerra se sucedían hasta el vértigo, cada cual con una compleja escalera de incendios que ofrecía al mundo como una máscara transparente».[1]

En la segunda mitad de *Ciudad abierta*, Julius recibe la noticia de que su amado profesor ha muerto. Esta noticia lo impulsa a caminar una gran distancia, desde Harlem hasta Chinatown. Es un pasaje bastante complicado, que empieza de este modo. Las páginas que siguen a ese arranque fueron mi intento de conseguir cierto tipo de escritura urbana densa y epifánica que emparento con varios antecedentes literarios y cinematográficos.

La idea de la epifanía, por lo general, evoca dos ideas. Una es religiosa: la repentina y abrumadora irrupción de lo divino en lo cotidiano, tal como la vivieron, por ejemplo, Juliana de Norwich, Teresa de Ávila y muchas figuras santas a lo largo del tiempo. La otra es literaria. La epifanía está ahora tan fuertemente ligada, o incluso más, a cierta idea expresada por la modernidad europea, y subrayada por quienes vinieron después. La idea es especialmente prominente en dos de las primeras obras en prosa de Joyce: *Dublineses*—que incluye el relato «Los muertos»—y el *Retrato del artista adolescente*. Una epifanía, tal como la entendió Joyce, y como se empleó con posterioridad, tiene

---

[1] *Ciudad abierta*, trad. Marcelo Cohen, Barcelona, Acantilado, 2011. Todas las citas de la obra proceden de esta edición.

que ver con una sensibilidad exacerbada y unos destellos de perspicacia que, a menudo, ayudan a un personaje a resolver un problema. He aquí la definición que dio del término en *Stephen el héroe*, versión temprana del *Retrato del artista adolescente*: «Una súbita manifestación espiritual».[1]

«Los muertos» comienza con una reunión navideña de amigos y familiares en Dublín, a principios del siglo xx. Después de la fiesta, nos quedamos con una pareja, los Conroy, que van hacia su hotel. Y, a continuación, sólo con los angustiados pensamientos de Gabriel Conroy, que piensa en lo que acaba de contarle su mujer Gretta sobre algo del pasado: cuando era joven se enamoró de un muchacho que la correspondía. Ese muchacho, Michael Furey, esperando al pie de su ventana tantos años atrás, como una figura en un mito, o una figura de un sueño vagamente recordado, contrajo después una enfermedad y murió. Una canción que ha oído en la fiesta de esa noche se lo ha recordado. Y ahora ella duerme en la habitación del hotel y su marido, Gabriel, está despierto, con su propia tormenta de emociones.

Unos golpecitos en el cristal le hicieron volverse hacia la ventana. Había comenzado a nevar de nuevo. Contempló somnoliento los copos, plateados y oscuros, cayendo oblicuamente contra la luz de la farola. Había llegado el momento de que emprendiera su viaje al oeste. Sí, los periódicos tenían razón: nevaba de igual modo en toda Irlanda. La nieve caía sobre todos los lugares de la oscura llanura central, sobre las montañas sin árboles, caía dulcemente sobre el pantano de Allen y, más hacia el oeste, caía suavemente en las oscuras olas amotinadas del Shannon. Caía también sobre todos los rincones del solitario

[1] James Joyce, *Stephen el héroe*, trad. José María Valverde, Barcelona, Lumen, 1978, p. 216.

cementerio en la colina donde Michael Furey yacía enterrado. Cubría con su denso manto las cruces y lápidas torcidas, las lanzas de la pequeña cancela, los espinos estériles. Su alma se desvaneció lentamente al escuchar el dulce descenso de la nieve a través del universo, su dulce caída, como el descenso de la última postrimería, sobre todos los vivos y los muertos.[1]

Y así, después de concentrarnos en la pequeñez de las preocupaciones de Gabriel Conroy, en su miedo por no haber conocido los largamente guardados secretos del corazón de su mujer, Joyce vuelve a alejarse y describe el paisaje entero.

Ningún pasaje literario del siglo XX puede ser más clásico. Cité «Los muertos» directamente en *Ciudad abierta*, un libro que trata de muchas cosas, pero, ciertamente, de cómo la vida de un hombre se ve invadida por la literatura y los antecedentes literarios. Mi narrador, Julius, está en Bruselas, buscando a su abuela. Ha pasado la mayor parte del tiempo deambulando y sumido en un halo de depresión. Para él, la historia de Bélgica y la política belga actual son como heridas abiertas, pero también hay heridas personales que está intentando sanar. Además, ha tenido varios encuentros fortuitos en la ciudad, que en ese momento le vienen a la mente. Su viaje toca a su fin. En un párrafo, sustituyo la nieve por la lluvia e Irlanda por Bélgica, pero apenas modifico el original de Joyce. El robo es evidente y nada sutil. Los poetas maduros, como decía Eliot, roban (otra cosa es, evidentemente, si tu intención es que no te descubran). Los modernos, Joyce y Woolf, Mann, Musil, Broch, han conformado, en parte, mis intereses literarios:

---

[1] «Los muertos», en: *Dublineses*, trad. Eduardo Chamorro, Madrid, Alianza, 2022, edición digital.

el flujo de los pensamientos en la mente, la incorporación de las sensaciones a los pasajes líricos. Lejos de angustiarme por las influencias, soy escéptico respecto a una originalidad que no establece un diálogo con sus antecesores.

El final de «Los muertos» aparece en otra ocasión, en un libro mío posterior, *Blind Spot*. El pasaje, titulado «Rivaz», es el relato de un paseo, y es la penúltima entrada del libro. Es un himno de gratitud, muy luminoso, nada nocturno, lejos de la lluvia y la nieve, en el que la acometida joyceana sólo se hace evidente al final.

Descanso en un bloque de hormigón cubierto de redes azules de vendimiadores, de un azul igual al del lago. Es como si algo largo tiempo esperado se hubiese cumplido. Una ráfaga de viento sopla sobre el lago. El telón se abre y, de pronto, todo es visible. Se nos cae la venda de los ojos. El paisaje se despliega. Ya no estamos solos: ahora están con nosotros, lo han estado todo el tiempo, nuestros vivos y nuestros muertos.

Lo que consideramos la epifanía joyceana tiene claros modelos decimonónicos—en Emerson, en Wordsworth— y ha gozado de una vigorosa vida posterior en la ficción del siglo xx. Tal vez demasiado vigorosa, en opinión de Charles Baxter, el autor de «Contra las epifanías». Baxter ve demasiadas epifanías facilonas, demasiados destellos de perspicacia y sucintas recopilaciones en la ficción estadounidense contemporánea, sobre todo en la narrativa breve. Se produce el momento lírico y, de pronto, se resuelve el conflicto sobre el que estaba meditando el protagonista. Resulta demasiado fácil. Creo que Baxter tiene razón, y aprovecho la flexibilidad de la palabra *epifanía* para pensar no en este pobre recurso narrativo, sino más bien en un modo estilístico que, la mitad de las veces, nos pone en situación pero no hace avanzar la trama ni resuelve ningún problema.

Este pasaje de *La señora Dalloway*, por ejemplo, no conlleva, realmente, ningún pasmoso momento de revelación. Lo que hace es preparar una lista, alimentar la vista y el oído y acercarnos a la conciencia de Clarissa, y a la nuestra:

Sabe Dios por qué nos gustará tanto, por qué la esperamos, la construimos, la edificamos a nuestro alrededor, la echamos abajo y volvemos a crearla de nuevo; pero los mayores adefesios, los más miserables, sentados en las escaleras (bebiendo su propia ruina) hacen lo mismo; no se los podía regular, estaba segura, con leyes parlamentarias por esa misma razón: aman la vida. En los ojos de la gente, en sus idas y venidas, en sus pasos elásticos o lentos; en el estrépito y el ruido; en los carruajes, los automóviles, los ómnibus, las camionetas, en los hombres anuncio que iban por ahí arrastrando los pies, en las bandas de música; en los organillos; en la alegría y el tintineo, y en el extraño y agudo zumbido de un aeroplano en el cielo estaba lo que ella amaba: la vida; Londres; este momento de junio.[1]

Al leer a Woolf, estamos con ella: recreamos de nuevo cada momento, despertando más con cada punto y coma. Un maestro diferente de este mismo estilo es W. G. Sebald, que, de todos los escritores a los que he estudiado, podría ser aquel en quien está más presente este método intenso, cargado de emocionalidad pero intelectualmente inagotable. Sebald escribió libros enteros que casi no son otra cosa que el mareo de un sueño asociativo. *Los anillos de Saturno* es el relato de un viaje ficticio por Suffolk, el diario de un

---

[1] *La señora Dalloway*, trad. Miguel Temprano García, Barcelona, Austral, 2021, edición digital.

hombre que parece llevar la biblioteca hipertextual de un librero de viejo en la cabeza. Me conmueve, sobre todo, el modo en que Sebald conecta, a lo largo del libro, un pensamiento con otro. Si se mira con atención, se ven las puntadas—dirá «se me ocurre que», o que alguien «puede que tuviera ojo para estas cosas»—, pero son detectables sólo si se buscan. De lo contrario, lo que hay es una exposición muy controlada, una nube vaporosa vista a cámara lenta. He aquí cómo termina *Los anillos de Saturno*:

Jueves Santo, 13 de abril de 1995, el día en que el padre de Clara, poco después de haber ingresado en el hospital de Coburgo, ha sido llamado a abandonar la vida. Ahora, escribiendo estas páginas, cuando vuelvo a pensar en nuestra historia casi sólo compuesta de calamidades, me viene a la memoria que antaño las damas de las clases elevadas consideraban que llevar pesados vestidos elegantes de tafetán negro o de crepé de chine negro era la única expresión adecuada del luto más profundo. De esta guisa debió de presentarse la duquesa de Teck a las exequias de la reina Victoria, luciendo un vestido, según afirmaban las revistas de moda contemporáneas, verdaderamente arrebatador, envuelto en pesados velos de seda negra de Mantua, de la que la fábrica de tejidos de seda Willett & Nephew, de Norwich, inmediatamente antes de su cierre definitivo, confeccionó, para esta finalidad única y para demostración de su destreza aún insuperable en el terreno de la seda de luto, un único tiro de sesenta pasos de largo. Y Thomas Browne, que, como hijo de un comerciante de seda, debía de entender especialmente de esta cuestión, apunta en algún lugar de su escrito *Pseudodoxia epidemica*, que me ha sido imposible encontrar, que en la Holanda de su tiempo era costumbre que en la casa de un difunto se tapasen con crespón de seda de luto todos los espejos y todos los cuadros en los que se podían contemplar paisajes, seres humanos o los frutos de los campos, para que el alma que está abandonando el cuerpo no se distraiga en su último viaje, ya sea por su propia mirada, ya por su tierra natal, pronto perdida para siempre.[1]

Aún recuerdo la impresión que me causó leer *Los anillos de Saturno* por primera vez, fue una iluminación, y fue, también, un reconocimiento. La actitud literaria que describo se caracteriza por cierta densidad, tanto si trata de una interioridad sombría y triste, como en el caso de Sebald, o del ajetreo y las posibilidades de la vida en la ciudad, como en el de Woolf, Walter Benjamin o Bruno Schulz. Las ciudades están hechas de multiplicidad e invitan al inventario. Hacer una lista es, en cierto modo, amar. El siguiente texto está sacado de *Jazz*, de Toni Morrison, un libro cuya aceleración, ataque y habilidad para la improvisación honran a la música del título:

Duele respirar con un tiempo tan frío, pero cualesquiera que sean los problemas de estar apresado en la Ciudad en invierno, todos los soportan porque no tiene precio estar en la avenida Lenox a salvo de trasgos y de las cosas que trasgos y duendes maquinan; estar allí donde las aceras, cubiertas o no de nieve, son más anchas que las calles principales de los pueblos donde nacieron y las personas corrientes y molientes pueden esperar en la parada, subir al tranvía, pagarle los cinco centavos al hombre y viajar hasta el lugar que más les guste, aunque a nadie le apetezca demasiado ir a otros lugares porque todo cuanto se pueda desear está precisamente ahí: la iglesia, la tienda, la tertulia, las mujeres, los hombres, el buzón de correos (aunque no haya escuela superior), el almacén de muebles, los vendedores callejeros de periódicos, los bares y licorerías clandestinos

[1] *Los anillos de Saturno*, trad. Carmen Gómez García y Georg Pichter, Barcelona, Anagrama, 2008, edición digital.

(aunque no haya tampoco bancos), los salones de belleza, las barberías, los prostíbulos, los carros repartidores de hielo, los traperos, las oficinas de apuestas, los mercados de comestibles al aire libre, los vendedores de lotería y todos los clubes, organizaciones, grupos, órdenes, sindicatos, sociedades, hermandades masculinas, hermandades femeninas y asociaciones imaginables.[1]

«Todo lo que quieres está justo donde tú estás», escribe. La escena es como esa idea de la novela que Stendhal escribió en *Rojo y negro*: «Un espejo llevado por un camino». Vemos el mismo método inventarial en *Estambul*, de Orhan Pamuk. El asunto de este pasaje es el *hüzün*, la tristeza específica de Estambul y la propia historia turca:

Hablo de los padres que regresan a casa con una bolsa en la mano bajo la luz de las farolas suburbiales en noches que caen demasiado pronto. Hablo de los libreros ancianos que se pasan el día tiritando de frío en sus tiendas esperando un cliente después de una de esas crisis económicas que se producen cada dos por tres; de los barberos que se quejan de que los hombres se rapan y se afeitan menos después de las crisis; de los marineros que, cubo en mano, limpian los viejos vapores del Bósforo amarrados a muelles vacíos con un ojo en la lejana y pequeña televisión en blanco y negro y que poco después se quedarán dormidos en el barco; de los niños que juegan al futbol entre los coches en estrechas calles adoquinadas; de las mujeres de cabeza cubierta que llevan bolsas de plástico y que en remotas paradas esperan sin hablar entre ellas un autobús que nunca llega; de las vacías casetas de los caiques de las antiguas mansiones...

[1] Trad. Jordi Gubern Ribalta, Barcelona, Debolsillo, 2021, edición digital.

Pamuk lo lleva, ciertamente, muy lejos, y el pasaje continúa, como una única frase, durante varias páginas y sobrepasa las cien líneas. He aquí cómo acaba:

… de que todo esté roto y avejentado; de que la ciudad entera contemple a las cigüeñas que vienen de los Balcanes, de Europa oriental y del norte cuando se acerca el otoño y que pasan sobre el Bósforo y las islas cuando se dirigen al sur; y de las multitudes varoniles que regresan fumando a sus casas después de un partido de la selección nacional, y que cuando yo era niño siempre terminaban con una seria derrota.[1]

Cada sintagma preposicional empieza por «de los» tal y cual—como una cadena de «engendró a…» bíblicos—y cada uno de ellos recuerda el inicio de «hablo de»: de las tardes, de los padres, de los viejos ferris del Bósforo, de las cigüeñas que vuelan al sur. La repetición invita a la hipnosis a lo largo de este pasaje gargantuesco, y la técnica evoca la niebla de melancolía que describe el propio pasaje, una hipnosis como la del verbo *caer*—la repetición de la palabra *caer*—en «Los muertos» de Joyce.

Y es imposible no ver, en esta especie de inventario, un yo narrativo y autorial que nos guía por la experiencia de la vida en la ciudad, entre sus multitudes y personajes, y sus imágenes constantemente cambiantes. A veces, es como si esos autores obedecieran la máxima de Isherwood: «Soy una cámara con el obturador abierto, pasivo, registrando sin pensar».

En la literatura, la cámara es metafórica; en las películas, es literal. Cabiria, la prostituta enamorada que protagoniza

---

[1] *Estambul. Ciudad y recuerdos*, trad. Rafael Carpintero, Barcelona, Literatura Random House, 2011, edición digital.

Las noches de Cabiria, que dirigió Federico Fellini en 1957, desde luego no es Federico Fellini. El papel lo interpreta a la perfección Giulietta Masina. Y, sin embargo, en ciertos momentos muy intensos, lo que experimentamos es la mezcla de su visión con la de ella, y esa visión se convierte también en la nuestra. En la última escena de la película, Cabiria, frustrada, una vez más, en el amor, deambula desde el borde de un lago desolado hacia el bosque silencioso. Está sola, ha estado llorando y ahora tiene una expresión glacial. Se empieza a oír una música, pasa de largo los árboles y llega a una carretera. Primero, entra en escena una mujer, luego otra, animada, gritando, luego aparecen varios personajes a lo lejos, bailando y tocando música. Guitarras, sombreros de fiesta, una motocicleta, un acordeón, todo se vuelve visible en la pantalla. La pantalla se llena de jóvenes de juerga. Cabiria sigue andando calle abajo, pero el tono de la noche ha cambiado. La música se vuelve más fuerte, los juerguistas intentan que se vaya con ellos. «*Buona sera*», dice una joven de voz dulce, y la pobre y triste Cabiria, con el maquillaje de un payaso de circo, sonríe un poco. La música aumenta *in crescendo* y ella sonríe cada vez más, entre las lágrimas.

8 ½, rodada después, es una película sobre dirigir una película. El final de *8 ½* es como una forma perfeccionada de la idea que Fellini había intentado seis años antes en *Las noches de Cabiria*. Es una escena más larga, es más compleja, pero está impregnada de la misma energía: la de un individuo arrastrado por las imágenes, los sonidos y las personalidades de otros individuos, que lo rodean, y toda esa actividad alcanza un *crescendo*, un *crescendo* sensacional, porque intervienen todos los sentidos. Vemos cosas, oímos las voces y la música, e imaginamos lo que deben de estar sintiendo los personajes. Guido, el protagonista, interpretado por Marcello Mastroianni, está experimentando todas las complejidades de su vida como una secuencia onírica de un gran desfile—sus padres muertos hace mucho tiempo, sus colegas, sus amantes, todo el mundo está ahí como por arte de magia—y él mismo es el director de la banda.

El cine de Fellini, la música de Nino Rota, la alegría contagiosa. Más sobrio es James Salter en su libro de recuerdos *Quemar los días*. Este pasaje de Salter es uno ante el que declaro, sí, aquí es donde quiero estar también. Una figura solitaria en la que todo causa efecto, que lo recibe todo con los sentidos afinados, nos lleva a través del paisaje. Es por la mañana, pero la luz aún es tenue. Si tuviese música, sería un andante, la música del vuelo y la mañana:

Abajo, la tierra se ha despojado de la oscuridad. Asoma la plata de incontables lagos y ríos. Las cosas más maravillosas que pueden verse, escribieron los antiguos, son el sol, las estrellas, el agua y las nubes. Aquí, entre ellos, ¿en qué piensa uno? No lo recuerdo, pero probablemente en nada, en el propio hecho de volar, lo que tiene de imperecedero, el esplendor. No piensas en los peces del río grande y tortuoso, fino como un hilo, a kilómetros por debajo, ni en las ranas en los estanques de aguas chispeantes, ni ellos en ti; saben poco de ti, aunque una vez, justo después del despegue, vi la sombra de mi avión deslizarse por la hierba seca como las alas de Dios y pasar por encima de una liebre, paralizada por el ruido, setenta metros por debajo. La liebre solitaria, yo, el sol matutino y todo lo que había más allá se fundieron por un instante, como un eclipse.[1]

---

[1] *Quemar los días*, trad. Isabel Ferrer Marrades, Barcelona, Salamandra, 2010, pp. 207-208.

Me deslumbran y me ayudan los pasajes así. Las conversaciones entre los personajes están muy bien; supongo que las condesas deben irrumpir en las habitaciones, como hacen en ciertas novelas. Pero la razón secreta por la que yo leo, la única razón por la que leo, es, precisamente, por esos momentos en los que lo que se nos está contando está atento al mundo, una atención que ve las cosas como son o sueña con cómo podrían ser. Esos momentos son como un bosque oscuro, un vasto cielo, un misterio insondable, o, en palabras de Heaney, «una prisa a través de la cual pasan cosas conocidas y extrañas».

Hace años que pienso, también, en *Nápoles*, de Benjamin; en *Los cuadernos de Malte Laurids Brigge*, de Rilke; en *Cien años de soledad*, de García Márquez; en *Siddhartha*, de Hesse, y en la extraordinaria y surrealista *La calle de los cocodrilos*, de Schulz, textos, todos ellos, de excesos sensoriales. Mi memoria vuelve, de pronto, a las tiendas de canela de Schulz en la Drohóbych de entreguerras, su interior oscuro y solemne, las raras y misteriosas mercancías que contenían. Él sabía que en el interior de las tiendas encontramos inventarios no menos ricos que los de las ciudades.

La disciplina artística de Fellini es muy distinta de la mía, y su estilo es, a menudo, excéntrico, locuaz y radicalmente distinto de lo que yo intento tener cuando escribo. Pero qué ayuda técnica tan extraordinaria he obtenido de sus películas: *Las noches de Cabiria, La Dolce Vita, 8 ½, Roma*. Entendí mejor dónde estaba el movimiento en el último pasaje de «Los muertos» —en cierto sentido, cuál era el movimiento de cámara— o cómo la nieve podía convertirse en lluvia al pensar en *Roma*. Esa película, rodada al final de la carrera de Fellini y que trata de Roma, ocurre, en gran parte, en una sala de sonido de los estudios de Cinecittà. Pero el arranque de la película y su final están rodados *al fresco* en la ciudad de Roma. Cerca del inicio, Fellini nos obsequia con una larga y desconcertante secuencia en el Grande Raccordo Anulare, la carretera circular que rodea la ciudad. Como el Lagos en el que crecí, como São Paulo, como Chicago, Roma es una ciudad con un tráfico muy complicado. Ese tráfico—su continuidad, su tedio, su persistencia, pero, también, su incontenible variedad—es el verdadero asunto de la dantesca secuencia inicial de *Roma*. Toda la secuencia dura unos nueve minutos. La oscuridad cae, poco a poco, ante nuestros ojos, la escena se alarga y nos vemos inmersos en una especie de teatro de la realidad, como un negativo del día de junio perfecto de Woolf. Hay incendios, seguidos de incendios aún más graves. Hay bomberos. Vemos un camión volcado, ganado muerto, más lluvia, manifestantes; nos internamos más y más en lo sublime y lo industrial hasta que el tráfico se detiene, con una banda sonora de truenos y bocinas de coche, y toda la escena iluminada por los frecuentes rayos en una carretera próxima al Coliseo.

La epifanía no es sólo revelación o perspicacia; es, también, la reorganización del yo a través de los sentidos. Es un compromiso con las cosas que aceleran el corazón, a través de las facultades del cuerpo, las cosas que pillan desprevenido al corazón y lo abren en dos. El espejo de Stendhal y la cámara de Isherwood son recursos de receptividad y atención indiscriminada. Facilitan una abrumadora acumulación de detalles que conmueven al ser sensible hasta la médula.

El pasaje de *Ciudad abierta* que cité al principio de este ensayo es el resultado de la forja de todas estas influencias. Julius empieza falto de palabras, y lo resuelve saliendo a dar un paseo. Después de andar once kilómetros, llega a Chinatown. Reproduzco el pasaje entero para mostrar su cadencia y su ritmo:

Enseguida yo también enfilé una calle secundaria, una más angosta y más congestionada todavía, en la cual los edificios de antes de la guerra se sucedían hasta el vértigo, cada cual con una compleja escalera de incendios que ofrecía al mundo como una máscara transparente. Los cables de electricidad, los postes de madera, las marquesinas abandonadas y un matorral de carteles atestaban las fachadas hasta las azoteas de las construcciones de cuatro y cinco plantas. Los escaparates anunciaban productos dentales, té y hierbas. Había grandes cubos que desbordaban rizomas de jengibre y raíces medicinales, y un surtido tan completo de artículos y servicios que, al cabo de un rato, ver un escaparate lleno de patos asados colgando, seguido de otro repleto de maniquíes de sastre, y de otro colmado de aleteantes folletos impresos en media docena de tonos de rojo desteñidos por el sol, y de una horda de figuras de Buda de bronce y de porcelana, empezó a parecerme de lo más natural. En la última de esas tiendas entré para huir de la actividad abrumadora de la callejuela.

La tienda, donde yo era el único cliente en aquel momento, era un microcosmos del barrio chino, un despliegue interminable de objetos curiosos: una profusión de jaulas, tanto de bambú como de metal finamente forjado, que colgaban del techo como lámparas; juegos de ajedrez tallados a mano en el mostrador, antiguo al parecer, que separaba al cliente de la guarida del tendero; falsas cerámicas lacadas de la dinastía Ming cuyos tamaños iban del minúsculo pote decorativo al enorme jarrón panzudo donde podía esconderse un hombre; opúsculos humorísticos de la variedad «Máximas de Confucio», impresos en inglés en Hong Kong, con consejos para los caballeros que desearan tener éxito con las mujeres; magníficos palillos de madera en soportes de porcelana; cuencos de cristal de todos los colores, grosores y formas: y, en una galería acristalada y aparentemente infinita que corría por arriba de los estantes, una serie de máscaras de colores brillantes cuya variedad cubría todas las expresiones posibles del arte dramático.

Sentada en medio de aquella cornucopia, una anciana, que había levantado brevemente la vista al entrar yo, había vuelto a enfrascarse en la lectura de un periódico chino, con un aire hermético que, no costaba nada creerlo, se había mantenido inalterado desde la época en que los caballos abrevaban en la calle. En medio de la tienda silenciosa y polvorienta, con los ventiladores chirriando en el techo y las paredes revestidas de madera negándose a evidenciar ningún signo de nuestro siglo, sentí como si hubiera caído por una grieta en el tiempo y el espacio, que fácilmente habría podido estar en cualquiera de los países adonde, desde los viejos tiempos en que el comercio ya era global, los mercaderes chinos habían viajado para poner sus mercancías a la venta. Y en aquel momento, como para confirmar la ilusión o al menos ampliarla, la anciana me dijo algo en chino y señaló la calle. Vi pasar un niño en uniforme ceremonial batiendo un tambor. Enseguida lo siguió una columna de hombres con instrumentos de bronce: aunque ninguno tocaba, desfilaban marcando el paso con solemnidad por la callejuela, que como por arte de magia se había despejado de compradores para ellos. Desde la calma fantasmagórica de la tienda, en la cual sólo se oían los ventiladores, la anciana y yo miramos pasar la banda china con sus tubas, trombones, clarinetes y trompetas, fila tras fila, y la integraban hombres de todas las edades, algunos con papada, otros poco más que púberes, con el primer asomo de vello en la barbilla, pero todos profundamente fervientes, fila tras fila con los instrumentos en alto hasta que, como el apoyo de una hilera de libros, pasó marchando también un trío de redoblantes y al fin un bombo que cargaba un hombre enorme. Seguí la procesión con los ojos hasta que se escurrió detrás del último de los Budas de bronce situados de frente al escaparate. Los Budas le sonreían a la escena con una serenidad familiar, y a mí todas las sonrisas me parecían una sola, la sonrisa del que ha dado el paso más allá de los cuidados humanos, la sonrisa arcaica que también se dibujaba en los labios de las estelas funerarias de los kuroi griegos: sonrisas que sugerían no placer sino desapego total. Desde más allá de la tienda, a la anciana y a mí nos llegaron las primeras notas de una trompeta que tocó dos compases. Las doce notas, primas espirituales del toque de clarín que suena fuera del escenario en la *Segunda sinfonía* de Mahler, fueron recogidas por toda la banda. Era una figura cromática, con una inflexión de blues, que debía de haber tenido su primera vida en un himno misionero, una endecha que oída de lejos parecía una tempestad o el bramido de las olas cuando no se ve el mar. Si bien no pude identificarla, la canción se ajustaba, desde todo punto de vista, a la sinceridad sencilla de aquellas canciones que yo había cantado por última vez en el patio de la Escuela Militar Nigeriana, canciones tomadas del compendio anglicano *Cantos de alabanza*, y que, muchos años antes y a miles de kilómetros de esa tienda polvorienta y bañada por el sol, eran para nosotros un rito cotidiano. Temblé cuando en ese espacio se volcó el coro gutural de instrumentos de bronce, entre las notas más bajas deambuló la tuba y el sonido entero entró en la tienda como haces de luz intermitente. Y luego, con una lentitud casi imperceptible, el volumen de la música empezó a bajar a medida que la banda se iba alejando y confundiendo más y más con el ruido de la ciudad.

Yo no habría sabido decir si expresaba algún orgullo cívico o solemnizaba un funeral, pero la melodía se ajustaba tanto a mi recuerdo de aquellas sesiones de adolescencia que me invadieron la desorientación y la dicha súbitas del que, en una antigua mansión majestuosa y a gran distancia del espejo de pared, ve claramente el mundo duplicado en sí mismo. Ya no sabía dónde acababa el universo tangible y empezaba el reflejado. La imitación puntual de cada jarrón de porcelana, de cada reflejo apagado en cada una de las manchadas sillas de teca, se extendía hasta donde la réplica de mí mismo se había detenido, como yo, a mitad de giro. Y este doble mío había empezado, en ese preciso momento, a lidiar con el mismo problema que su no menos confuso original. De pie allí, sumido en todo tipo de penas, me pareció que estar vivo era ser a la vez original y reflejo, y estar muerto era estar cercenado, ser reflejo y nada más.

Escribir es un intento de prestar testimonio y de profetizar. Es un compromiso apuntalado por la historia, el desfile, la memoria, la música, por tiendas que son como ciudades y ciudades que son como tiendas, por la soledad y lo colectivo, por lo que hemos leído y lo que hemos recordado, por el amor y la desesperación, por los vivos y los muertos.

ÉTICA

Cuando hablamos de migración es fácil recurrir a un lenguaje acuoso: hablamos de un «flujo» de refugiados, una «afluencia», una «oleada», una «marea». No son palabras neutras: hacen de la condición de nuestros congéneres humanos un motivo de alarma, no por su causa, sino por la nuestra. Pero la gente no es agua, no es inanimada. Cuando veo los vídeos del tráfico esclavista de personas de Libia —los vídeos que tanto me recordaron el terrorífico cuadro de Caravaggio, *La decapitación de san Juan Bautista*— no veo una oleada ni una marea. Veo a personas que están siendo vendidas. Van gritando números y presencio cómo se deshumaniza a un ser humano. Sus secuestradores aluden a ellos como «mercancía»; cada uno de ellos se vende por el equivalente a unos pocos cientos de dólares. Una obscenidad que no debería ocurrirle a nadie, una obscenidad que no debería presenciar nadie.

La humanidad está en movimiento. En 2019, había 67 millones de personas en una situación de migración de algún tipo. Los números no harán más que aumentar y llegarán a incluirnos a algunos de nosotros, que no esperamos contarnos entre ellos. Caravaggio me atrae, en parte, por su concepción de los desarraigados, de los que no tienen casa. Su compasión por esa situación marginal se conformó gracias a su propia vivencia. Cuando contemplo su obra, tierna y violenta, veo esa experiencia transmutada en una obra testimonial. Tendemos a pensar en las noticias como un fenómeno natural y no como uno conformado por la cultura, el privilegio y el imperialismo. Con Caravaggio, me siento obligado a plantearme qué podría significar abandonar las convenciones de «despertar conciencias», qué supondría comprometerse a la labor más peligrosa de prestar testimonio. Quien se limita a despertar conciencias puede seguir fingiendo neutralidad, mientras que quien presta testimonio ha tomado partido, se ha comprometido más allá de lo profesional.

Hay una diferencia entre leer sobre algo y oír algo, una diferencia irreductible entre que te cuenten algo y verlo. La diferencia reside en nuestras respuestas afectivas cuando los sentidos se activan de manera más directa. Y nuestra responsabilidad, por dolorosa que pueda ser, radica en buscar esa manera directa como forma de conocimiento ético. Me viene a la memoria una anécdota que cuenta Anne Carson en su notable libro, *Nox*, que es una elegía por su hermano:

Cuando murió mi hermano su perro se enojó, permaneció enojado, ladrando, gruñendo, azotando, fulminando día y noche con sus ojos. Fue a la puerta, luego a la ventana, no quería estar echado. La viuda de mi hermano, se dice, tomó al perro y se lo llevó a la iglesia el día del funeral. *Buster* va directo al frente de Sankt Johannes y, sostenido en sus patas traseras, se reclina contra el féretro, al oler el hecho, su enojo se interrumpe.[1]

Cuando fui a la frontera de Estados Unidos con México en 2011 para entender mejor qué estaba pasando allí, vi muchas cosas que alteraron mi sentido de pertenencia a Estados Unidos; no sólo a mi sentido de pertenencia, sino a mi sentido de la responsabilidad. Vi a personas con los pies hinchados, devueltas después de una migración fallida, y

[1] Trad. Jorge Esquinca, Madrid, Vaso Roto, 2018, p. 19.

atendidas por voluntarios en México. En Estados Unidos, vi a agentes fronterizos practicando su puntería en un campo de tiro al aire libre. Y vi el muro de la frontera, como un tajo, como una herida entre los dos. En una segunda visita a la frontera, fui a la oficina del forense del condado en Tucson, y me mostraron los cadáveres de quienes habían muerto en el desierto. Muchos nunca serán identificados, sus cadáveres estaban demasiado desfigurados por las aves de rapiña, los perros salvajes, por el sol, el viento y la lluvia. Ese día, en la oficina del forense del condado, hice una fotografía de las hileras de muertos queridos sin reclamar. Recuerdo que en el almacén había un leve olor a formaldehído. Pero ése no era el olor de la muerte. Vi el hecho, pero yo sé que no olí el hecho. ¿Qué habría pasado si lo hubiese olido?

Algo relativo a la frontera, que me llega desde lejos, me resulta más incisivo (misteriosamente incisivo), más sorprendente, más profundamente aferrado al hecho. Estoy pensando en algo que pasó a finales de 2018, un suceso que ocurrió como uno más de esa serie de momentos descorazonadores que Adrienne Rich llamó, proféticamente, «nuestro país acercándose a su propia verdad y su propio terror». Fue una grabación de audio hecha a escondidas en un centro de detención, en Texas, ese mes de junio. En la grabación se oye a unos niños de entre cuatro y diez años que lloran, profundamente afligidos por haber sido separados de sus padres. Un agente, que puede oír el crudo dolor de los niños, bromea: «Menuda orquesta tenemos aquí». Siete minutos de niños muy pequeños llorando e implorando ver a sus padres—«mami», lloran, «papá»—mientras, a su alrededor, continúa la labor práctica de los agentes fronterizos y de los funcionarios consulares. Si uno piensa, por un momento, en cualquier niño de entre cuatro y diez años a quien uno quiera, la crueldad de esa política se vuelve insoportable y evidente. La violencia que subyace a nuestros contratos sociales puede ponerse de manifiesto de pronto a través de algo que oímos, o vemos, o tal vez, de forma aún más potente, algo que olemos.

Quizá sea éste el secreto de alguien como Caravaggio: es capaz de atravesar la superficie del lienzo y evocar sentidos que normalmente no están relacionados con el arte de la pintura. Huyendo para salvar la vida, está más vivo que nadie, en todo el espectro de los sentidos: sensato, sensible, sensual, sexual. Pensar en los cuerpos, vivos y muertos, en la obra Caravaggio me recuerda lo que escribió Kristeva: «Tanto el desecho como el cadáver me *indican* aquello que yo descarto permanentemente para vivir».[1] El olor de la muerte, el olor del hecho en sí, amenaza la propia identidad. Ésta es una de las afirmaciones clave del crucial ensayo de Kristeva, *Poderes de la perversión*, de 1980, en el que expone nuevas ideas sobre la abyección. «El cadáver—visto sin Dios y fuera de la ciencia—, es el colmo de la abyección. Es la muerte infestando la vida».[2]

Un relato, probablemente apócrifo, cuenta que Caravaggio hizo exhumar un cadáver enterrado hacía poco para usarlo como modelo de su Lázaro. Pero en Caravaggio, lo apócrifo y lo real están muy próximos. Cuando vemos el *rigor mortis* de Lázaro, su piel verdosa, casi podemos oler el cuadro. Lázaro de Betania, amigo de Jesús, hermano de María y Marta, es enterrado en una tumba sellada con una roca. Jesús, al ver el pesar de quienes querían a aquel hombre, se siente, él también, pesaroso; su poder sobre la vida

---

[1] Julia Kristeva, *Poderes de la perversión*, trad. Nicolás Rosa y Viviana Ackerman, México DF, Siglo XXI, 2004, p. 10.
[2] *Ibid.*, p. 11.

y la muerte no merma su respuesta afectiva. *Jesús lloró*. La historia se cuenta en el undécimo capítulo del Evangelio de Juan, y ahí es donde encuentro el detalle que más me llama la atención: «Jesús, profundamente conmovido otra vez, vino al sepulcro. Era una cueva, y tenía una piedra puesta encima. Dijo Jesús: "Quitad la piedra". Marta, la hermana del que había muerto, le dijo: "Señor, hiede ya, porque es de cuatro días"».

La resurrección de Lázaro, de Duccio, forma parte de la predela de su monumental altar, la *Maestà* (lámina 7). En la representación que hace Duccio del suceso, nos encontramos en el momento del milagro. María, vestida de rojo, de rodillas, reza. Marta le explica a Jesús que su hermano lleva muerto demasiado tiempo. La multitud se agolpa. Y el muerto se adelanta, envuelto en vendas, como una momia. En sus ojos vemos la confusión y el paso de la confusión a algo similar a la vida (la pintura misma es un milagro por el modo en que es capaz de oscilar entre dos estados emocionales). Y hay un detalle inolvidable más en el panel de Duccio. Un joven, cerca de la entrada de la tumba, mira directamente a Lázaro, pero se cubre la nariz y la boca. Es un momento sagrado, pero un hedor es un hedor. Este joven inyecta la escena de un triste y humano patetismo. En ciertas escenas de duelo, hay quienes se abandonan al llanto y a veces se abalanzan sobre el cadáver. A menudo son los más íntimos, que, en la pérdida, pierden ellos mismos. Pero con frecuencia hay otros que también se lamentan, aunque con un poco más de distancia, una distancia que les permite reparar no sólo en la pérdida sino también en el hedor, y por tanto tienen que taparse la nariz. La figura abrumada por el hedor de la muerte. ¿Dónde he visto antes esta figura?

Ahí está, en la fotografía de Koen Wessing del conflicto en Nicaragua, tal como se publicó en *La cámara lúci-*

da, de Roland Barthes. Un niño muerto en la calle cubierto con una sábana; una madre que llora en primer plano; otra, unos pasos más atrás, que se tapa la nariz. Y ahí están, también, en las fotografías de Susan Meiselas del mismo conflicto. Se tapan la nariz, a veces la cara, dominadas por el pesar y la repugnancia. Los cadáveres, de opositores al régimen, han empezado a pudrirse. Tal vez sea significativo que sean *vecinos*, pues no te molestaría el olor, o habría otras cosas que te parecerían más apremiantes, si fuese tu hijo. El gesto de taparse la nariz o el momento de verse sobrepasado por el hedor es un gesto que indica cierta distancia, y en esta distancia, como vemos en los cuadros de Lázaro de Duccio y Giotto, y en las fotografías de Nicaragua de Wessing y Meiselas, hay un espacio para que entre el espectador. No podemos sentir el dolor de esa madre concreta, la pérdida de esta hermana, pero sabemos lo que es estar en una comunidad y al mismo tiempo ser susceptibles a los estímulos olfativos. Podemos, al menos, ser vecinos.

La gente que está en un estado de abyección a menudo es la misma gente de quien se afirma que «amenaza nuestra seguridad». Y, de hecho, así es: amenazan nuestro propio sentido de estar a salvo, en un estado de no abyección. Nos muestran la pérdida de seguridad que siempre amenaza al ser humano. La gente a la que hemos hecho sufrir de una manera extrema nos recuerda algo que no queremos recordar: que nosotros también podemos sufrir de una manera extrema. Nuestra seguridad está amenazada no porque nos vayan a *hacer* nada, a atacarnos de alguna forma, sino, más bien, por lo que *somos*: seres tan vulnerables e inseguros como ellos. Ese conocimiento es el que hay que suprimir a toda costa y, por tanto, se recibe con desagrado. Lo abyecto es desagradable porque emana de nosotros, porque es nuestro yo inestable externalizado, el hecho íntimo que no soportamos oler. Esto es lo que me ocurrió en Pozzallo, en Sicilia, cuando me encontré de pronto en un aparcamiento cercado donde habían dejado los botes de los migrantes. Recibí y entendí la triste realidad de esos botes con mi intelecto, pero fue al olerlos cuando rompí a llorar.

Las noticias se reafirman como un informe neutral del estado de las cosas y provocan respuestas predecibles. En realidad, son una empresa muy compleja, e impulsada por la previsibilidad de la respuesta. «Se ha hundido un bote—podría decir una noticia—y han muerto setecientas personas». La respuesta del lector podría ser: «Qué lástima». «Miles de personas han muerto cruzando la frontera de Estados Unidos con México». «Qué triste». Lo que no se oye, ni en ésta ni en casi ninguna noticia, es que lo ocurrido no es sólo fruto de la mala suerte, sino que tiene que ver con nuestros actos, con los actos de nuestro gobierno, y con nuestra responsabilidad personal mutua.

En el otoño de 2013 visité el Palazzo Pitti, en Florencia, donde vi, entre otros cuadros, el *Cupido durmiendo*, de Caravaggio, pintado en Malta. Al salir del museo y adentrarme en el laberinto de calles que hay delante, de pronto tuve una intensa y amarga sensación que, de alguna manera, sabía que estaba relacionada con los recuerdos de mi infancia en Lagos. Empecé a recordar ciertas tardes en la década de 1980, cuando, al volver del colegio, que estaba en el campus de la Universidad de Lagos, en Akoka, camino de casa, al otro lado de la ciudad, en el barrio entonces tranquilo de Ikeja, nos deteníamos a veces en una papelería que había en Yaba, donde mi hermano y yo nos gastábamos el dinero, que habíamos ganado con esfuerzo, en lápices, cajas de pinturas de colores pastel, pinceles de marta y un papel grueso de artista, de color crema.

Mi hermano y yo fuimos unos locos del dibujo y la pintura, desde que yo tenía unos siete años y él cinco hasta la adolescencia. Aún nos encanta. Él es artista, y yo hago garabatos. En aquella época, lo que más nos gustaba del mundo era poner a prueba la paciencia de nuestra madre entreteniéndonos en la papelería. Ella esperaba en el coche, impaciente por volver a Ikeja después de un largo día de trabajo. Pero, para mi hermano y para mí, el ritual de comprar material artístico no podía acelerarse. Examinábamos los lápices duros (2H, 4H, 6H) y blandos (2B, 4B, 6B y demás). Como fanáticos, nos deleitábamos en los detalles e íbamos, encantados, de un pasillo a otro, regodeándonos con la mirada y tocando con los dedos los productos expuestos, fabricados por empresas cuyos nombres eran como mantras para nosotros, dos niños pequeños de una escuela vespertina de Lagos; fabricantes como Staedtler, Winsor & Newton, Rotring, Stabilo y Faber-Castell, nombres que simbolizaban el silencio sagrado de una promesa, de horas futuras de placer, cuando nos instalásemos en casa con nuestro taburete y el cuaderno de esbozos delante y, como rivales que éramos, dibujáramos y pintásemos naturalezas muertas. Pero en esa tienda de Yaba, cuyo nombre, por desgracia, he olvidado, tendríamos que tomar, finalmente, una decisión sobre qué comprar.

La verdad es que nunca teníamos mucho dinero. Podíamos permitirnos la caja de dieciséis colores pastel, pero no la extraordinaria, de sesenta y cuatro. Teníamos suficiente para comprar el pincel de crin de caballo, pero no el de marta auténtica, ese que, cuando se mojaba, adoptaba la forma de una lágrima terminada en una sola punta. Así que, en cada visita, el deseo se encontraba con límites, y teníamos que gastar según nuestras posibilidades. Nos tomábamos nuestro tiempo para decidir. Luego, nos dirigíamos al coche y a nuestra madre, cuya paciencia probablemente se había agotado. Por supuesto, sabíamos que la felicidad que nos proporcionaría el nuevo pincel o los nuevos lápices compensaba su enfado temporal. Además, en el fondo, se enorgullecía de nuestras habilidades artísticas, pues carecía de ellas, y a veces meditaba sobre el misterio de tener niños con inclinaciones tan radicalmente diferentes de las suyas.

Todo eso me vino de pronto aquella tarde en Florencia. Y no fueron los recuerdos en sí mismos los que me abrumaron, sino los *sentimientos* asociados a esos recuerdos, esos sentimientos intensos y agridulces. Me sentí inexplicablemente joven, feliz, lleno de ilusión, sobrestimulado, competitivo, creativo y vulnerable, y sólo al cabo de un rato se reveló la razón de esos sentimientos surgidos en el recuerdo de visitar la papelería. ¿De dónde había salido este torrente de sentimiento repentino, casi treinta años después y a miles de kilómetros, en un país extranjero? ¿Qué podía haber desatado esa asociación de ideas tan potente? Di media vuelta, retrocedí unos pasos por la estrecha callejuela florentina y encontré la respuesta: había olido la fragancia de unos lápices recién afilados. Es increíble que, en mitad de la cacofonía de la calle, algo tan leve y tan concreto pudiese afectarme. Había pasado al lado de una tienda que vendía material artístico y el olor que salía de las puertas abiertas me había devuelto de golpe a mi yo infantil. El sentido del olfato había provocado un cortocircuito en mi imaginación consciente, se había colado hasta las raíces más profundas de mi memoria y me había procurado una vivencia más intensa que la que había obtenido de las maravillosas pinturas con las que acababa de pasar la tarde, las obras de Giovanni Bellini, Rafael, Tiziano y Caravaggio.

Se dice que Henry de Montherlant afirmó que «la felicidad escribe con tinta blanca en una página en blanco», pero yo creo que la felicidad es una emoción tan compleja como el pesar. El olor abyecto que me partió el corazón en Pozzallo, el cuadro de la decapitación de san Juan Bautista en Malta, los vídeos y las voces de Libia, y el llanto de los niños desposeídos en la grabación de Texas: son noticias del lado desdichado de la vida. Cada una de ellas es potente e inolvidable a su manera. Pero el dulce olor de los lápices recién afilados en una calle florentina es tan potente como cualquiera de ellas. Nuestros sentidos son de una sutileza y una complejidad ilimitadas. Podemos ver, oír, tocar y ser tocados, saborear, oler. Sabemos dónde están las partes de nuestro cuerpo, distinguimos el frío del calor, podemos sentir dolor y podemos mantener el equilibrio. Somos capaces de experimentar momentos de sinestesia, puede sorprendernos el olor del jazmín, conmovernos el son de los tambores, sentimos el modo en que la arquitectura actúa en el cuerpo. Encontramos, en un libro tras otro, en una película tras otra, esos momentos de complejidad y complicación que nos conmueven, nos despiertan y nos unen, aún con mayor fuerza, a la vida, esas experiencias corpóreas y neurológicas que nos confirman que no estamos solos.

Nos movemos por el mundo sintonizados con precisión, nos encontramos a otros que también lo están, cuerpos, con sus sutilezas y sus complejidades, que se mezclan con el nuestro: todo esto conlleva una responsabilidad ética por nuestra parte con respecto a esos otros. Es como si estuviésemos en el mismo barco, y en ese mismo barco pudiésemos oler mutuamente nuestros cuerpos. En *Ante el dolor de los demás*, Susan Sontag tañe una útil nota de precaución:

La compasión es una emoción inestable. Necesita traducirse en acciones o se marchita. La pregunta es qué hacer con las emociones que han despertado, con el saber que se ha comunicado [...] La gente no se curte ante lo que se le muestra—si acaso esta es la manera adecuada de describir lo que ocurre—ni por la cantidad de imágenes que se le vuelcan encima. La pasividad es lo que embota los sentimientos.[1]

Me interesa eso que Sontag llama «pasividad». La cantidad de imágenes, sugiere, no es la cuestión. La cuestión es el modo en que se reciben. ¿Cómo puede ser más activo quien recibe este hecho del mundo?

A menudo pienso que si la sensibilidad es un rasgo de mi equipamiento ético, lo mismo debe de ocurrirles a los demás. No digo que sea necesaria una exquisita sensibilidad para estar moralmente alerta, digo que puede funcionar como un recordatorio, como un intensificador, de lo que siempre nos hemos debido los unos a los otros. Para parafrasear a Édouard Glissant, cuando nos contemplamos mutuamente, deberíamos echarnos a temblar. Éstas son las razones por las que viajo, o leo, o contemplo obras de arte: para averiguar, para sentir, para temblar, para adelantarme a cualquier riesgo de que el hecho activo pueda volverse pasivo o inútil. Estoy dispuesto a renunciar a «despertar conciencias» y dedicarme a «prestar testimonio», a acercarme más, a sentir lo que siento allí (dondequiera que pueda estar ese «allí»), a observar lo que percibo y transmutarlo en una responsabilidad compartida, en un conocimiento de que mi cuerpo, nuestros cuerpos se hicieron para eso.

[1] Trad. Aurelio Major, Debolsillo, Barcelona, 2010, edición digital.

EN TIEMPOS DE OSCURIDAD

EL MOMENTO DE NEGARSE

Es domingo por la tarde en una ciudad francesa de provincias. Dos hombres se encuentran en un café. Uno de ellos, Berenger, está medio borracho. Su compañero, Jean, lo está regañando. De pronto se oye un gran estrépito. Cuando ellos y otros ciudadanos alargan el cuello para ver qué pasa, ven un animal muy grande que se abre paso por una calle, pateando y resoplando. ¡Un rinoceronte! Poco después, llega otro. Todos se sorprenden. Es indignante. Hay que hacer algo. Lo que hacen es ponerse a discutir si el segundo rinoceronte era el primero que ha pasado dos veces o uno diferente y, luego, sobre si los rinocerontes son africanos o asiáticos.

Las cosas se vuelven más desconcertantes en el acto siguiente. (Es una obra de teatro: *El rinoceronte*, de Eugène Ionesco). La aparición del rinoceronte sigue siendo objeto de una discusión inútil. Luego, una por una, varias personas del pueblo empiezan a convertirse en rinocerontes. Se les endurece la piel, les sale un bulto en la nariz que crece hasta convertirse en un cuerno. Jean, al que había escandalizado la aparición de los dos primeros rinocerontes, termina convirtiéndose en uno. A mitad de la metamorfosis, Berenger discute con él: «Reflexiona, veamos, tú te das perfecta cuenta de que tenemos una filosofía que esos animales no tienen, un sistema de valores irremplazable. ¡Siglos de civilización humana lo construyeron!». Jean, que ya casi se ha convertido en rinoceronte, responde: «Derribemos todo eso, nos irá mucho mejor».[1]

[1] Trad. Cristina Piña, Buenos Aires, Losada, 2009, p. 61.

Es una epidemia de «rinoceritis». Casi todos sucumben: los que admiran la fuerza bruta de los rinocerontes, los que no creyeron en los avistamientos, los que al principio los consideraron alarmantes. Un personaje, Dudard, afirma: «Conservaré mi lucidez, toda mi lucidez. Si hay cosas que criticar, más vale criticarlas desde dentro»,[1] y se somete de buen grado a la metamorfosis, y para él no hay vuelta atrás. Al final, los únicos que resisten a esa capitulación en masa son Berenger y Daisy, su compañera de trabajo.

Eugène Ionesco, que era francorrumano, escribió *El rinoceronte* en 1958 como respuesta a los movimientos totalitarios en Europa, pero influido, en concreto, por su vivencia del fascismo en la Rumanía de la década de 1930. Ionesco quería saber por qué tanta gente se rendía a esas ideologías venenosas. ¿Cómo podía equivocarse tanto tanta gente? La obra, una farsa, fue una manera de abordar la cuestión.

El 19 de agosto de 2015, poco después de medianoche, los hermanos Stephen y Scott Leader asaltaron a un hombre llamado Guillermo Rodríguez, que había estado durmiendo cerca de una estación de tren en Boston. Los hermanos Leader lo golpearon con una barra de metal, le rompieron la nariz y le contusionaron las costillas, lo llamaron «espalda mojada» y le orinaron encima. Se dice que, mientras lo atacaban, gritaron: «¡Hay que deportar a todos estos ilegales!». Los hermanos eran partidarios del candidato que luego ganaría la nominación presidencial del Partido Republicano. Cuando le comunicaron el incidente, el candidato dijo: «Mis seguidores son muy apasionados. Aman este país y quieren que vuelva a ser grande».

Ése fue el momento en el que los timbres de mis alarmas

---

[1] *Ibid.*, p. 84.

mentales, que estaban sonando ya, enloquecieron. Luego llegaron muchas otras cosas sorprendentes—los relatos de violencia sexual, las pruebas de racismo, las promesas de tortura, la defensa de los crímenes de guerra—, pero el asalto a Rodríguez y esa respuesta tan tolerante marcaron un antes y un después. Hubo quien se indignó, pero la indignación enseguida se convirtió en su propio e ineficaz reflejo. Otros encontraron una vena de humor en la sucesión de obscenidades y crueldades. Otros adoptaron una actitud parecida a la del personaje de Botard en la obra de Ionesco: «Sin ánimo de ofender, pero no me creo sus historias. Rinocerontes en esta región, eso no se ha visto nunca».[1]

A primera hora del 9 de noviembre de 2016, se declaró el vencedor de las elecciones presidenciales. A medida que transcurría el día, se hizo evidente la gravedad de la rinoceritis moral. La revista *People* publicó un frívolo artículo sobre la hija del presidente electo y su familia, con una serie de fotos titulada «Guapísimos». En el *New York Times*, un artículo de opinión daba a entender que no había que ridiculizar a los partidarios del fanático beligerante. Otro preguntaba si este presidente electo podría ser un buen presidente y encontraba motivos para el optimismo. Los presentadores de los programas de noticias de los canales de televisión por cable encontraban el modo de expresar su sorpresa por el resultado de las elecciones, pero no de manifestar su furia. En todas partes se veían indicios inconfundibles de normalización. Muchos se estaban alineando sin que nadie los obligara. Ocurrió a una enorme velocidad, como un contagio. Y afectaba incluso a aquellos cuyo plan era, como el de Dudard en *El rinoceronte*, criticar «desde dentro».

[1] *Ibid.*, p. 41.

El mal se instala en la vida cotidiana cuando la gente no puede o no quiere reconocerlo como tal. Se cuela entre nosotros cuando estamos dispuestos a minimizarlo o a describirlo como otra cosa. No es un proceso que empezara hace una semana, un mes o un año. No empezó con los asesinatos con drones, ni con la guerra de Irak. El mal siempre ha estado aquí. Pero ahora ha adquirido tonos totalitarios.

Al final de *El rinoceronte*, Daisy encuentra irresistible la llamada del rebaño. Su piel se vuelve verde, le sale un cuerno, está perdida. A Berenger, imperfecto, solo, lo atormentan las dudas. Está decidido a conservar su humanidad, pero, al mirarse en el espejo, de pronto se ve raro. Se siente un monstruo por apartarse tanto del consenso. Teme lo que pueda costarle su independencia. Pero mantiene su resolución y se niega a aceptar la espantosa nueva normalidad. Ofrecerá batalla, dice: «¡Soy el último hombre, seguiré siéndolo hasta el fin! ¡No capitulo!».[1]

[1] *Ibid.*, p. 95.

RESISTIR, NEGARSE

El valor de la Resistencia francesa, un valor inconmensurablemente más allá de la cháchara y la impostura, ayudó a convertir el vocablo *resistencia* en una palabra sagrada en la lengua común. Volvemos la vista atrás para ver a esas personas—muchas de las cuales fueron capturadas, y la mayoría torturadas y ejecutadas poco después de su captura—con temerosa admiración. Al enfrentarse a lo indecible, se comprometieron con lo inimaginable.

Pero la *resistencia* vuelve a estar de moda, y describe algo muy diferente. La palabra sagrada ha dejado de ser excepcional. Enfrentados a un régimen vulgar, cruel y desquiciado, individuos de pelaje muy diferente se apresuran a proclamarse miembros de «la Resistencia». Se ha vuelto un juego muy popular. Pertenecer a una verdadera célula de la Resistencia no era ningún juego. Pensemos, por ejemplo, en la red Gloria SMH, que fue traicionada ante la Gestapo en 1942 por un doble agente, el padre Robert Alesch. Doce de sus miembros fueron fusilados, otros ochenta fueron torturados y enviados a Buchenwald y a Mauthausen. Suzanne y su compañero Samuel Beckett se salvaron sólo gracias a un aviso. Escaparon a una zona libre. Muchos miembros de la red murieron; ellos dos sobrevivieron.

En la obra de postguerra de Beckett se nota esta proximidad de la muerte (el absurdo de haber escapado a la muerte), empezando por sus relatos de 1946. Estas obras están repletas de cuestiones sobre qué se puede decir y qué no. Después de la guerra, para liberarse del inglés, para despojarse de su lengua, pasa definitivamente a escribir en francés. Es el cumplimiento de algo que había escrito en una carta de 1937: «Mi propia lengua me parece, cada vez más, un velo que hay que rasgar para llegar a las cosas (o a la Nada) que hay detrás». Su escritura se vuelve más obsesiva, más dubitativa, más dolorida, menos decorativa. Algunos largos pasajes resultan áridos, rara vez trata de asuntos concretos de la guerra. Es la escritura de un hombre que ha visto demasiado.

Cuando pienso en el ambiente de la Resistencia francesa, pienso también en *El ejército de las sombras* (1969), de Jean-Pierre Melville, una película sombría e intensa que presenta el heroísmo de una manera poco habitual: no como algo emocionante sino como una serie de elecciones al mismo tiempo difíciles y totalmente corrientes. Un piloto, un ama de casa, un filósofo: nos vemos arrastrados a su mundo para ver que son como nosotros y cómo, misteriosamente, han escogido el riesgo a la seguridad. Su heroísmo, como el de muchos otros en la Resistencia, al final se queda en nada. Hay traiciones. La mayoría muere.

Ésta era la resistencia sin alegría, renegando de cualquier gesto de diversión. La Resistencia ni siquiera ofrecía la garantía de que fuese estratégicamente eficaz (la Resistencia francesa no era una fuerza unificada con una táctica coherente). Entonces ¿por qué lo hacían? El escritor y miembro de la Resistencia, Roger Stéphane, lo explicó así, en 1952: «Nunca tantos hombres corrieron tantos riesgos conscientemente por algo tan pequeño: el deseo de prestar testimonio. Tal vez sea absurdo, pero fueron esos absurdos los que nos devolvieron nuestra dignidad como hombres».

Un peligroso compromiso con la Resistencia hecho por cientos de miles de personas, de los cuales, decenas de miles murieron, sólo en Francia. Durante una temporada, a principios de la década de 1940, cada vez que los miembros de la Resistencia mataban a un nazi, los nazis mataban a cincuenta franceses inocentes; era un cálculo indecible, pero no disuadió a la Resistencia (sobre todo al ala comunista) de seguir matando nazis. Fue una época terrible. La Resistencia asumía que lo que estaba en juego no era sólo el poder político sino la dignidad humana, que, dejando aparte la eficacia táctica, no era negociable para los resistentes.

Esta parte de la historia está presente cada vez que la palabra *resistencia* sale a relucir en la política estadounidense. Esta parte de la historia juzga la trivialidad de nuestras respuestas, nos juzga por banalizar una palabra sagrada y disminuir su intensidad. La trivialidad de nuestra respuesta se halla no en los apuros sufridos por los muchos que han muerto ya, ni en la seria labor que lleva a cabo tanta gente lejos de los focos. Se encuentra en las voces de aquellos que marcan el tono público. Cuánto echo en falta, en nombre de Estados Unidos, la aridez de Beckett, la tristeza de Melville, el deseo de prestar testimonio de Stéphane, una sobriedad de la emoción que esté a la altura de la enormidad del crimen. ¿Cómo vamos a vivir así? ¿Cómo vamos a habitar el principio moral que se halla detrás del término *resistencia* cuando el significado de la palabra misma ha cambiado tanto? ¿Qué vamos a hacer en una nación que supera a todas las demás a la hora de convertir el sufrimiento en un entretenimiento?

Propongo una resistencia basada en los rechazos. En rechazar una resistencia desprovista de valentía. En rechazar la palestra convencional y llevar la lucha a otra parte. En negarse a comer con el enemigo, negarse a alimentar al enemigo. En negarse a participar en la lógica de la crisis, en negarse a reaccionar a sus provocaciones. En negarse a olvidar las ofensas del año pasado, y las del mes pasado, y las de la semana pasada. En rechazar el ciclo de las noticias, en rechazar los comentarios. En negarse a colocar el valor de las noticias por encima de la solidaridad humana. En negarse a dejarse intimidar por el pragmatismo. En negarse a ser juzgado por los cínicos. En negarse a consolarse con demasiada facilidad. En negarse a admirar la pura supervivencia política. En negarse a aceptar el cálculo del mal menor. En rechazar la nostalgia. En negarse a reírse con los demás. En rechazar el binarismo del pasado espantoso y el presente atroz. En negarse a ignorar el padecimiento de los presos, los torturados y los deportados. En negarse a dejarse hipnotizar por las exhibiciones de poder. En rechazar a la turba. En negarse a seguir el juego, rechazar el decoro, rechazar las acusaciones, rechazar cualquier distracción que constituya una tolerancia de la administración de la muerte con otro nombre. Y cuando te digan que no puedes negarte, rechaza eso también.

A TRAVÉS DE LA PUERTA

Cuando era pequeño, en Lagos, Nigeria, vivía con mis padres y hermanos en un piso alquilado de dos dormitorios, en un barrio de clase media, en lo alto de un edificio de tres plantas. Era alrededor de 1981. Mi madre era profesora de francés. Tal vez, si no hubiera tenido que cuidar de mí y de mis hermanos, si las cosas hubiesen sido distintas, habría sido diplomática. Mi padre era un directivo de rango medio en una multinacional de procesado de cacao. Su trabajo lo obligaba a salir del país a menudo. Viajaba a Ghana, Costa de Marfil, Corea, el Reino Unido y, más a menudo, a Brasil. No teníamos casa ni tierras propias, pero una vez, al volver de Brasil, mi padre trajo una puerta: una preciosa puerta de madera de teca, de un profundo color miel, luminosa y espléndida.

La compra de la puerta era un misterio, y era un poco absurda. Mi padre había gastado un dineral en una puerta magnífica que había hecho enviar desde São Paulo. También había comprado tiradores macizos de hierro, cerraduras y una barroca aldaba con forma de cabeza de león, que tenía, ya, una pátina oscura. Una puerta, unos tiradores y una aldaba dignos de una catedral, con sus cerraduras, llaves y bisagras, todo comprado por un hombre que no tenía tierras. Guardamos la puerta en un cuartito, donde se fue cubriendo de polvo. Un colega y amigo suyo, que estaba construyéndose una casa, vio la puerta. Este amigo le dijo:

—Es una puerta preciosa. ¿Sabes qué? Te la compro.

Mi padre se negó.

—Te pagaré mucho por ella—dijo su amigo—. Es realmente preciosa.

—No la vendo a ningún precio—respondió mi padre.

El quijotesco compromiso de mi padre—con el apoyo total de mi madre—con una puerta de una casa no construida en una parcela imaginaria se quedó grabado en mi memoria, no sólo como un acto de fe, sino como la prueba de un instinto para entender el poder simbólico de los portales. Me encanta la ambigüedad inherente a las palabras *puerta* y *entrada*. Cuando alguien dice: «Es la puerta a tu izquierda», lo que quiere decir es: «Es la entrada a tu izquierda». Una puerta siempre te saca de un sitio y te mete en otro, incluso cuando te lleva del interior al exterior. En este sentido, es una tecnología reflexiva. Una puerta es un umbral, un punto de paso, un lugar cargado de potencial e imbuido de energías transicionales. Es la zona de encrucijada, de lo que pronto será pero aún no es, el reino del ambiguo dios Hermes. Una puerta es, por ceñirnos a la definición del diccionario: una barrera móvil, por lo general provista de bisagras, que separa un lado de una pared del otro. (Ogden Nash daba una definición de puerta muy divertida: «Una puerta es cualquier cosa de la que un perro esté en el lado equivocado»). La idea de una puerta como oportunidad, la idea simbólica, es también muy antigua, tal vez sólo cinco minutos más joven que la puerta como objeto físico. Es una metáfora evidente igual que lo es un camino, y nuestros ancestros se dieron cuenta enseguida.

En 1401, hubo una competición para rediseñar las puertas del antiguo baptisterio octagonal que hay delante de la catedral de Florencia. Los participantes enviaron sus propuestas, cuatro moldes de bronce en altorrelieve sobre un tema determinado: el sacrificio de Isaac. Hubo siete semifinalistas, cinco de los cuales cayeron por el camino, y Lorenzo Ghiberti y Filippo Brunelleschi fueron nombrados finalistas. En aquella época, los dos rondaban la veintena.

La concepción de Brunelleschi del sacrificio de Isaac era directa y muy teatral, el brazo de Abraham extendido, y el ángel, que entra volando desde el lado izquierdo del panel. La de Ghiberti era más rítmica y elegante, fina en los detalles, más coherente desde el punto de vista compositivo y de acuerdo con las curvas elegantes del estilo gótico internacional. El jurado fue incapaz de pronunciarse. Declaró que ambos eran vencedores y les propuso trabajar juntos para diseñar los relieves de las gigantescas puertas. Ghiberti estuvo de acuerdo, pero Brunelleschi se enfureció. Pensaba que él tendría que haber sido el claro vencedor y se retiró, malhumorado. Ghiberti diseñó las puertas, de bronce dorado, una labor de veintiún años, y todavía hoy pueden verse en la fachada norte del baptisterio. Son tan extraordinarias que le encargaron hacer también las puertas de la fachada este. Eso le ocupó otros veintisiete años, y aún fueron mejores. En cuanto a Brunelleschi, se disgustó tanto que abandonó la escultura y se marchó a Roma a aprender arquitectura. Fue él quien descubrió la perspectiva lineal de un punto. Fue él quien diseñó la cúpula del Duomo, que sigue siendo la bóveda de ladrillo más grande del mundo. Se lo considera el padre de la arquitectura renacentista.

Cuando se escarba en la etimología de la palabra *puerta* no se consigue gran cosa. *Dur*, en protogermánico; *Dore*, en frisio antiguo; *dhewr*, en protoindoeuropeo. A grandes rasgos, *puerta* en protoindoeuropeo significaba un par de puertas, probablemente basculantes. Así que *puerta* significa *dos puertas*, lo cual no nos dice demasiado. Nos habla, eso sí, de lo antigua que es la palabra, y de lo antiguo que es su significado en la civilización humana. Como *mano*, como *pan*, como *hogar*: son palabras que usamos desde que tenemos palabras, porque las hemos necesitado, igual que hemos necesitado el lenguaje.

Theophilus van Kannel, oriundo de Filadelfia, tenía fama de odiar la caballerosidad. Abrirles la puerta a las damas y esas cortesías no iban con él. «Después de usted, por favor». «No, por favor, después de usted». En 1888, Van Kannel mejoró un invento de H. Bockhacker y patentó una estructura de puerta de tormenta. Servía para ahorrar energía, y era de gran ayuda en sitios muy concurridos. La puerta de Van Kannel es lo que hoy conocemos como puerta giratoria. Es una puerta en un bucle continuo, siempre abriéndose y cerrándose, y siempre, tal vez, a punto de causar mareos o un cómico desastre.

Las puertas también traen a la imaginación momentos más sencillos y menos tecnológicos. Uno podría pensar en una casa como un conjunto de paredes con un tejado encima. La casa casi podría pasar sin ventanas. No obstante, lo que debe tener sin falta es una puerta. Una casa sin entrada, una casa sin puerta, es una tumba o una mazmorra. Para ser una máquina para la vida, tiene que permitir el paso. Me encantan la sencillez y la intensidad con que Peter Zumthor describe su sensibilidad prearquitectónica hacia el mundo material. Escribe:

Hubo una época en la que experimentaba la arquitectura sin pensarlo. A veces casi puedo sentir un picaporte concreto en la mano, un trozo de metal como la parte de atrás de una cuchara, que usaba para salir al jardín de mi tía. Ese picaporte concreto todavía me parece un símbolo de la entrada a un mundo de diferentes olores y estados de ánimo.

Bajo la erudición técnica que requiere la arquitectura subyace el deseo de crear una obra que se viva materialmente y sin afectación, una obra que resuene a un nivel precognitivo, como el picaporte que la tía de Zumthor puso en la puerta de su jardín, o la puerta que viajó de un piso alquilado a otro con mi familia durante casi una década de mi infancia. En alemán, *puerta* se dice *Tür*. Pero *durch* significa 'a través' en ese idioma, parecido al inglés *through*, pasar de un lado al otro, cruzar, superar, que tiene la misma raíz etimológica que *puerta*: la puerta y la entrada son la misma cosa.

Hace unos años, viajé por tierra desde Lagos a través de la denominada «Costa de los Esclavos», en África Occidental, a través de Cotonou hasta que mis compañeros y yo llegamos a Ouidah, en la república de Benín. Fue un viaje a las huellas de la crueldad humana. Vimos el árbol donde se encadenaba a las personas esclavizadas; vimos el corral, ahora un simple campo, donde retenían a miles de personas; vimos el pozo donde arrojaban y dejaban morir a los más díscolos. Por fin, mirando al mar, estaba la estructura moderna, un arco de bronce y hormigón, llamada la Puerta de No Retorno. Una puerta sin retorno es una contradicción de los términos, sofoca la generosidad de los portales, los convierte en un espanto de un solo sentido, y era este espanto el que conmemoraba el arco.

La puerta de la contradicción en Ouidah me lleva a recordar una obra del artista estadounidense Robert Gober, *Puerta sin título y marco de puerta*. Es una impactante instalación en la que una entrada abierta dirige nuestra atención a una puerta en la pared de enfrente. Es como un pensamiento que no lleva a ningún sitio más que a sí mismo, una especie de broma sobre cómo una puerta es sinónimo de una entrada. La puerta de Gober es una versión de la antipuerta de los fuertes de Gorée y Ouidah; las puertas deconstruidas, una obra poderosa y desconcertante.

Muchos años después, mis padres compraron, por fin, un pedazo de tierra. Era una parcela modesta, en las afueras de Lagos. La zona, en aquella época, era aún prácticamente un bosque. Pero, poco a poco, se fueron talando los árboles. Se echaron los cimientos, se construyeron paredes, se pusieron dinteles, un techo, un porche y por fin, como una joya en un cojín de terciopelo, la magnífica puerta de Brasil se colocó en el marco de la entrada. Se atornilló la aldaba con forma de cabeza de león. Y, como la puerta era real en 1981, la casa se hizo real en 1989. Cuando, en 1992, me fui de casa y emprendí mi viaje a Estados Unidos, a los diecisiete años, pasé, literalmente, por esa puerta. Salí por la hermosa puerta brasileña tanto tiempo guardada, en dirección al aeropuerto de Lagos, volé a Estados Unidos, empecé una nueva fase de mi vida. Una puerta, luego otra y otra, a través de mis estudios y de mis libros, las múltiples puertas de la vida; una puerta, luego otra y otra, y otra, a través de mis dudas y de mis momentos de desánimo, a través de mis exposiciones, y de muchas ciudades, a través de las puertas que me llevaron al momento actual. Tal es el poder del pensamiento simbólico.

Esto, para terminar, me trae a la memoria un incidente del trance actual en el que nuestro país se acerca a su propio punto de no retorno. En la frontera de Estados Unidos con México, en el sector de San Diego, el muro recorre el terreno como una cicatriz. En el parque estatal de Border Field, el muro es como una valla de seguridad. En ese muro hay, incrustada, una puerta. Desde 2013, bajo los auspicios de una organización sin ánimo de lucro, Ángeles de la Frontera, la puerta se ha abierto brevemente seis veces. La llaman la «Puerta de la Esperanza». La gente de Tijuana y la gente de San Diego se ven allí para abrazarse, para darse un beso, para una reunión familiar.

Sin que los que están a cada lado lleguen a cruzar del todo, las personas que llevan mucho tiempo separadas se reúnen unos preciosos momentos. En noviembre de 2017, incluso se celebró una boda, entre Brian Houston, de Rancho San Diego, y Evelia Reyes, de Tijuana, bajo la mirada adusta de la Policía Fronteriza. Y luego, en enero de 2018, como nuestro país se acerca cada vez más a sus propios modos de hacer desaparecer a la gente, la Puerta de la Esperanza se cerró para siempre, como si la bondad misma fuese un delito, como si la generosidad fuese un descuido intolerable. Esa puerta abierta había representado un estado de excepción, una nota de generosidad en un brutal régimen de división. Por aquí no era por donde migraba la gente. No era una ruta de contrabando. Era sólo un lugar donde soltar unas pocas lágrimas, breves y felices, una grieta en el muro, por la que podía colarse la luz.

PASOS AL NORTE

I

Trabaja en el norte, cerca de Svalbard, llevándose pequeñas rocas a la lengua. Por el sabor, es capaz de identificar cuáles están calcificadas, cuales, en otras palabras, no son simples rocas, sino, posiblemente, fósiles. Es paleontóloga. La tierra es antigua. Aquí hubo vida.

Una vida de un tipo diferente se oculta en el Banco Mundial de Semillas de Svalbard, un arca para el futuro de la humanidad. Hay, habrá, vida aquí. Es una cámara acorazada que imagina un cataclismo venidero, una cámara acorazada que Noruega alberga por el bien de la humanidad. Un experimento mental hecho realidad para la conservación de la tierra. Un punto de apoyo.

La paleontóloga está casada con Andreas.

2

El verano ha sido seco. Los campos parecen quemados (tan rubios como los grupos de mujeres que veré después, andando por Bogstadveien). Andreas me dice que, si antes había habido alguna duda, si antes las reglas probatorias eran tan complejas que nadie podía decir de ningún fenómeno climatológico concreto que estuviera determinado por el cambio climático, esas dudas han desaparecido. Éste es el primer año, dice, en el que se puede decir con seguridad y sin miedo a ser desmentido que el clima ha cambiado, que, sin duda alguna, las cosas se están calentando. Mientras habla, veo a un hombre cruzando

251

un campo, un hombre iluminado por el último resplandor de la tarde.

3

De regreso, en el ferri, somos tres. Le pregunto a Andreas si cree que el hombre que nos lleva de vuelta—y que es el mismo que a la ida—es el que llevó al asesino aquel día. Andreas guarda silencio un momento. Se produce un gran silencio en esta agua que cruzaron a nado decenas de personas. Muchos lograron ponerse a salvo; otros muchos, no. Andreas dice que es posible que sea el mismo. Lleva décadas trabajando aquí. Es probable que lo sea, dice, pero no quiere preguntarle.

4

Ut de 'fuera', *øya* de 'isla': la isla exterior, la más alejada y pequeña de las tres. Storøya, 'isla grande'. Geitøya, 'isla de las cabras'. Después, me sorprende descubrir que muchas de las personas con las que hablo en Oslo no han estado en Utøya. Está a cuarenta minutos de la ciudad, pero es como un isla mítica: una isla en la que se piensa, que se sueña, se debate y se llora. Justo antes de ir a Utøya, intento convencerme de que es mejor no hacerlo. ¿Qué se te ha perdido allí? ¿A qué vas a ir? ¿A ver qué? ¿A hacer qué? Pero, a estas alturas, ya conozco esta voz, un contrapunto a la otra, más fuerte, que me anima a ir allí donde han pasado cosas. Podría comprar libros sobre lo sucedido, pero nunca los leo hasta que piso físicamente el terreno.

Andreas me ha llevado en coche de Oslo a Ustranda, desde donde cogemos el ferri. Llegamos un bonito día de finales de agosto y nos recibe Jørgen, que dirige las actividades de la isla. (Empezó a trabajar allí en 2011, poco después del ataque). Pasear alrededor de la isla, de esta pequeña isla tan tranquila como el aire de agosto, como un aliento contenido. Pasear por el Sendero de los Enamorados al lado del agua y sobre los acantilados donde once jóvenes se tumbaron en silencio al lado de la bomba del agua. En silencio, con la esperanza de que el asesino no reparara en ellos, al lado de la bomba de agua, donde anduvo sobre sus cuerpos tendidos y empezó a disparar.

Aquí, en la isla exterior.

5

Estando en el Tyrifjorden, recuerdo que en ninguna parte de la *Odisea* ni de la *Ilíada* dice Homero la palabra *azul*. Hace un día azul perfecto, un azul tan abrumador que es como el azul antes de que se inventara la palabra *azul*.

La cafetería estaba, y aún está, bajo el cielo azul. Está rodeada por el Hegnhuset, la casa escudo, con sus 69 columnas de madera más gruesa, y las 495 columnas más finas que las rodean. Los muertos, 69, sostienen el tejado. Los vivos, 495, rodean a los muertos. Sólo los humanos hacemos esto. Protegemos a nuestros muertos. Ellos son nuestro refugio.

6

Mientras estamos en la isla, Andreas dice que el arte es el recuerdo de los detalles, esos detalles que es imposible recordar. Le pido que lo repita y lo anoto: el arte es el recuerdo de los detalles, esos detalles que es imposible recordar.

7

He conocido a cuatro Andreas. Es como si todo el mundo se llamase Andreas. A uno me lo encuentro de pasada, a los otros tres llego a conocerlos y tengo verdaderas conversaciones con ellos. Los diferentes Andreas me cuentan historias diferentes. Andreas distintos, pero continuos.

«Cuando yo era pequeño—dice Andreas—, muy poca gente se llamaba Andreas. Ahora, cuando paso por un jardín de infancia, oigo una voz que exclama: "Andreas, ya basta, bájate de la mesa", y por un momento pienso: "¡Ése soy yo!"».

8

No sé nada de Ludvig Holberg, sólo que fue un antiguo y notable intelectual noruego, filósofo y autor teatral. Pero me encanta la música que le dedicó Grieg: *Suite de la época de Holberg*, que lleva el subtítulo: «*Suite* al estilo antiguo». Me gusta más incluso que la más conocida música incidental de *Peer Gynt*. La *Suite Holberg* tiene una cualidad bella y anhelante, un espacio onírico que ocupé y reocupé tanto antes como durante el tiempo que pasé en Oslo.

Mi habitación está a sólo dos paradas de tranvía de Holbergs Plass. Andreas menciona de pasada que Ludvig Holberg, un hábil inversor, invirtió bastante dinero en barcos dedicados al mercado de la esclavitud y cosechó buenos dividendos. Luego descubrí que Holberg tenía su propio «hombre negro», un esclavo en su casa.

Y ahora hay que recordar que casi cien mil hombres fueron transportados a través del Atlántico en barcos daneses y noruegos, entre 1670 y 1802. Desde Copenhague, licor y armas para África; desde la Costa de Oro, personas esclavizadas para el Caribe; desde el Caribe, azúcar, tabaco y madera de caoba para Europa. El llamado comercio triangular.

La *Suite Holberg* tiene cinco movimientos, llenos de carácter y sentimiento.

254

Recuerdo que, en Dinamarca, una danesa me dijo: «No nos gustan los suecos, pero nos caen muy bien los noruegos». Mi respuesta: «Y los noruegos, ¿qué opinan de vosotros». Y la suya: «Ah, no lo había pensado. No lo sé. Espero que les gustemos».

Una fiesta en Østgaards Gate. Como soy un invitado y un extranjero, rompo el protocolo y pregunto a algunas personas a qué partido político pertenecen. No es una pregunta que se harían entre ellos, ni una pregunta que yo haría en una fiesta en Estados Unidos. Pero como soy un invitado y un extranjero, como hay cosas incómodas que quiero hacer visibles, rompo el protocolo. Me responden: Izquierda social. Laborista. Izquierda social. Rojo. Partido verde. Liberal. Y, por un momento muy breve y fugaz, se percibe su decepción mutua. Mis preguntas casi echan a perder la fiesta.

Me sorprende algo que se publicó en el *New York Times* cuando ganaron los conservadores, en 2017. Harald Baldersheim, profesor emérito de ciencias políticas en la Universidad de Oslo, dijo: «Desde un punto de vista comparativo, la política noruega nunca ha estado, ni está, muy polarizada. Ambos bloques gravitan hacia el centro. En este sentido, no hay demasiado en juego».

No soy profesor de ciencias políticas, pero me obsesiona la frase «no hay demasiado en juego». ¿Es eso cierto? ¿Podría serlo? ¿No hay demasiado en juego para quién? ¿Qué hay en juego para el negro noruego que crece con el Partido del Progreso, un partido nacionalista, en el poder? El profesor Baldersheim añadió: «Los cuatro años de gobierno de coalición han suavizado al Partido del Progreso y lo han vuelto inofensivo». ¿Es eso cierto? ¿Cómo se define aquí algo inofensivo? ¿Qué está en juego cuando la retórica del gobierno minimiza tu existencia y tu presencia? Las heridas se abren justo en los márgenes de la sociedad.

11

Las horas después del ataque. Algo espantoso, indecible, ha sucedido. Muchos han muerto. Hay familias que nunca volverán a estar completas. (Tenemos que enfrentarnos a esa idea con demasiada frecuencia). Yo no estaba en Noruega cuando atacó el asesino. Pero sí estuve el día que se desató el caos en Nueva York, o el día de la masacre en Nairobi. Ocurre algo espantoso y me quedo con la sensación de haberme librado por poco y haber escapado sólo por casualidad.

El 22 de julio, aún faltan horas para que se sepa—incluso mínimamente—quién, qué y por qué. En estas primeras horas, en la ciudad, se producen actos aleatorios de violencia contra el «otro»: los musulmanes, los somalíes, los que es más probable que hayan cometido la atrocidad. (Antes de que se sepa que el asesino actuó motivado, precisamente, por el odio al otro musulmán).

En estas primeras horas en la isla, donde están la mayoría de los muertos, las llamadas frenéticas de los padres y los allegados hacen sonar los teléfonos móviles abandonados en la oscuridad; los destellos de luz van y vienen como nubes de luciérnagas. Luego, los timbres se vuelven cada vez más débiles y escasos, a medida que se van agotando las baterías.

12

El Regjeringskvartalet de Oslo emana una sensación postraumática. Está en obras, bajo envolturas, como si manifestase físicamente lo que no se puede decir.

256

13

La ficción es inventada, así que, en realidad, no puede ser errónea. Entendemos que tiene lugar en un universo bastante parecido al nuestro; de hecho, muy parecido, aunque con algunas diferencias: de carácter o lugar. Escribo sobre un lugar inexistente, una ciudad en Noruega desde la que nos saluda un personaje secundario. Pero este lugar inexistente, o, más bien, con el nombre equivocado, me inquieta en un sentido en que no lo hacen las calles inventadas, pues éstas se inventaron a propósito pero aquél es un error.

He aquí lo que pasó: yo no quería que mi personaje, Lise, fuese de Oslo, Lillehammer, Trondheim, ni de ningún lugar demasiado evidente, así que hice que fuese originaria de un sitio que sólo había oído en la música: Troldhaugen. Pero luego descubrí que Troldhaugen no es una ciudad, ni siquiera un pueblo. Es el hogar de un compositor, es el nombre que puso Grieg a su casa de Bergen. «Troldhaugen», el nombre de una casa y no una ciudad, persiste en el libro como una deuda sin pagar.

Andreas me cuenta que, en el siglo XVIII, uno de sus ancestros, un barbero cirujano que vivía en el interior del país, prestó un servicio médico a un marinero holandés que estaba de paso. Este marinero recompensó a su antepasado con un chico negro. El chico se convirtió en miembro de la familia del antepasado de Andreas, no tanto una persona esclavizada como un hijo adoptado, y luego pensaron que, en vez de convertirse en un barbero cirujano, sería mejor que fuese a la ciudad de Christiania (como se llamaba Oslo en aquella época) para entrar en la Facultad de Medicina y ser un médico de verdad. El chico fue allí. Se matriculó en la universidad. Luego, el rastro histórico desaparece.

El joven vuelve al pueblo sin haberse hecho médico. ¿Lo habían expulsado por su raza? ¿Se había marchado por decisión propia? Se convierte en un barbero cirujano, como su padre adoptivo.

Se dice que no dejó descendencia en la familia, aunque también se dice que, en las visitas a las granjas y los pueblos, se veía con ciertas muchachas con las que tuvo hijos. Han aparecido pruebas, me contó Andreas, de que, de hecho, no era de ascendencia africana. Era filipino, una víctima del comercio holandés en las Indias Orientales.

15

Oslo, 31 de agosto, de Joachim Trier, se estrenó el 31 de agosto de 2011. Se proyecta en Oslo cada año, el 31 de agosto. El verano toca a su fin. Las piscinas cierran. El tiempo cambia. Una película triste y muy bella.

Después de una conversación con Anne Hilde, el 31 de agosto de 2018, reparo en que el café que aparece en la película está—por pura casualidad—enfrente de la Litteraturhuset, y que he estado viéndolo a diario desde mi ventana. En cierto sentido, había visto la película y la película me había visto a mí. Así que entro en el café un momento, cierro los ojos y escucho.

16

El protagonista de *Oslo, 31 de agosto* es Anders Danielsen Lie. La película es el relato de un día en la vida del personaje. El 31 de agosto de 2018, paseo por la ciudad y es como si estuviese siguiendo a Anders. (El personaje tiene el nombre del actor). No, siguiéndolo no. No sigo sus pasos ni voy a los sitios que frecuenta. Pero siento en mi interior el poder innegable de una serie de encuentros e imágenes comprimidos en un único día.

Al principio de la película, hay una escena muy potente ambientada en un café, en el que el deprimido Anders recoge, mediante fragmentos que oye, el modo en que otras personas viven sus vidas. Él escucha.

Antes, Anders le ha dicho a su amigo Thomas: «Si lo miras sin sentimentalismo, en realidad, nadie me necesita». Sabemos que la afirmación es falsa, pero también sabemos que, con una depresión—una depresión exacerbada, en el caso de Anders, por la drogadicción y un intento fracasado de rehabilitación—, se imponen otras verdades.

Es interesante pensar en la poderosa película de Joachim Trier por un lado y, por el otro, en la declaración de 2017 de que Noruega era el país más feliz del mundo. Hay sentidos en los que tanto la tristeza como la felicidad son ciertas en el caso de Noruega. De todos modos, hay países felices y países con gente feliz, y tal vez las dos cosas no siempre coincidan. Tal vez Noruega sea un país feliz con personas desdichadas.

Cada vez estoy más convencido de que vivimos la vida de manera individual, sea cual sea el país, y que esas complejidades y esos dolores no los pueden explicar las encuestas. El pesar no es cuantificable económicamente.

17

Todas las ciudades son continuaciones de otras ciudades. Prácticamente todas están sometidas a las mismas disposiciones neoliberales, de modo que, tanto si el suministro de agua es bueno como si no, o si la red eléctrica es fiable como si no, seguirás encontrando un Burger King y un Body Shop y un H&M y un IKEA. En cualquier ciudad, mientras paseo, hay momentos en los que te olvidas de ti mismo. ¿Dónde estoy? ¿Es esto São Paulo o Lagos? ¿Estoy en Copenhague o en Oslo? ¿Es esto Chicago, Stavanger, Milán, Auckland? Los idiomas son dialectos, los barrios son caras de un calidoscopio común.

No obstante, al ver salir y ponerse el sol en Parkveien y en Bogstadveien, sé que, en este rincón de esta ciudad, hay historias concretas que se superponen con otras historias concretas: el trayecto diario de alguien al trabajo, una tienda en la que alguien no soporta entrar porque le trae demasiados recuerdos, el primer beso de alguien, el rincón donde ocurrió un accidente, un pub donde una pareja se conoció y empezó una vida en común, el semáforo donde estaba alguien cuando se enteró de lo del 22 de julio; y luego, en una veta aún más profunda de la historia, las vivencias borrosas de los padres, los abuelos, los emigrantes, las vidas que vivieron, los años de la guerra, los inviernos inolvidables, la ciudad de Christiania y el terreno montañoso, mucho antes de que se llamase Oslo, y mucho antes de que fuese una ciudad, y mucho más atrás de eso, la ley vikinga.

18

Mientras deambulo con Christian por la National Gallery, me pregunta por mi relación con la pintura. Sabe que me he pasado el año fotografiando detalles de cuadros. Le cuento que una de las cosas que me impulsaron a emprender este proyecto fue la obra de Edvard Munch que había visto en Nueva York el mes de diciembre anterior, el modo en que sus detalles son tan pictóricos. La obra de Munch tiende a ser figurativa, pero cualquier detalle concreto tiene la posibilidad de pasar por un cuadro abstracto. Un segundo impulsor, le digo a Christian, es que, en ciertas películas que adoro, películas de Andréi Tarkovski o de Michael Haneke, por ejemplo, la cámara, de vez en cuando, se detiene en un cuadro. Esos momentos no son narrativos y no hacen que la trama avance. Son ejemplos de lo bucólico, que pueden ir acompañados de música (como en Tarkovski) o de silencio (como en Haneke).

Una imagen fílmica de un paisaje no es igual que una imagen fílmica de un cuadro. El paisaje siempre está cargado de la posibilidad de la utilidad. Cuando contemplas un campo, siempre puede atravesarlo alguien. Un cuadro, por el contrario, está fijo. Está ahí para que lo miren. Paraliza el frenesí del corazón humano. Declara una zona de compasión. Sin alharacas, encerrada en un marco.

19

Paseo sin saber en realidad qué estoy mirando. Ya he estado una vez en Oslo. Las calles, las tiendas, las estaciones, la infinidad de fragmentos de una lógica urbana conocida. Pero, en este caso, como quiero escribir algunas cosas, me pregunto qué es posible entender en tan poco tiempo. Parte de comprender es aceptar lo que no comprendemos, habitar una sensación de comprensión incompleta. Una fotografía que hice en el Palacio de la Ópera de Oslo fue una foto de incomprensión. Pero poco después, el tono de las siguientes fotografías cambió: se convirtieron en fotos no de incomprensión, sino de una comprensión limitada. Me paso horas mirando las fotografías que he hecho en Noruega. Parecen saber más que yo. Imágenes de liberación lenta.

Uno de los desafíos de la fotografía es que busca convertir el mundo en un espectáculo. Yo quiero ir más allá de lo espectacular. Este proceso es tan difícil que a veces siento que, ya puesto, podría hacer las fotografías con los ojos cerrados.

En muchos ensayos que hablan sobre «el ensayo», los autores señalan que la raíz de la palabra *ensayo* es el infinitivo francés *essayer*: 'ensayar' o 'intentar'. (Éste es un tópico tan arraigado que ya lo busco en los ensayos sobre ensayos, igual que uno busca, irritado, un plano de la torre Eiffel en las películas ambientadas en París).

¿Cómo puede una foto ser un intento? ¿Cómo conservar en una foto la tensión y la apertura de un ensayo? Una foto que hace un trabajo ensayístico debe quedar sin resolver, inacabada; debe continuar intentándolo.

Miramos el mundo mientras pensamos nuestros pensamientos, que pueden encajar casualmente con el mundo que estamos mirando o ser independientes de él. Lo que se ve y lo que se dice están en el mismo universo. El universo es cerrado; las permutaciones, infinitas.

Mientras estamos en Utøya, mirando el agua, me habla de su hija. Nació sorda y ciega, y es un misterio cómo puede percibir el mundo y cómo el mundo la percibe a ella. Pero sabe de su amor y ellos, del suyo.

Nosotros, que habitamos estos cuerpos. Qué poco sospechamos la carga del cariño.

En Oslo, me habla de su padre, que se está muriendo, posiblemente, en un hospital de las afueras. Entra en la habitación del hospital y ve a una mujer (una mujer guapa, dice) a quien no conoce. La mujer le habla a su padre, al parecer, en un tono íntimo; a su padre, que está comatoso. Soy su hija, le dice a la mujer. Trabajé con él una década, responde la mujer.

La mujer hermosa sigue hablándole a su padre, y ella observa a la mujer que le habla a su padre, y cree ver que la mano de su padre se mueve (está comatoso, pero tiene momentos en los que está consciente). La mano de su padre, le parece a ella, se levanta despacio, toca el culo de la mujer hermosa—la mujer no reacciona ni se sorprende—y luego vuelve a su sitio, su padre, que se está muriendo.

En el Museo Nacional, ante uno de los cuadros más famosos de Escandinavia, veo posar a un turista tras otro para hacerse una foto. Posan delante de *El grito*, fingiendo gritar, llevándose las manos a la cara.

Tal vez esté pensando en el continuo desastre de la política estadounidense. Tal vez esté pensando en el desastre a cámara lenta que se produce en todas partes, y en los dolores reales que lo acompañan, los heridos, la herida constante. En cualquier caso, no puedo adoptar el espíritu del grito fingido y, en cambio, vuelvo a recordar las palabras que Aimé Césaire escribió en su *Cuaderno de un retorno al país natal*: «Guardaos de cruzar los brazos en la actitud estéril del espectador, porque la vida no es un espectáculo, porque un mar de dolores no es un proscenio, porque un hombre que grita no es un oso que baila».[1]

25

En el club de jazz Herr Nilsen, un domingo, el escenario está abierto a varias bandas. Es un sitio tranquilo y nada pretencioso, con buena cerveza y un vino decente. Tocan varios tríos y cuartetos y hay un pianista especialmente bueno.

Entre el reducido público, tal vez veinte espectadores, hay una mujer que ha bebido mucho. Da la impresión de que esa ebriedad es algo habitual para ella. Habla con varias personas en voz alta, y está alegre, aunque parece desdichada. Está hablando en francés en voz alta. Podría ser francesa. Me mira y dice, en inglés, en voz de pronto más alta: «¿Quién es usted? ¿Quién es usted?».

Como si alguien se hubiese vuelto hacia mí con una cámara en la oscuridad y hubiese disparado el *flash*.

26

Me abandono. En una camilla de masaje soy vulnerable, como cuando estoy en el sillón del barbero, o en un examen médico o incluso cuando estoy en un sastre, tomándome las medidas para la ropa: esos momentos en que el yo se convierte, principalmente, en un cuerpo. La masajista es dulce y amable, y cuando empezamos dice: «¿Hace usted algún deporte? Tiene un cuerpazo». Lo dice con franqueza y desde un punto de vista clínico, pero con dulzura. No da la impresión de haber sobrepasado ningún límite. «No—respondo—, no practico ningún deporte, pero sé que debería. Me estoy haciendo viejo, tendría que

[1] Ed. y trad. Agustí Bartra, México D.F., Laberinto, 2010, p. 16.

hacer más ejercicio». «Bueno, tiene usted un cuerpo de atleta», dice.

Después de eso no dice gran cosa. Al terminar la sesión, dice, esta vez con mayor aspereza: «Tiene un cuerpazo, pero la espalda está tensa por el estrés y tiene contracturas en el cuello».

Mi orgullo se siente un poco herido. Me siento tan ofendido como halagado me he sentido hace cuarenta y cinco minutos.

De vez en cuando, al pasear por estas calles con mi sombrero negro y mi chaqueta ancha, una mujer negra (siempre es una mujer negra) me mira con sincero reconocimiento; me mira a los ojos y sonríe, a veces un poco confundida, como para decir: «¿Quién es usted?», y de pronto comprendo que estoy aquí de verdad.

Nosotros, que habitamos estos cuerpos.

27

Me llevan a Galt, un buen restaurante en Frognerveien. La ciudad es rica, pero si estás con gente, también es acogedora. Estoy con Andreas y unos cuantos más. Por una sorprendente coincidencia, Andreas está aquí también, cenando en la mesa de al lado.

Las ciudades están hechas de personas: Cathrine, Lene, Åshild, Linn, Linn, Nils, Sofie, Lars, Amund, Johanne, Victoria, Jørgen, Nina, Nadifa, Valeria, Paul, Claudio, Anne-Hilde, Andreas, Andreas, Andreas, Andreas.

28

Hablo con Andreas del entusiasmo, considerable, de los noruegos por los coches eléctricos. Los dueños de coches eléctricos, me dice, tienen privilegios especiales. Pueden circular por el carril rápido, pagan muchos menos impuestos. Los coches eléctricos están de moda en Oslo, dice, y en ningún otro sitio del mundo se venden tantos Teslas per cápita. Mientras tanto, ahí está todo el dinero del petróleo, la riqueza asombrosa del Government Pension Fund Global,[1] un billón de dólares. No éramos imperialistas, dice, pero ahí está ese negocio de las armas, que mueve cientos de millones de dólares.

Máquinas de guerra por la mañana, y por la tarde, el premio Nobel de la Paz.

La hipocresía es común a todas las sociedades. Pero ¿es cierto, puede ser cierto, que en algunos sitios se oculta con más habilidad que en otros?

29

¿Sabías que hay cabras en la isla de Utøya? La vida sigue, en tantos sentidos.

30

Cada cultura manifiesta ejemplos concretos de sensibilidad. Esta sensibilidad está alineada con las necesidades de dominar el medio ambiente, y este conocimiento acumulado puede perderse fácilmente, según los desafíos propuestos por el entorno y la solución a esos desafíos. En épocas pasadas, el estudio de las nubes en un día cualquiera, el conocimiento del comportamiento de las ballenas, de los patrones de la migración de las aves, de la variedad de las corrientes del océano, la habilidad para registrar los mo-

---

[1] También conocido como Oil Fund, un fondo establecido en 1990 para invertir el superávit del sector petrolero noruego.

vimientos del sol y otros cuerpos planetarios y la interpretación de los numerosos vientos apuntalaban el éxito de la navegación de los vikingos. Estas prácticas de atención callada eran contrarrestadas por las evidentes brutalidades.

31

Echo las persianas. La ciudad está abajo. Estoy en mi cama en el apartamento que me han proporcionado en la Litteraturhuset. La noche cae, después de un día agitado y parlanchín. Esta nueva moda entre las jóvenes de Oslo de no llevar sujetador. La noche cae y estoy en mi cama en la Litteraturhuset y empiezo a tocarme, en la cama de J. M. Coetzee, Patti Smith, Tomas Tranströmer, Haruki Murakami, Siri Hustvedt, Alain Mabanckou, Ngugi wa Thiong'o, Han Kang y Arundhati Roy.

Nosotros, que habitamos estos cuerpos.

32

Nubes, ballenas, pájaros, corrientes, astronomía, vientos. Intento prestar atención. Mirar más allá del dinero, más allá de las promesas de prosperidad. El 22 de julio, el 31 de agosto, el 2 de septiembre. Todo lo humano está aquí, y no hay nada aquí que no sea humano. Debería decir con claridad que percibo la tristeza de la ciudad, una tristeza tanto más poderosa porque todo alrededor sugiere que no hay nada por lo que estar triste.

33

Empezamos con Lutosławski, luego Janáček y después de Janáček viene Schubert. Es como si la música se fuese reorganizando a partir de fragmentos, volviendo atrás en el tiempo, hasta que, por fin, llegamos al inefablemente coherente *Andante con moto* del Cuarteto para Cuerda número 14 en re menor, D. 810. El *Andante con moto* es una serie de variaciones sobre el tema del *lied La muerte y la doncella*. Se despliega con la celestial parsimonia de Schubert, que abole el tiempo.

Esto, en el aula de la Universidad de Oslo. Cada local tiene su pasado, y el aula contiene a los nazis y a los colaboracionistas noruegos. El edificio se utilizó para encerrar a los prisioneros de guerra. El incendio de 1943. La resistencia noruega. Contiene, también, a Charles Mingus. A Thelonious Monk, en 1966. Y los cuadros, once de ellos de Munch, encargados en 1914 y entregados en 1916, cuadros monumentales de *El sol*, *Historia*, *Alma mater*. Somos todos contemporáneos y el tiempo no existe. Los cuadros de Munch brillan sobre nosotros. El Cuarteto Hagen llena la sala con frases de música, y recuerdo lo que escribió Tranströmer en su poema *Schubertiana*:

Pero el que navega envidiando a los hombres de acción, esos
   que en el fondo se desprecian a sí mismos porque no son asesinos,
ellos no se reconocen aquí.
Y los tantos que compran y venden personas y creen que
   todos son comparables, ellos no se reconocen aquí.
No es su música. La larga melodía que es ella misma en todas
   las transformaciones...[1]

La música entra en nosotros. En la gente de la ciudad y en su invitado extranjero.

[1] *Deshielo a mediodía*, trad. Roberto Mascaró, Madrid, Nórdica, 2011.

SOBRE LLEVAR Y SER LLEVADO

Cualquier traducción traslada un texto a la literatura de otra lengua. Tengo la suerte de que mi obra se haya traducido a muchas lenguas y ahora existo como autor en la literatura de cada una de esas lenguas. Dany Laferrière, en su novela *Je suis un écrivain japonais*, expresa esta idea un tanto extraña mejor de lo que yo soy capaz: «Cuando, años después, me hice escritor y me preguntaban: "¿Es usted un escritor haitiano, caribeño o francófono?", siempre respondía que adoptaba la nacionalidad de mis lectores, lo cual significa que cuando un lector japonés lee mis libros de inmediato me convierto en un escritor japonés». En las traducciones se descubren muchas cosas. Para empezar, está el extraordinario placer de tener lectores en una lengua que desconoces. Pero también está el modo en el que la traducción hace visible algún nuevo aspecto del texto original, alguna influencia que uno absorbe sin darse cuenta. Cuando pienso en la traducción italiana de mi obra, noto la presencia de Italo Calvino y de Primo Levi, y me desconcierta y complace que, misteriosamente, comparto a sus lectores en esa lengua. Cuando me traducen al turco, pienso en la melancolía política de Nâzim Hikmet. Tal vez aquellos a quienes les gusta su obra encontrarán algo que les guste al leerme a mí en turco. En alemán, tal vez incluso más que en inglés, percibo la presencia de escritores que configuraron mi sensibilidad: escritores como Walter Benjamin, Thomas Mann, Hermann Broch y W. G. Sebald, entre muchos otros. Gracias a la traducción, me convierto en un escritor alemán.

Confío totalmente en mis traductores. Su misión es llevar mi obra a una nueva cohorte de verdaderos lectores, del mismo modo en que la traducción me convierte en un verdadero lector de Wisława Szymborska, aunque no sepa ni una palabra de polaco, y de Svetlana Aleksiévich, aunque no hable ruso. Gioia Guerzoni, que ha traducido hasta el momento cuatro de mis libros, se ha esforzado en trasladar mi prosa a un italiano correcto pero idiomático. En 2018, tradujo *La negrura de la pantera*. No era un texto fácil de traducir. En particular, la palabra *negrura* del título era una dificultad. Para traducir esa palabra, Gioia pensó en *nerezza* o *negritudine*, que sugieren, ambas, «negritud». Pero ninguna de las dos evocaba del todo el efecto de capas que tenía *Blackness* en el título original. Necesitaba una palabra que se refiriese a la raza, pero también al color negro. La palabra que buscaba no podía ser *oscurità* ('oscuridad'), que alude demasiado al aspecto óptico y deja de lado las connotaciones raciales. Así que se inventó una palabra: *nerità*. Así el título se convirtió en: *La nerità della pantera*. Funcionó. La palabra apareció en las reseñas e incluso fue incluida en un diccionario. Era una palabra que el italiano necesitaba, una palabra que la lengua italiana—el italiano de Dante, Morante y Ferrante—recibió a través de mi traductora.

La traducción, al fin y al cabo, es un análisis literario mezclado con cierta afinidad, un asunto tanto del cerebro como del corazón. Mi traductora al alemán, Christine Richter-Nilsson, y yo hablamos del epígrafe a *Ciudad abierta*, la primera línea del libro. En inglés, dice: «*Death is a perfection of the eye*». La traducción literal, la que podría hacer Google Translate, sería algo como: «*Tod ist eine Perfektion des Auges*». Pero Christine intuyó que esa traducción equipararía *muerte* con «perfección del ojo» en lugar de dar a entender que se proponía la muerte como el camino hacia una especie de plenitud visionaria. Así que primero pensó en *Vollendung*, que describe un estado de plenitud completo; luego lo pensó un poco más y dio con *Vervollkommnung*. La palabra engloba un nombre que engloba el verbo *kommen* y, con ese verbo, la idea de algo que está cambiando y llegando a un estado de perfección. Ésa era la palabra que necesitaba.

Christine también sabía que lo que yo llamaba el ojo en mi epígrafe no era un órgano físico (*das Auge*), era la facultad misma de la visión. Pero yo no había escrito *seeing*, así que *des Sehens* no habría funcionado. Hablando con mi editora alemana, optó por algo que evocaba tanto el órgano como su facultad: *der Blick*. Así que, después de mucho pensarlo, su traducción de «*Death is a perfection of the eye*» se convirtió en «*Der Tod is eine Vervollkommnung des Blickes*». Y eso sólo en la primera frase.

La palabra inglesa *translation* viene del inglés medieval y tiene su origen en el anglo-francés *translater*. Que, a su vez, procede del latín *translatus*: *trans*, 'a través' o 'sobre', y *latus*, que es el participio pasado de *ferre*, 'llevar', relacionado con la palabra *ferri*. El traductor, pues, es el que maneja el ferri y lleva el significado desde las palabras de una orilla hasta las palabras de la otra.

En verano de 2019, una joven de Bonn llamada Pia Klemp estaba en mitad de una larga batalla legal en Italia. A esta antigua bióloga marina la acusaban de colaborar con la inmigración ilegal. Como capitán de un barco de pesca reformado llamado *Iuventa*, había rescatado embarcaciones con migrantes a bordo que habían zarpado de Libia y estaban en peligro en el Mediterráneo, y después había llevado su precioso cargamento de vidas humanas a la isla italiana de Lampedusa. Si el caso llegaba a juicio, como parecía probable, ella y otras nueve personas del grupo humanitario para el que trabajaba se enfrentaban a multas enormes e incluso a veinte años de cárcel por colaborar con la inmigración ilegal. (Otra joven alemana, Carola Rackete, también estaba detenida en Italia por capitanear otro barco de rescate). Klemp no se arrepiente. Sabe que la ley no es la vocación más elevada. La pregunta que plantean ella y sus colegas es la siguiente: ¿creemos que las personas que se encontraban en esos botes en peligro en el Mediterráneo son humanas exactamente en el mismo sentido en que lo somos nosotros? Cuando visité Sicilia y vi llegar a la orilla un bote de personas rescatadas con el gesto atónito, sólo había una posible respuesta a esa pregunta. Y, sin embargo, estamos rodeados de un discurso que nos incita a responder de manera errónea, o que nos hace pensar que nuestra comodidad y nuestra conveniencia son más importantes que la vida humana.

Como la labor de Pia Klemp tenía lugar en el agua, me recordó a otra lucha anterior. En 1943, los daneses se enteraron de que los nazis pensaban deportar a los judíos daneses. Y así, disimuladamente, y corriendo un gran riesgo personal, los pescadores de Selandia del Norte empezaron a transportar a pequeños grupos de judíos daneses a través de los estrechos, hasta la Suecia neutral. Así siguieron, todos los días, durante tres semanas, hasta que más de siete mil personas, la mayoría de la población judía de Dinamarca, estuvo a salvo.

Cada año de este siglo, cientos de personas han muerto en la frontera sur de Estados Unidos. Los niños son separados de sus padres y metidos en jaulas. En otoño de 2011, visité No Más Muertes, una organización humanitaria de Arizona que ayuda a los viajeros dejando agua, mantas y comida enlatada en puntos estratégicos del desierto de Sonora. Se trata de actividades que el gobierno de Estados Unidos ha declarado ilegales. La organización también hace búsquedas de migrantes desaparecidos, y a menudo localiza los cadáveres de quienes han muerto de hambre o de sed en el desierto. Un joven geógrafo llamado Scott Warren, que trabajaba con No Más Muertes y otros grupos, intentó ayudar a los viajeros a cruzar con seguridad. Les proporcionó agua y, cuando era posible, refugio. Por esta labor, Warren fue detenido y acusado de alojar a migrantes. Aunque el juicio acabó anulándose, la Oficina del Fiscal de Estados Unidos en Arizona solicitó un nuevo juicio. Warren no es, ni mucho menos, el único voluntario de No Más Muertes que ha sido detenido como parte de la guerra del gobierno contra aquellos que ofrecen ayuda para salvar a personas que deberían ser consideradas como nuestros conciudadanos.

¿Podemos establecer un vínculo entre el trabajo intrincado y, a menudo, modesto de escritores y traductores, y los actos osados y costosos de personas como Pia Klemp, Carola Rackete y Scott Warren? ¿Está relacionada la literatura con los riesgos que corren algunas personas para salvar a otras? Así lo creo: los actos del lenguaje pueden ser actos de valentía. Tanto la literatura como el activismo nos alertan de la naturaleza arbitraria y esencialmente convencional de las fronteras. Pienso en las palabras de Edwidge Danticat, en su libro *Crear en peligro*: «En algún lugar, si no ahora, quizá en muchos años, en un futuro que todavía no podemos imaginar, alguien podría arriesgar su vida para leernos. En algún lugar, si no ahora, quizá en muchos años, podríamos incluso salvar la vida de alguien».[1] Y pienso en

[1] Trad. Lucía Stecher y Thomas Rothe, Santiago de Chile, Banda Pro-

una amiga, una directora de cine y profesora de turco que firmó una carta en 2016 condenando la matanza de los kurdos por parte del Estado turco y pidiendo el cese de la violencia. Fue una de los más de mil cien firmantes de varias universidades y facultades en Turquía. En respuesta, el gobierno de Erdoğan abrió una investigación sobre cada uno de los firmantes y los acusó a todos de terrorismo. La mayoría, mi amiga incluida, se enfrentó a largos juicios y sentencias de cárcel. A muchos los han despedido del trabajo o han sido acosados por los estudiantes progubernamentales. Varios han sido encarcelados ya. Después de un angustioso juicio, acabaron retirando las acusaciones de terrorismo contra mi amiga.

Mi amiga y los demás profesores estaban llevando a sus conciudadanos. Con el trazo de la pluma, intentaban llevarlos a través del desierto de la indiferencia, sobre las aguas de la persecución. Por esto, afrontaron consecuencias parecidas a las que sufrieron Pia Klemp y Scott Warren: descrédito público, empobrecimiento, años de cárcel. Mi amiga se encontró en grave peligro por su valentía y le llegó el turno de ser transportada a un lugar más seguro.

Me impresiona una pequeña escultura de terracota del siglo IV antes de la era común, en Etruria (en la actual Italia central). Retrata dos figuras, un hombre más joven que lleva a otro más viejo a la espalda. Es, de hecho, una representación de Eneas huyendo con su padre, Anquises, a hombros, de las ruinas ardientes de Troya. El relato, narrado en *La Eneida*, es parte del mito del origen del pueblo romano. Esta pequeña escultura tiene una tremenda carga

---

pia, 2010, edición digital.

afectiva porque casi ninguno de nosotros podemos imaginarnos cargando físicamente con nuestro padre. Apoyándolo en su vejez, sí. Llevándolo a hombros, no. Es imposible imaginarlo, salvo en la peor de las emergencias. Ese pequeño objeto etrusco es sorprendentemente parecido a una famosa viñeta de un fresco del Vaticano, que muestra el incendio del Borgo. Dicho fresco, pintado a principios del siglo XVI por Rafael o, más probablemente, por Giulio Romano, muestra, también, a un joven cargando con un anciano a la espalda.

Hace un par de años, di con una imagen tomada por un fotoperiodista de un par de refugiados. No pude identificar al fotógrafo, pero el pie de foto dice que uno de los hombres de la fotografía se llama Dajil Naso. El hombre a quien lleva es su padre. Son yazidís, y huyen a pie del Estado Islámico, camino de Kurdistán. Llevan viajando varios días y lo único que se ve detrás es el desierto. Es una imagen lamentable: el anciano, vestido de blanco, está al límite del agotamiento, y el joven, que lleva la camiseta roja de un equipo de fútbol, no parece mucho más fuerte. ¿Cuánto han andado ya? ¿Cuánto viaje les queda por delante? ¿Por qué hemos permitido que les ocurra esto a nuestros semejantes?

Todos vivimos y morimos bajo acuerdos de soberanía muy parecidos, estamos sometidos al mismo sistema bancario internacional, a las mismas alianzas entre las naciones ricas. Todos somos ciudadanos bajo esos poderes ineludibles, pero no a todos se nos reconoce el derecho de ciudadanía.

¿Cómo puede ayudarnos en eso la literatura? A menudo se afirma que las personas que leen son más sabias o más amables, que la literatura inspira empatía. Pero ¿es cierto? Creo que la literatura no hace nada de eso. Después de observar la política exterior de los llamados países desarrollados, no puedo confiar en ninguna afirmación complaciente sobre el poder de la literatura para inspirar empatía. A veces, incluso, da la impresión de que cuantas más bibliotecas haya en un sitio, más probable es que bombardeemos a la gente de ese lugar.

Para lo que sí podemos recurrir a la literatura es para algo más grande y más pequeño que cualquier tópico de que la literatura nos vuelve más empáticos. La literatura no detiene la persecución de los humanos ni el enjuiciamiento de las personas humanitarias. No para las bombas. No cambia, por muy bien escrita que esté, la mentalidad de los fascistas que, una vez más, amenazan con dominar el mundo. Así que ¿de qué sirve todo este esfuerzo, este trabajo, tanto sudor en busca de la palabra indicada y la traducción correcta?

Propongo esto: la literatura puede salvar una vida. Sólo una cada vez. Tal vez, a las cuatro de la madrugada, cuando te levantas de la cama y sacas un libro de poesía del estante. Tal vez, una semana de verano, cuando estás inmerso en una gran novela. Ahí ocurre algo profundamente personal, algo tan estimulante como fecundo.

Cuando describo el efecto de la literatura con estas palabras, me obstino en hablar en singular. Pero también sé que no estoy solo en el mundo, y que nadie lo está. En el discurso que Albert Camus pronunció en la Universidad de Uppsala, en Suecia, pocos días después de recibir el Premio Nobel en 1957, describió el valor colectivo de nuestras vidas, aparentemente desconectadas:

Unos dirán que esta esperanza la lleva un pueblo, otros, que un hombre. Yo, por el contrario, creo que la despiertan, la reaniman y la mantienen millones de solitarios cuyas obras y acciones niegan cada día las fronteras y las más burdas apariencias de la historia.[1]

Y este poder, siempre creciente, de una única vida recuerda a un pensamiento que ha resonado a través de las épocas. Lo encontramos, por ejemplo, en un códice de la Misná escrito en Parma a mediados del siglo XIII: «Las Escrituras consideran que quienquiera que destruya una vida ha destruido el mundo entero, y que quienquiera que salve una vida ha salvado al mundo entero». Exactamente la misma idea se expresa en la sura 5 del Corán. Al contrario del ruido de la cultura que nos rodea, la escritura me ha recordado, de una manera modesta pero esencial, cosas que la gente no quiere que le recuerden. En el interior de esta modesta cosa llamada literatura, he encontrado recordatorios, dirigidos a mí mismo, para negar las fronteras y llevar a otros a través de ellas, y recordatorios, dirigidos a otros, que me llevan, también, a mí. Imaginemos estar en una emergencia: una casa en llamas, un barco que se hunde, un caso judicial, un viaje interminable a pie, un planeta cambiado. En semejante emergencia, ya no puede uno pensar sólo en sí mismo. Hay que cargar con alguien más, y alguien tiene que cargar con nosotros.

[1] «El artista y su tiempo. Conferencia del 14 de diciembre de 1957», en: *El revés y el derecho. Discurso de Suecia*, trad. Miguel Salabert, Madrid, Alianza, 2010, pp. 137-138.

PAPEL NEGRO

En aquellos tiempos, cuando no había tantas impresoras como ahora, poníamos una hoja negra de papel entre dos hojas blancas. El papel negro era papel de calco, fino y crujiente, con un brillo mate en un lado y una superficie cubierta con polvo de carbón en el otro. Al escribir en la hoja blanca de arriba se transfería el carbón del papel negro al papel blanco de abajo. El negro transportaba el significado.

En Lahore conocí a un hombre con un saco de cuervos. Los cuervos eran negros, con el cuello gris pálido, y el saco era una especie de red blanca con una base redonda rígida. Pedí un deseo y le pagué al hombre 150 rupias paquistaníes. El hombre metió la mano en el saco, sacó uno y lo dejó marchar.

Ayudaron a pasar a un hombre ciego por el control de seguridad en Logan.

«El asunto del lamento» se refiere a los rituales fúnebres que llevan a cabo los indígenas australianos justo después de una muerte.

En el tren de vuelta a Zúrich, un grupo de cinco jóvenes de veintitantos años. Dos parejas y una chica sola. La chica que no tenía pareja miraba, anhelante, a uno de los chicos.

Su novia no se dio cuenta, y el chico, tremendamente guapo, tampoco, pero yo sí me di cuenta, y la chica se percató de ello; poco después, se apearon del tren y se los tragó la noche. La dulce tristeza de esa chica, su anhelo, las cosas que no pueden decirse, el frío río que pasa, la habitación vacía, escribir esto en la oscuridad.

El tocón quemado de un árbol.

Muchos enfermaron, de enfermedades que se notaban en la cara y de enfermedades que no se notaban. Lo sabíamos y no lo sabíamos. La pobreza empezó a colarse en esas vidas. La vergüenza se instaló en algunas personas, algunas pasaron hambre, el hambre las vació. La bolsa subió, pero muchos bolsillos estaban vacíos.

Me perseguía un grupo de hombres. Eran hombres robustos, algunos me resultaban familiares. Otros tenían aspecto de animales. Había pelos, había plumas y picos y garras. Yo corría, acosado como cualquier pequeño mamífero en el campo. Muchos de los hombres tenían barba, otros iban enmascarados. Por fin, me rodearon y empezaron a golpearme. Yo me resistí y rogué. Entonces, uno de los hombres me sujetó con un abrazo cariñoso y aplastante. El miedo mortal y el asco me dieron náuseas. El hombre sonrió, me dio la vuelta y me empujó al suelo.

Las calles de Estambul estaban envueltas en una bonita niebla, que se fue espesando a medida que avanzaba la mañana y que llegaba a rachas como humo blanco, pero la niebla no podía disimular la desdicha y el terror apocalíptico de los acontecimientos recientes.

Llegué a Lahore de madrugada, a eso de las cuatro y media, y habían enviado a un hombre a recibirme, una especie de funcionario, que me guio en la aduana y con los de inmigración. Luego, por las calles oscuras, llegué a la casa de huéspedes a las cinco y media. Como no podía dormir, esperé a la hora del desayuno, que servían, en el piso de abajo, unos jóvenes muy serios; después volví y me tomé tres miligramos de melatonina. Cuando desperté, oí que había habido un atentado a ocho kilómetros de allí. Habían muerto ocho personas.

Si se usaba el papel de calco correctamente, se obtenían dos copias del mismo documento. La hoja blanca de arriba tenía la caligrafía y la tinta original, la hoja blanca de abajo era una copia de todos los trazos y puntos. En lo que no había reparado en aquella época es que en el papel negro había una tercera copia de todo lo que se había escrito. El papel negro estaba marcado con la caligrafía original. Negro sobre negro, pleno de significado, pero conformado por la ausencia. El papel negro era un registro fantasmal. Negro sobre negro, secretamente sensible.

Soñé con una orilla vacía, un cielo que se iba oscureciendo. No era un sueño. Estuve allí, en el río Misuri, en el condado de Doniphan, en Kansas, durante el eclipse de sol. Fue el 21 de agosto de 2017, a la 1.19 de la tarde.

Sabíamos y no sabíamos. Circulaban rumores. Así suelen ser estas cosas. ¿Cuánto sabíamos con exactitud? Las luces se encendían de noche en las ciudades. Se oía el acostumbrado entrechocar de los cubiertos en los platos de los restaurantes, el murmullo de la conversación. Todo estaba intacto, como en cualquier ciudad abierta que aloja a un enemigo. Al mismo tiempo, estaban metiendo a gente en la cárcel por delitos menores. Otros perdían su medio de vida, llegaban a ciudades que se habían desvanecido a su llegada. Otros morían en la frontera. Otros maldecían a Dios. Algunos árboles del bosque ofrecían sus ramas para servir como mangos de hachas. Rostros invisibles tragados por la oscuridad. Sabíamos y no sabíamos.

En Ámsterdam vi el papel quemado. Estaba en una sala de un museo, con montones de papel negro, papel quemado, la obra de Daisuke Yokota. Pero no era papel quemado: era una pila de fotografías de papel quemado. El papel que había quemado y fotografiado no estaba en blanco. Daisuke había hecho e impreso fotografías y luego las había quemado, y había fotografiado el resultado.

Me escribió: «Lo siento, pero tengo malas noticias. Nuestro querido John ha muerto».

No se puede razonar con una pesadilla. La pesadilla es la ausencia de razón. No se puede discutir con una pesadilla, sólo se puede despertar o esperar a que se acabe.

A la orilla del río, la totalidad empieza a aproximarse muy deprisa. Notas que tu cuerpo, como el de un animal amenazado, es globalmente consciente de su vulnerabilidad. El cerebro lo sabe, la piel lo sabe, los nervios lo saben, tus piernas lo saben, tu espalda lo sabe. Tu corazón reacciona, tus pulmones, tu estómago.

Lo que hacía que esos sueños fuesen raros no era su ambiente negativo, sino que sólo fuesen ambiente. No recordaba ninguno de los detalles, sólo uno: que, mientras duró el sueño, estuve observando los detalles con la certeza de que, cuando despertara, no recordaría ninguno.

El sueño era como algo que se hubiese quemado y me hubiese dejado cubierto de cenizas. Pero no eran cenizas, pues las cenizas me traerían a la mente algo liviano y pulverulento. De lo que estaba cubierto era del estado de ánimo del sueño, que era como un color gris oscuro que hubiesen vertido sobre mí, un gris muy oscuro, casi negro.

¿Cuánto sabíamos en realidad, mientras estaba ocurriendo? Algunos recordarán una noticia sobre el diseñador de moda que hacía los vestidos de la mujer del líder. Otros puede que recuerden una información sobre las mascotas, o la ausencia de mascotas, en la residencia oficial del líder. Son algunas de las historias que se contaban. En cuanto a lo demás, o más turbio, sabíamos y no sabíamos. Dijeron que en las guerras exteriores, las «normas para el combate» se habían «relajado». Algunos cadáveres quedaron sin contar, algunas personas a las que mataron se pudrieron bajo los escombros.

Un número incalculable de personas lloraban hasta quedarse dormidas en esos días.

Entre las pilas de fotografías de fotografías quemadas estaba el recuerdo infinito de la fotografía, papel quemado, refotografía, y el resultante papel negro. No era un sueño, pero a la mañana siguiente, al mirar la fotografía que había hecho de la obra de Daisuke, empecé a sentir como si estuviese viendo las cosas que uno ve en sueños.

«Si no ven la felicidad en la imagen, al menos verán el negro».

La figura negra. El asunto del lamento.

Los indios navajo se quedan en sus casas mientras dura el eclipse. Luego dicen: «Ha terminado en belleza».

AGRADECIMIENTOS

La invitación a dictar las Randy L. and Melvin R. Berlin Family Lectures en la Universidad de Chicago en la primavera de 2019 dio lugar a tres de los ensayos de este libro, y también a la publicación del propio libro. Agradezco a la familia Berlin su generosidad y a los organizadores por hacer que el tiempo que pasé en Chicago fuese tan memorable.

Papel negro ha sido la obra de muchas manos, y ver en la oscuridad es un proyecto en colaboración. Estoy agradecido a mi editor de la University of Chicago Press, Alan Thomas, y a la directora de mi estudio y ayudante de investigación, Kathy Rong Zhou. Además, quiero dar las gracias a las siguientes personas: Jin Auh, Tracy Bohan, Andrew Wylie, Randolph Petilos, Joel Score, Beth Adams, Amitava Kumar, Jake Silverstein, Kathy Ryan, Adedayo Odusina, Alessandra Coppola, Gioia Guerzoni, Amitava Kumar, la difunta Bisi Silva, el difunto Okwui Enwezor, Mariam Said, Mena Mark Hanna, Raja Shehadeh, Anna Jäger, Didem Pekün, Joshua Chuang, Susan Meiselas, Kerry James Marshall, Lucas Zwirner, Beth Gordon, Lorna Simpson, Siddhartha Mitter, Matt Seaton, Lucy McKeon, Matt Higginson, Emmanuel Iduma, Mimosa Shah, Nilanjana Bhattacharjya, Hilary Chidi, Anjali Pinto, Josh Honn, Bethany Hindmarsh, Christine Richter-Nilsson, Josh Begley, Adrienne Edwards, Laura Letinsky, Will Boast, Matthew Jesse Jackson, Anne Walters Robertson, Deborah Nelson, Rachel Cohen, Julianna Joyce, Angela Chen, Paige Johnston, Mohsen Mostafavi, Andreas Wiese, Linn Rottem, Andreas Liebe Delsett, Andreas Viestad, Anne Hilde Neset, Cathrine Bakke Bolin, Bernd Scherer, Mathias Zeiske, Veronika Gugel, Liz Johnston, Garnette Cadogan, Ishion Hutchinson, Rowan Ricardo Phillips y Josh Begley.

Quiero agradecer sus útiles comentarios a los tres lectores

AGRADECIMIENTOS

anónimos que revisaron el manuscrito para la University of Chicago Press. Estoy en deuda con mis hermanos y mis padres por su amable y constante apoyo en todos mis proyectos y con Karen Pereira de Andrada—amiga, colega y contendiente—por la hermosa continuidad de nuestro viaje vital juntos.

Este libro está dedicado a Sasha Weiss, por su atención, inteligencia, comprensión y presencia a lo largo de los años.

Algunas versiones de varios de los ensayos de este libro han aparecido previamente. En *New York Times Magazine*, *New York Review of Books*, *Brick*, *Brittle Paper* y *Medium*. *Gabinete de sombras: a propósito de Kerry James Marshall* se ha modificado a partir de un ensayo publicado en *Kerry James Marshall: History of Painting* (David Zwirner Books, 2019). *Bat's Ultrasound*, © 2007, 2012, 2014, de Les Murray, se imprime con permiso de Farrar, Straus and Giroux, todos los derechos reservados; con permiso de Margaret Connolly and Associates, NSW, Australia, y con el amable permiso de Carcanet Press, Manchester, UK. Estoy agradecido por el apoyo de la John Simon Guggenheim Foundation mientras escribía estos ensayos.

PROCEDENCIA DE LAS IMÁGENES

1. Caravaggio, *La flagelación de Cristo*, 1607. Óleo sobre lienzo. Museo de Capodimonte, Nápoles. Fotografía: Wikimedia.

2. Anónimo, relieve fúnebre, *c.* siglos ii-iii después de Cristo. Piedra caliza. Palmira, Siria. Fotografía: Museo Metropolitano de Arte, Nueva York (número de adquisición 02.29.1).

3. Santu Mofokeng, *El golpeteo, Línea Johannesburgo-Soweto*, de la serie *Tren iglesia*, 1986. Gelatina de plata. ©Fundación Santu Mofokeng. Fotografía, cortesía de Lunetta Bartz, MAKER, Johannesburgo.

4. Marie Cosindas, *Memories 11*, 1976. Impresión de transferencia de color. ©Herederos de Marie Cosindas. Fotografía cortesía de la Galería Bruce Silverstein, Nueva York.

5. André Kertész, *Placa rota, París*, negativo 1929; copia de la década de 1970. Impresión de gelatina de plata. ©Herederos de André Kertész. Fotografía: higherpictures.

6. Anónimo, *Un rey de Ejayboo*, 1899. Schomburg Center for Research in Black Culture. Fotografía: Biblioteca Pública de Nueva York, Nueva York (https://digitalcollections.nypl. org/items/510d47df-94d6-a3d9-e040-e00a1 8064a99).

ÍNDICE ONOMÁSTICO

Los números de página en cursiva se refieren a las láminas.

ÍNDICE ONOMÁSTICO

ESTA EDICIÓN, PRIMERA, DE
«PAPEL NEGRO», DE TEJU COLE,
SE TERMINÓ DE IMPRIMIR
EN CAPELLADES EN EL
MES DE MAYO
DEL AÑO
2025

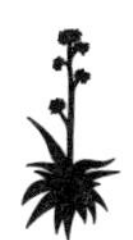